HARD WARE – ARNESE DURO

MISHA BELL

♠ Mozaika Publications ♠

Pubblicato da Mozaika Publications, stampato da Mozaika LLC.
www.mozaikallc.com

Traduzione italiana: Martina Pompeo

Copertina di Najla Qamber Designs
www.najlaqamberdesigns.com

Fotografia di Wander Aguiar
www.wanderbookclub.com

ISBN: 978-1-63142-692-6
Print ISBN: 978-1-63142-693-3

Capitolo Uno

È un'*orsa* quella?

Ho come la sensazione che le palline di Kegel siano sul punto di uscirmi dalla vagina. Stringo i muscoli ben allenati per tenere il giocattolo all'interno. Le due sfere sono di mia invenzione, quindi so che, se le stringo ancora una volta, si attiverà la vibrazione (e non è un buon momento).

Il guinzaglio nella mia mano viene strattonato.

"Bonaparte, comportati bene!" La severità nella mia voce è inutile. Il mio chihuahua continua a strattonare, con lo sguardo incollato all'orsa, scodinzolando così rapidamente, che mi aspetto quasi di vederlo sollevarsi in aria come un drone.

Con mio sollievo, l'orsa si limita ad annusare l'idrante, ignara del delizioso antipasto di due chili scarsi a un solo balzo di distanza.

Piantando i talloni, tiro indietro il guinzaglio. "Sul serio, Boner. *Vuoi* farti mangiare?"

La strattonata si ferma e il mio cane mi rivolge uno sguardo colmo di un misto di tristezza e indignazione negli occhi verdi. Come al solito, posso immaginare che cosa mi direbbe, se fossi una sussurratrice di cani:

"*Ma chérie*, quella cagna mi sta ignorando. *Moi*! Impensabile!"

Gli lancio un croccantino. "Quell'orsa chiaramente non conosce le buone maniere. In sua difesa, però, *tu* sapresti resistere alla tentazione di annusare quell'idrante? Siamo vicino a Central Park. Milioni di cani avranno fatto pipì lì. L'odore dev'essere paradisiaco."

Con un balzo, Boner afferra il croccantino, lo inghiotte senza masticare e torna a concentrarsi sulla sua gigantesca preda.

Il mio sguardo si sposta sull'uomo che tiene il guinzaglio della bestia, e resto a bocca aperta, mentre i miei muscoli intimi stringono involontariamente le palline di Kegel.

La vibrazione si attiva, ma io la ignoro, divorando con gli occhi l'esemplare maschile alto e dal fisico atletico di fronte a me.

Il proprietario dell'orsa è sexy.

Super sexy, bollente, da farmi sciogliere le mutandine ed esplodere l'utero!

Così sexy, che finirò per masturbarmi pensando a lui.

Aspettate. In senso stretto, mi *sto* masturbando pensando a lui: la vibrazione all'interno della mia vagina mi sta portando sempre più vicino al climax, ad ogni secondo che passa. Per fortuna, lui non mi sta guardando, quindi posso divorarlo con gli occhi senza vergogna.

Quest'uomo soddisfa tutti i miei requisiti, anche quelli che non sapevo di avere.

Capelli folti e setosi del colore della pelliccia di visone. Barba scura corta e ben curata, che enfatizza il naso regale e i lineamenti scolpiti. Spalle larghe, imbottite con la giusta quantità di muscoli, e un petto da far svenire, che si assottiglia fino a una vita magra con i fianchi stretti. Indossa persino un dolcevita, per la miseria… e tutti sanno che è l'equivalente maschile di un abitino nero sexy.

Oh, e le sue labbra… Vorrei fare uno stampo di quelle labbra e trasformarlo in un sex toy.

A proposito di sex toys, le palline mi stanno portando sempre più vicino all'apice. Pur essendo stata accusata di essere blasé riguardo a queste cose, persino io riconosco che venire qui e ora, davanti a un estraneo, non sia la mossa più socialmente accettabile da parte mia.

Devo disattivare le sfere, cosa che può accadere solo se le stringo altre tre volte. Il problema è che ogni stretta cambia anche la velocità di vibrazione; quindi, la mia situazione peggiorerà, prima di migliorare.

Non c'è modo di evitarlo, suppongo.

Stringo.

La vibrazione s'intensifica.

Ancora due volte e…

Boner abbaia.

Il muso massiccio dell'orsa si stacca dall'idrante, e due giganteschi occhi marroni si concentrano sull'antipasto a forma di cane ai miei piedi.

Ottenendo finalmente l'attenzione che desiderava, Boner scodinzola rapidamente e cerca di correre incontro al suo destino.

Stringo di nuovo le palline, involontariamente. Un'altra volta ancora, e si spegneranno. Solo che la vibrazione è alla massima velocità, adesso, e la sensazione è incredibile. Talmente, talmente incredibile...

Merda! Che cosa sto facendo?

Devo stringere un'ultima volta.

Solo che i muscoli necessari si sono trasformati in gelatina, e faccio fatica a contrarli.

Ci siamo?

Avrò un orgasmo proprio mentre il mio cane viene divorato, il tutto davanti a uno sconosciuto follemente sexy?

Mi chiedo fugacemente se dovrei lasciare che l'orsa divori il mio migliore amico, per creare una distrazione dalla mia esplosione imminente (e in questo modo, magari, il proprietario poi verrà a letto con me, come ricompensa per la mia perdita).

No, è una follia!

Tiro il guinzaglio, impedendo il nobile sacrificio di Boner.

Solo che, ormai, lui è sul radar dell'orsa.

La bestia si lancia in avanti, e il rapido scatto del guinzaglio coglie impreparato lo sconosciuto. Nel momento in cui lui si rende conto di cosa sta succedendo e affonda i talloni, le fauci dell'orsa sono a pochi centimetri dalla testolina di Boner, grande quanto una pallina da tennis.

Stringendo la mia borsetta, indietreggio, trascinando con me il mio amico sovreccitato. Non che io stessa non lo sia. Il cuore mi batte all'impazzata, e sto sudando per lo sforzo di trattenere l'orgasmo, mentre le palline continuano a vibrare al massimo.

Contrarre i muscoli non funziona. Forse, dovrei solo cavalcare l'onda, mantenendo una faccia da poker?

Lo sconosciuto dice qualcosa all'orsa in una lingua che non riconosco, anche se la qualità gutturale la fa sembrare una lontana parente del russo. Poi, i suoi occhi si stringono su Boner e, ancora senza guardarmi, ringhia in un inglese perfettamente privo di accenti: "Tieni quel ratto lontano dal mio cane!"

La sua voce è profonda e tremendamente sexy, come tutto il resto di lui, ma per fortuna le sue parole mi irritano abbastanza, da far recedere l'orgasmo imminente.

Che peccato! Tutti questi pregi sprecati in un uomo che è chiaramente uno stronzo.

Stringo la presa sul guinzaglio di Boner e fulmino lo sconosciuto con gli occhi. "Semmai, terrò il mio *cane* lontano dalla tua *orsa*."

Ecco. Non male come risposta, considerando la mia situazione.

Finalmente, lui si degna di guardarmi… e io rimango ancora una volta ammutolita.

Quegli occhi, incastonati sotto un paio di folte sopracciglia scure, sono del colore più bello che io abbia mai visto: una specie di nocciola cangiante, che sembra passare dal verde scuro al marrone ambrato.

Tali occhi si spalancano, quando vagano sul mio corpo, soffermandosi per un momento sulla gonna corta e sulle gambe nude, ma poi lo splendido viso assume un'espressione imperiosa. "Oh, per favore. È un cane più autentico il mio di quanto lo sarà mai il tuo."

La sua voce intensa e profonda cospira con le sfere dentro di me, per portarmi ancora più vicino a un punto dove non voglio trovarmi.

Forse, potrei fare quello che fanno i maschi in situazioni come questa: pensare a cose non sexy.

Caccole degli occhi. Cerume dell'orecchio. Spremere un brufolo. Ascelle puzzolenti. Capelli con forfora. Roba grigia che fuoriesce dall'ombelico. Funghi delle unghie.

No. Nessuno di questi funziona.

Mia madre?

Questo sembra funzionare!

A proposito di mia madre, incarno quello che lei definisce derisoriamente il mio "contegno da regina delle nevi" e, finalmente, trovo le parole per rispondere allo sconosciuto. "Essere un cane non è una questione di quantità, ma di qualità."

Le sue sopracciglia folte si sollevano appena un po'. È chiaro che nessuno gli abbia mai risposto prima. "Come mai quella bestiolina ringhiosa non sta dentro la tua borsetta, tanto per cominciare?"

Uff! Decisamente uno stronzo. Almeno, l'irritazione

sta tenendo a bada l'orgasmo. Detesto gli stereotipi sui chihuahua. Nonostante abbia preso il nome da Napoleone, Boner non ha il complesso di molti suoi simili e non è affatto ringhioso. Ha frequentato la scuola per cani, quindi è ben educato. Per lo più. Lui *è* un cane.

D'accordo. Miss Bella la Gentile è ufficialmente sul piede di guerra.

Lancio un'occhiata gelida al cavallo dei jeans dello sconosciuto, poi sposto lo sguardo di nuovo sul suo viso, inarcando malignamente un sopracciglio. "Fammi indovinare. Il cane grande e grosso serve per compensare qualcosa?"

Wow. Dov'è il mio Oscar? Dubito che persino Angelina Jolie riuscirebbe a rimproverare qualcuno, mentre trattiene un orgasmo.

Il bastardo si limita a fare un sorrisetto. Con gli occhi cangianti che brillano, replica: "Vuoi scommettere?"

Oh, no!

Con l'immagine di un pene gigantesco in mente, alla fin fine, perdo la battaglia contro le palline e vengo.

Capitolo Due

È un miracolo che io riesca a sopprimere il mio gemito (un miracolo degno di un altro Oscar). Tutte le donne che simulano un orgasmo dovrebbero provare a fare il contrario: fingere di non averlo. È più difficile di quanto immaginassi!

La grande domanda è: lui me l'avrà letto in faccia?

L'ultimo spasmo disattiva le sfere, così almeno mi viene risparmiata una seconda esibizione.

Un forte latrato riecheggia da qualche parte nel parco.

Entrambi abbassiamo lo sguardo sui nostri animali, nella remota eventualità (suppongo) che abbiano imparato a proiettare le proprie voci a lunga distanza (impresa di cui nemmeno io, abile ventriloqua, sono capace).

Boner ha il naso puntato nella direzione del latrato lontano e scodinzola con eccitata curiosità. "*Ma chérie*, credo che quel cane abbia abbaiato perché c'è uno scoiattolo, laggiù, in salsa di besciamella. Possiamo, per favore, ti prego, andare lì? Per favore!"

A differenza di Boner, l'orsa si rannicchia pietosamente, abbassando le soffici orecchie giganti, con il corpo da centotrenta chili che trema come una foglia marrone pelosa.

Accidenti! Adesso mi dispiace per l'orsa, ma mi sento anche vendicata.

Chi è il cane più grande, ora?

Lo sconosciuto mormora qualcosa di rassicurante nella sua lingua, accarezzando la testa dell'orsa, e la bestia esce dal panico.

Con un piccolo scodinzolio, gira il muso verso Boner e gli dà una bella annusata.

Dimenticando l'altro cane, Boner guarda l'orsa e la annusa a sua volta.

Con uno sbuffo, lo sconosciuto dice di nuovo qualcosa in quella lingua simile al russo e trascina via l'orsa, senza darmi la possibilità di schernire la codardia del suo "cane autentico".

Boner guarda con desiderio il posteriore dell'orsa. "*Ma chérie*, quello è un gran bel sederone da annusare! Che *tragédie*!"

"Comprendo il tuo dolore" gli sussurro, mentre i miei occhi vagano sul culo stretto e muscoloso, delineato dai jeans, dell'irritante sconosciuto (un culo che sembra super-invitante nei postumi dell'orgasmo). "Non sono sicura di volerlo annusare, di per sé, ma penso che avere quel culo attaccato a quel cervello sia una perdita per l'intero genere femminile."

Riprendiamo la nostra passeggiata e, ogni volta che Boner si ferma ad annusare qualcosa, lancio un'occhiata furtiva all'irritante sconosciuto (assicurandomi di non stringere accidentalmente le palline di Kegel un'altra volta).

Lui sta portando l'orsa nel posto preferito di Boner: un parco giochi per cani (sebbene, talvolta, io abbia visto anche dei bambini umani su quelle rampe).

Fantastico. Ora, non possiamo più andarci.

O, forse... dovremmo?

No! Dimentica quel tipo.

Purtroppo, mentre continuiamo la nostra passeggiata, scopro che dimenticarlo è difficile, specialmente alla luce del calore che pulsa ancora nel mio ventre.

Perché l'universo dev'essere così ingiusto? Mi imbatto raramente in ragazzi da cui sono attratta e, quando finalmente ne trovo uno, si scopre che è uno stronzo. Ripensandoci, date le mie relazioni passate, il semplice fatto di essere attratta da qualcuno potrebbe essere un campanello d'allarme. Secondo la mia amica Xenia, sono una calamita per gli stronzi. Caso emblematico: il mio ex più recente.

C'è una ragione, se preferisco i sex toys agli uomini reali.

Un sesto senso mi sveglia dalle mie fantasticherie, giusto in tempo per scorgere Boner che annusa una lumaca per terra.

"No!" grido, proprio mentre lui (com'era prevedibile) si ficca la lumaca in bocca.

"Sputala!"

Mi guarda con un'espressione ingenua. "Perché? È una *escargot*."

Assumo il ruolo dell'alfa nella nostra relazione. "Sputala. Potresti prendere la filaria francese."

Con aria contrita, Boner sputa la creaturina e la guarda strisciare via, indisturbata dalla bava di cane. "La filaria francese sembra proprio il mio tipo di verme."

Gli lancio un altro croccantino. "Bravo. Scommetto che quell'orsa non è ben addestrata come te. Si prenderebbe un parassita in un attimo, ma tu no."

"*Touché.*" Riprende la camminata, con le orecchie basse.

Poverino! Prima, non poteva annusare un'orsa; ora, non può mangiare una lumaca. Posso capirlo. Anche a me è stata negata una prelibatezza d'uomo!

Guidando Boner verso un idrante, lo osservo dimenticare tutte le sue preoccupazioni, mentre alza la zampetta incredibilmente in alto e fa pipì a un'altezza che solo un grosso cane dovrebbe riuscire a raggiungere.

Se solo la chiave per la mia felicità fosse così semplice! Tirerei su la gamba in un attimo. Beh, non in questo momento: mi cadrebbero le sfere.

Soddisfatto del suo lavoro urinario, Boner riprende il trotto.

Mi domando (non per la prima volta) come mai abbia simili ambizioni in fatto di pipì. Si illude forse di essere un cane molto, molto più grande? O forse tutti i cani vogliano mirare alle stelle, e il fatto di essere piccolo e snello aiuta Boner a non ribaltarsi, quando solleva la zampa più in alto della sua testa?

Boner si ferma e guarda malinconicamente in direzione del parco giochi.

Dato che l'orsa è ancora lì, propongo: "Andiamo a dare da mangiare a John, prima?"

Al nome di John, Boner scodinzola con approvazione. John non ha una casa, o ha qualche altro motivo per non lavarsi mai, e questo lo rende un essere umano divertente da annusare, per un cane.

A metà strada verso la panchina di John, un gatto nero ci attraversa la strada. Dato che è più grande di Boner, lui fa finta di non vederlo. Io, d'altro canto, mi fermo sui miei passi (e per poco non stringo le sfere troppo forte ancora una volta!).

Grazie al cielo, i miei fratelli non sono qui a prendermi in giro. Un gatto nero che attraversa la strada è una grande superstizione russa, che trovo difficile da ignorare. L'ingegnere del MIT che c'è in me non si capacita di come possa funzionare la sfortuna; eppure, continuo a starmene lì, sperando che qualcuno attraversi il percorso del gatto e, quindi, attiri la iella su di sé.

Con l'impresa commerciale che sto avviando, non posso rischiare di avere sfortuna.

Uno scoiattolo si fionda improvvisamente sul sentiero contaminato. Dato che non è più grande di lui, Boner cerca di inseguirlo, ma lo trattengo appena in tempo.

Fiù! Lo scoiattolo, ora, si beccherà la sfortuna al posto mio (o di qualche simpatica vecchietta).

Quando riprendiamo la passeggiata, un barboncino reale viene verso di noi.

Sogghigno. Con quell'acconciatura leonina, quel cane sembra molto più francese del mio; non che Boner abbia in sé qualcosa di francese, a parte il nome e l'anima. In realtà, potrebbe benissimo comparire in quelle pubblicità di "¡Yo quiero Taco Bell!" e, con le sue origini messicane, non si è ancora capito come mai non abbia un accento ispanico, quando me lo immagino a parlarmi.

Boner cerca di essere amichevole con il barboncino.

Il cane più grande mostra i denti e ringhia.

Boner si ferma sui suoi passi e mi guarda. "Che *impoli!*"

Lancio un'occhiataccia alla proprietaria.

Lei si stringe nelle spalle con aria colpevole e si affretta a superarci.

Il resto del tragitto è tranquillo e, quando arriviamo alla panchina di John, lui è lì come al solito, a fissare il vuoto in lontananza.

Infilandomi il guinzaglio di Boner sottobraccio, tiro fuori dalla borsa il panino che ho preparato per John. "Ciao!"

"Fantastico. La comunista è tornata" brontola John, prima di chinarsi a sprimacciare il pelo di Boner.

Gli lancio il panino. "Sono nata dopo che l'Unione Sovietica era già crollata e sono arrivata in questo paese quando avevo cinque anni, perciò sono molto più una capitalista americana che non una comunista."

John guarda il panino, aggrottando la fronte. "Comunista una volta, comunista per sempre."

Mi sembra giusto. Da quel poco che so della storia di John, è un veterano del Vietnam e, pertanto, le sue opinioni sui comunisti sono giustificate.

Inoltre, è troppo orgoglioso per accettare la carità, quindi agisco con cautela, come al solito. "Questo viene dal ristorante dei miei genitori" dico, indicando il panino. "Mi hanno portato di nuovo troppe cose da mangiare e, nella cultura russa, è considerato di cattivo auspicio buttare via il pane."

Quest'ultima parte è effettivamente vera (ed è il motivo per cui compro solo pane surgelato).

Borbottando qualcosa a proposito di stupide superstizioni comuniste, John prende il panino e comincia a divorarlo.

Ecco. Con il tempo, ho imparato a far sì che questa transazione fili abbastanza liscia. Quando l'ho conosciuto, John era magro in modo malsano, ma adesso è…

Boner si lancia improvvisamente in avanti, e il guinzaglio mi sfugge da sotto l'ascella.

Merda!

"A più tardi, John" grido da sopra la spalla, mentre mi metto a correre. "Devo riprenderlo!"

Non sento la risposta di John, ma vedo dov'è diretto Boner:

il parco giochi.

"Boner, fermati!" grido.

Non mi ascolta. Alla faccia della scuola per cani!

Mentre prendo velocità, mi maledico per il mio costante desiderio di fare più cose contemporaneamente. Anche se ho imparato a lasciare il cellulare a casa, per evitare di farmi distrarre dalle email di lavoro, ho dovuto provare le palline di Kegel proprio durante questa passeggiata.

Stringendo i muscoli pelvici a più non posso, accelero ancora un po'. Gingillarsi con le sfere non è niente in confronto a cercare di tenerle dentro le parti intime, mentre si corre.

Boner sale sulla rampa proprio accanto all'orsa.

No. Non può avere intenzione di...

Invece, sì.

Usando il vantaggio dell'altezza della rampa, il mio chihuahua salta sopra l'orsa e comincia a ingropparla.

Capitolo Tre

"*B*oner, fermati, ti dico!"

Quella scuola per cani mi deve un serio rimborso: questo scenario avrebbe dovuto far parte del loro percorso formativo.

Ignaro del mondo, il mio chihuahua spinge il suo minuscolo culetto verso il gigantesco didietro dell'orsa. Da lontano, Boner sembra un uccellino che fa un giro su un ippopotamo.

Dannazione! Stupido cane. Perché mai dovresti tentare di fare sesso con qualcuno cento volte più grande di te?

Le spinte accelerano.

I polmoni mi bruciano, mentre corro più veloce, nonostante l'impedimento della gonna stretta. Per lo meno, indosso le mie nuove sneakers carine, anziché i soliti stivali col tacco alto, che renderebbero impossibile questa sessione improvvisata in pista.

"Boner, smettila!" gli ordino, ansimando.

Lui fa l'esatto contrario. La sua ingroppata diventa frenetica, dando l'impressione che stia avendo una sincope sessuale.

Affretto ulteriormente il passo e il perizoma mi si sposta, procurandomi uno sgradevole spiffero sulle parti intime.

Come mai l'orsa non se lo mangia? Non che mi stia lamentando. Forse, il minuscolo pistolino di Boner non entra nemmeno in quella vagina cavernosa. Non ho dubbi che, se una bestia così grande si sentisse aggredita, Boner sarebbe un cane morto.

Merda! Si tratta di un'aggressione? Il mio amico animale è uno stupratore?

Ma no! La coda soffice dell'orsa è alzata, per fornire a Boner un ingresso più facile. Dev'essere il suo modo di acconsentire (oltre al fatto che non lo sta schiacciando sotto le sue mascelle enormi). Per quanto ne so, avranno raggiunto un'intesa, quando si sono annusati a vicenda.

Lui deve averla sedotta con i suoi potentissimi feromoni da chihuahua.

Naturalmente, niente di tutto ciò salverà Boner da quello stronzo fastidiosamente sexy del proprietario dell'orsa. Quando lui si accorgerà di cosa sta succedendo, manifesterà indubbiamente un istinto omicida. Per fortuna, la sua attenzione è rivolta al tizio con cui sta parlando o (più precisamente) gesticolando e gridando. Quest'ultimo ha in mano una macchina fotografica, che spero non userà per scattare una foto del misfatto di Boner.

I muscoli delle gambe mi bruciano, mentre corro più veloce. Ora, sono a soli sei metri di distanza.

Il tizio con la macchina fotografica perde qualsiasi disputa stessero avendo, e se la svigna.

Ci siamo.

Lo sconosciuto si gira e sgrana i suoi splendidi occhi, quando si rende conto della situazione dell'orsa.

Lanciandomi verso la rampa, afferro finalmente il guinzaglio di Boner. Prima che io possa trascinarlo via, lui si stacca di sua spontanea volontà e mi guarda, scodinzolando con soddisfazione maschile.

Come previsto, la mascella dello sconosciuto diventa di pietra e le sue narici regali si dilatano.

A fatica, mi trattengo dall'urlare "Cane cattivo!" a Boner. Non voglio far venire al mio piccolo amico dei complessi di natura sessuale, come quello che mi ha procurato mia madre, quando mi ha beccata a masturbarmi nell'adolescenza.

I cani meritano di essere creature sessuali, proprio come gli umani.

Lo sguardo inflessibile del proprietario dell'orsa si sposta da Boner a me. "Il tuo ratto ha appena…"

"Il mio *cane* è dispiaciuto per quello che ha fatto." Mi ci vuole uno sforzo tremendo per sembrare accomodante. "E anch'io. Mi sono distratta e lui mi è scappato."

Boner mi guarda in modo perplesso. "Perché ti scusi, *ma chérie*? Questo è *le grand amour*."

Lo sconosciuto mi lancia uno sguardo raggelante. "Fammi indovinare. Ti sei persa via guardando il cellulare?" Sottovoce, borbotta qualcosa sugli americani con i loro post e i loro tweet incessanti.

Mi vengono ufficialmente i nervi, e devo sforzarmi per non stritolare le palle: le sue, oltre a quelle dentro di me. "Lascia indovinare *me*. Ti piace giudicare le persone senza uno straccio di prova? Si dà il caso che io non porti il cellulare durante le passeggiate con il cane. Né tantomeno sono americana, nel senso stretto della parola. Né uso i social media, se è per questo."

La curiosità sostituisce parte della rabbia sul suo volto. "Allora, come hai fatto a lasciartelo scappare?"

Gli lancio il mio caratteristico sguardo glaciale. "Non sono tenuta a darti spiegazioni."

Forse, sono stata troppo brusca. L'orsa abbassa le orecchie e si nasconde dietro lo sconosciuto.

Lui stringe di nuovo gli occhi. "Il tuo cane ha violato la mia. Il minimo che tu possa fare è essere civile."

Come me, anche Boner non gradisce il suo tono. Piazzandosi in mezzo a noi, ringhia allo sconosciuto.

"Tranquillo, piccolo" gli mormoro, poi traggo un respiro profondo per calmarmi. A volte, per vincere bisogna mostrarsi superiori. "Voglio davvero scusarmi."

"Non mi servono le tue scuse. Mi serve sapere se il tuo cane ha qualche malattia venerea."

In qualche modo, mantengo la calma. "Questa è la prima volta che fa del sesso reale, quindi ne dubito fortemente."

Subito, vorrei prendermi a schiaffi per aver enfatizzato la parola "reale"; l'ultima conversazione che voglio affrontare è come io abbia realizzato un sex toy per il mio cane.

Lo sconosciuto sembra un po' più calmo, ora, così come l'orsa alle sue spalle. "Questo è un bene. Tuttavia, lo sperma può ospitare una vasta gamma di virus. Come facciamo a sapere che il tuo cane non è infetto da qualcosa?"

Faccio spallucce. "Perché non è stato malato? Inoltre, non sappiamo se l'abbia effettivamente penetrata, o se ci sia stato dello sperma."

Sperma di cane. Questo è un argomento che non pensavo sarebbe saltato fuori, quando ho iniziato la mia giornata.

"Non è sufficiente" replica il tizio. "Vorrei che lo portassi da un veterinario e gli facessi fare un controllo approfondito." Si fruga nelle tasche e tira fuori un portafoglio. "Pago io."

Come riesce a farmi innervosire così facilmente? "Posso pagarmi il veterinario da sola. Grazie."

"Se insisti." Il portafoglio scompare.

Raddrizzo la schiena. "Insisto."

Mi lancia un'occhiata più approfondita, soffermandosi ancora una volta sulle mie gambe. "E mi farai sapere i risultati del test veterinario?" La sua voce è un tantino più roca, quando i suoi occhi nocciola tornano sul mio viso.

Quel traditore del mio cuore salta un battito. "Dovrò inserire il mio numero nel tuo cellulare. Come dicevo, io non ho con me il mio."

È un accenno di sorriso quello che si affaccia sulle sue labbra sexy?

"Andrebbe benissimo, se non fosse che nemmeno io mi porto dietro il telefono, durante le passeggiate con il cane" afferma. Aggiunge ironicamente: "Né uso i social media. Né sono americano."

Avrei potuto immaginare l'ultima parte, ma niente social media? Pensavo che io e i miei fratelli paranoici fossimo gli unici ad astenerci, di questi tempi. E niente cellulare durante le passeggiate? Persino i suddetti fratelli mi prendono in giro per *questo*.

"Hai un biglietto da visita?" gli chiedo, ignorando la tentazione di contare le nostre somiglianze. Solo perché stiamo avendo una conversazione civile non significa che lui non sia ancora uno stronzo.

Gli offrirei il mio biglietto da visita, ma, per qualche ragione, non voglio che sappia che possiedo un'azienda di sex toys. C'è qualcosa in lui (forse il taglio sobrio ma palesemente costoso dei vestiti, o l'angolo imperioso della mascella) che mi fa pensare a consigli d'amministrazione di Fortune 500 e a cene da dieci portate sotto lampadari di cristallo. Uomini come lui tendono a guardare dall'alto in basso gli imprenditori non tradizionali come me... perché mi interessi quello che pensa, tuttavia, è un mistero.

In genere, sono apertamente orgogliosa di quello che faccio.

Lui fruga in tasca e tira fuori una penna. "Non ho un biglietto da visita." Si guarda intorno e individua un paio di tazze da caffè, che qualcuno deve aver lasciato su una panchina vicina. Afferra quella dall'aspetto più pulito, ci scrive qualcosa sopra e me la porge.

Un netto scarabocchio maschile recita Dragomir, accanto a un numero di telefono con il prefisso di Manhattan.

Dragomir? Il diminutivo sarebbe Drago? Sembra un cattivo di Harry Potter.

"Io mi chiamo Bella." Posando la tazza, tendo educatamente la mano.

I suoi occhi brillano, mentre accetta il saluto, e il suo palmo molto più grande inghiotte il mio... mozzandomi il fiato, al calore elettrizzante della sua pelle.

È un miracolo che non attivi le sfere dentro di me!

"Dragomir." Pronuncia il nome con un accento simile al russo.

Stacco la mano con riluttanza. "Di dove sei, originariamente?"

"Ruskovia" risponde, sempre con la stessa pronuncia.

Mmm. Ho sentito parlare di quel posto. Se ricordo bene, è più piccolo di qualunque quartiere di New York e un tantino arretrato, almeno per il fatto che hanno ancora una monarchia al potere. Non ho idea di dove sia sulla mappa, né di quali siano le usanze locali, né se sia stato l'ispirazione per Sokovia negli *Avengers*.

Quello che so è che, se questo ragazzo è un esemplare tipico, la Ruskovia potrebbe essere la nazione con gli uomini più belli del mondo.

Devo avere un'espressione un po' vacua, perché lui

mi spiega con un lieve roteare degli occhi: "La Ruskovia è un paese dell'Europa dell'Est, nel caso in cui la tua conoscenza della geografia sia quella di un americano medio."

I miei fratelli mi ripetono sempre che la mia geografia andrebbe migliorata, ma chi è questo Dragomir per criticare me o il sistema educativo americano?

"So dov'è la Ruskovia" replico, mentendo solo leggermente. "Io sono nata in Russia. Anche quella è nell'Europa dell'Est, nel caso in cui la *tua* conoscenza della geografia sia mediocre."

Alla parola *Russia*, i suoi occhi si stringono, e mi ricordo tardivamente che molti paesi dell'Europa orientale non amano la mia madrepatria, grazie agli sforzi dei sovietici di portare loro il comunismo, generalmente sotto la minaccia delle armi.

"Ero piccola, quando mi sono trasferita qui" aggiungo, prima di poter domandare a me stessa come mai io stia cercando di entrare nelle sue grazie.

Inclina la testa. "*Questo* spiegherebbe il tuo inglese perfetto."

Era un complimento? Sembra proprio di sì.

"E tu?" gli chiedo, decidendo di prenderlo per buono. "Come mai non hai un accento?"

"Ho avuto ottimi insegnanti" risponde, e guarda in basso con espressione accigliata.

Seguo il suo sguardo e reprimo uno sbuffo. Mentre parlavamo, Boner e la sua orsa si sono riuniti, e lei gli ha appena dato una leccata (una grossa leccata bavosa).

Boner sembra il cane più felice del mondo.

Dragomir dice qualcosa all'orsa in quello che dev'essere ruskoviano. Le uniche parole che riesco a distinguere sono *Winnie* e qualcosa di simile a *Pooh*.

O era "poo" (cacca) con la minuscola?

Timidamente, l'orsa si allontana da Boner.

Il mio buon umore evapora. "Hai appena insultato di nuovo il mio cane?"

"No. Ho detto a Winnifred di non leccarlo. I russi non usano anche loro il comando 'fu'?"

Fu. Non *poo*. Sì, i miei genitori urlano sempre "fu" a Boner, quando lo vedono fare cose che non gradiscono. A me sembra sempre che stiano cercando di insegnargli le arti marziali, alla *Kung Fu Panda*.

Poi, mi viene in mente una cosa. "Il tuo cane si chiama Winnifred? Abbreviato in Winnie?"

Lui annuisce.

"Ti rendi conto che è il nome di un orso, vero? Come in Winnie the P..."

"Non sono stato io a scegliere il nome. Come si chiama il tuo?"

Chi è che non dà il nome al proprio cane? "Bonaparte."

Inarca le sopracciglia. "Non pensi che sia un po' troppo ambizioso, per un cane con un cervello grande come un pisello?"

Incrocio le braccia sul petto. "I chihuahua hanno la proporzione cervello/corpo più grande di qualsiasi altra razza."

"Tuttavia..." Guarda Boner con scetticismo. "Il

cervello di Winnie potrebbe essere grande quanto tutto il suo corpo."

"Oppure, potrebbe essere piccolissimo, se ha un cranio molto spesso" ribatto, aggiungendo sottovoce: "come te".

Mi lancia il suo sguardo imperioso. "Winnie è di razza misha. Hanno liberato la Ruskovia dai lupi e dagli orsi, e sono i cani più intelligenti del mondo."

"Questa razza si chiama davvero *misha*?" Reprimo l'impulso di chiedergli come, esattamente, Winnie saprebbe scacciare i lupi, dato che si era spaventata per l'abbaiare di un cane qualunque.

Lui sospira. "Si chiamano così. E allora?"

"Misha è un termine associato agli orsi, in Russia. Come il Misha Olimpico… hai presente?"

"Beh, in Ruskovia, il termine misha è associato solo a cani maestosi e molto intelligenti."

"Scommetto che Boner è più intelligente di Winnie." Non appena lo dico, mi immagino una ramanzina di mia madre. Quand'ero piccola, cercava di convincermi che agli uomini non piace essere sfidati, e che non avrebbero voluto avvicinarsi a una ragazza competitiva come me.

Non che Dragomir voglia avvicinarsi a me, in ogni caso. Considerato il modo in cui questo incontro è andato finora, è improbabile che la mia competitività sia in cima alla sua lista dei miei difetti (ammesso che abbia una lista che annoveri anche qualche pregio).

Lui guarda Boner e poi me. "Sei seria?"

Decido di rincarare la dose. "Serissima. Conosco un

valido test d'intelligenza per cani, e sono sicura che Boner lo supererà prima di Winnie."

Il bagliore della battaglia brilla nei suoi occhi. "Anch'io conosco un test. E Winnie ci pulirà il pavimento, con il tuo aspirante Napoleone."

"Allora, è ufficiale." Mi sfrego le mani. "Facciamo una gara."

È un sorriso presuntuoso quello sulle sue labbra? "Che cosa ottiene il vincitore?"

Il Grinch sarebbe invidioso del mio ghigno, mentre penso alla risposta perfetta. "Se vinco io, voglio che tu ti metta in ginocchio e…"

Mi interrompo, quando lui sgrana gli occhi. Guarda l'orlo della mia gonna, e sul suo volto appare un'espressione vorace.

Wow!

So a cosa sta pensando, ma non è quello che avevo in mente… fino a questo momento, cioè.

Capitolo Quattro

*L*ui si avvicina abbastanza, da farmi percepire le note di cannella della sua acqua di colonia sensuale. "Che io mi metta in ginocchio e faccia cosa?"

Le mie stesse ginocchia mi sembrano stranamente deboli. Mi schiarisco la gola, ma la mia voce esce comunque più roca di quanto sarebbe prudente. "Che ti metta in ginocchio, di fronte a Boner, e gli dica che è la creatura più intelligente che tu abbia mai incontrato."

È delusione quella sul suo viso?

Ce n'è anche sul mio?

Lui fa spallucce. "Per quanto sgradevole sarebbe questo finale, non mi preoccupo, perché Winnie vincerà."

"Bene, allora, nella remota eventualità che sia così, che cosa vorresti che *io* facessi?"

Si strofina la barba corta e scura. È più una peluria

incolta, in realtà, che potrebbe essergli cresciuta in una settimana o due; me ne accorgo, quando la osservo più da vicino. I suoi capelli sono così folti e sensuali, che sembra ne abbia più di quanti ce ne siano in realtà.

Aspettate, perché sono ossessionata dai suoi capelli? Gli ho appena fatto una domanda importante, e lui se la prende comoda per rispondere. Significa che mi chiederà qualcosa di indecente? Riesco quasi a sentire la sua voce profonda ringhiare in risposta: "Mettiti in ginocchio e tirami giù la cerniera dei pantaloni, poi tira fuori il mio…"

"*Quando* vincerò" dice, interrompendo le mie fantasie lascive, "passeggeremo insieme fino a quando Winnie farà la cacca, e poi tu la raccoglierai".

Sembra compiaciuto.

Dannazione! La posta in gioco è grossa. Letteralmente.

Usa sacchi della spazzatura da cinquanta litri, per contenere tutta quella cacca? Avrò bisogno di una pala?

L'unica parte di questo scenario che mi piace è che passeggeremo insieme. E, a seconda del consumo di fibre di Winnie, potremmo avere la possibilità di conoscerci. Magari, smetteremo di scontrarci, tanto per cambiare. Forse, persino…

"Vuoi tirarti indietro?" Le parole comportano una sfida bella e buona.

Lo fulmino con lo sguardo. "Neanche per sogno. Ci sto. Qual è il test?"

Lui accarezza la testa di Winnie. "Si copre la testa

del cane con un asciugamano e si cronometra quanto tempo impiega per liberarsene."

Non mostro la mia euforia. L'ho già fatto una volta con Boner. Si è liberato in meno di trenta secondi, che era un risultato molto buono secondo l'articolo che stavo leggendo. "Dove prendiamo gli asciugamani?"

Ti prego, dimmi "a casa tua"!

Si strofina di nuovo la barbetta. "Usiamo i nostri vestiti?"

Prima che io possa rispondere, si afferra l'orlo del dolcevita (esponendo un barlume di addominali tonici) e se lo sfila dalla testa.

Porca vacca!

Della serie: *ti prego, scopami.*

Per poco non attivo le sfere ancora una volta.

Sotto il dolcevita, indossa il mio secondo articolo preferito di abbigliamento maschile: la canottiera. Cosa ancora più importante: ha un fisico scolpito. Le spalle sono perfettamente muscolose, le braccia hanno dei bicipiti pazzeschi e i pettorali sono da sballo.

Mi viene voglia di cambiare la mia richiesta, in caso di vincita, con qualcosa di inappropriato. Inoltre, sarebbe così sbagliato, se attivassi le sfere di proposito e avessi un altro orgasmo proprio qui, adesso?

"Tu non sei tenuta a toglierti la maglietta" mi dice, fraintendendo la mia espressione sbalordita. "Date le dimensioni del tuo chihuahua, il mio fazzoletto andrà bene."

Un fazzoletto? Che cos'è questo, l'Ottocento?

Ringraziando gli dèi della moda per la mia

decisione di indossare una bralette sotto la camicetta, inizio a sbottonarmi quest'ultima.

Quando lui sgrana di nuovo gli occhi, il loro colore marrone chiaro sembra trasformarsi in oro fuso.

Non sono timida, ma nel momento in cui mi scrollo di dosso la camicetta, sono sul punto di arrossire per quello che vedo sul suo viso.

"Non voglio che Boner perda perché non riconosce il profumo del tuo fazzoletto." Ecco. La mia voce è impassibile. E il mio spogliarmi non ha niente a che vedere con il tentativo di, diciamo, sedurre qualcuno. No, no! Soltanto una donna *veramente* subdola farebbe una cosa del genere.

Lui tira fuori il suddetto fazzoletto e si tampona la fronte. "Hai un orologio con il cronometro?"

"Perché? Non ci serve mica, per vedere chi si libera per primo."

"Voglio registrare il tempo per i posteri. Sotto i trenta secondi è considerato un ottimo risultato."

Significa che anche lui ha già effettuato questo test sul suo cane?

Suppongo di dovermi preparare psicologicamente a spalare la cacca gigante.

Agito il polso nudo. "Spiacente, nessun orologio."

"Usiamo il mio?" Inclina l'avambraccio muscoloso, in modo che io possa vedere l'oggetto.

Con il pretesto di guardare meglio, mi avvicino a lui, fino a trovarmi a portata di bacio. Così da vicino, il suo profumo è inebriante: tutto pelle calda maschile e intensa spezia alla cannella. Mi viene letteralmente l'acquolina in bocca, mentre il mio cervello si riempie nuovamente di immagini a luci rosse.

"Quelli sulla tua borsetta sono dei peni disegnati a mano?" mi chiede, strappandomi all'ennesima fantasticheria indotta dalla lussuria.

Perché diventano tutti dei critici d'arte, quando si tratta di questo? Sì, mi piace decorare le mie cose in questo modo. Denunciatemi!

"Hai qualche problema con i miei disegni?" Mi sposto in modo che lui non possa vedere la mia borsa. Nel farlo, gli pesto accidentalmente un piede.

Maledizione! Calpestare un piede è un cattivo presagio. Significa che la persona responsabile del calpestamento avrà un conflitto con la persona che l'ha subito.

O, in questo caso, un conflitto maggiore.

"Nessun problema" risponde, ma non è chiaro se si riferisca al piede o ai disegni di peni.

Esito, poi decido di buttarmi. "Potresti pestarmi il piede?" Secondo la tradizione russa, questo annullerebbe il malocchio.

Lui solleva un sopracciglio. "Superstizione russa?"

Annuisco, arrossendo leggermente.

"In Ruskovia, se una donna pesta accidentalmente il piede di un uomo, si dice che finiranno per mettersi insieme. Naturalmente, io non credo a queste sciocchezze."

Eppure, mi pesta delicatamente il piede, poi mi mostra di nuovo l'orologio e sorride.

Che sorriso! Sarebbe troppo evidente, se mi facessi

31

aria con le mani? Cosa più importante: sarei una pervertita, se attivassi la vibrazione adesso? Ho davvero voglia di farlo. Non solo lui ha un profumo estremamente maschile e delizioso, ma a questa distanza, riesco a percepire il calore che emana, come se fosse un drago sputa-fuoco.

Forse quest'ultima parte è il motivo per cui si chiama Dragomir?

Rendendomi conto di essermi completamente dimenticata dell'orologio, ci do un'occhiata esagerata.

Wow! È di Patek Philippe, il produttore degli orologi da polso più costosi del mondo. Questo particolare capolavoro sembra realizzato su misura, con una scritta in quello che sembra cirillico, ma dev'essere ruskoviano, e uno strano disegno fatto di diamanti.

Non c'è da stupirsi che Dragomir mi abbia dato l'impressione di essere straricco. Quell'aggeggio deve costare milioni!

"Dunque" mormora, facendomi alzare di scatto gli occhi sul suo viso. "Ti fidi del mio orologio?"

Qualche istinto mi suggerisce di non fidarmi di niente di suo, punto. Eppure, priva di una risposta razionale, mi limito ad annuire e mi allontano a forza dall'attrazione gravitazionale di quegli occhi cangianti.

"Al mio segnale" annuncia, rivolgendo la sua attenzione all'orologio.

Tengo il mio top sopra Boner.

Lui getta il proprio dolcevita sulla testa di Winnie. "Via!"

Capitolo Cinque

*M*entre lascio cadere la mia camicetta sopra Boner, mi rendo conto che questo test non potrà essere equo. Il mio chihuahua è talmente piccolo, che la mia camicetta è un ostacolo molto più grande per lui di quanto il dolcevita di Dragomir non sia per Winnie.

Avrei dovuto accettare il fazzoletto, in fin dei conti.

Oh, amen! Se sollevo l'argomento adesso, Dragomir mi accuserà di non saper perdere.

Speriamo solo che Boner sia molto più intelligente (o più bravo in questo particolare test).

Entrambi i cani iniziano a lottare per liberarsi.

I secondi passano.

Rendendomi conto di trattenere il fiato, sciolgo le spalle tese e inspiro un po' d'aria.

Improvvisamente, una zampa appare da sotto la mia camicetta, poi un'altra, poi la testolina di Boner.

Lo indico con entusiasmo. "Ha finito!"

Boner scodinzola. "*Ma chérie*, dubitavi forse che sarei uscito *victorieux*? Non va bene."

"Venticinque secondi" ringhia Dragomir, fissando il suo dolcevita.

Passa qualche altro secondo, ma Winnie non si è ancora liberata.

Poi, qualche altro ancora.

Improvvisamente, il dolcevita comincia a restringersi, anche se non è chiaro come… almeno all'inizio.

"Lo sta mangiando?" chiedo.

Lui fissa la scena, poi afferra il dolcevita e lo tira.

Eh già!

L'orsa ha deciso che il modo migliore per uscire fosse mangiare l'ostacolo.

Dopo qualche strattone e qualche parola rassicurante in ruskoviano, il dolcevita è a brandelli, ma almeno non è finito nello stomaco della cagna.

Senza alcuna ragione, Dragomir fulmina *me* con lo sguardo.

Quando si dice non saper perdere! Il ragazzo dev'essere persino più competitivo di me.

"Almeno, ha trovato un modo creativo per uscire" affermo, pensando che tendere un ramoscello d'ulivo non abbia mai fatto male a nessuno.

Il suo sguardo gelido si scalda di qualche grado. "Hai comunque vinto tu questo round. Qual è il *tuo* test?"

Mi avvicino alla panchina e raccolgo le due tazze

rimaste, mettendole insieme a quella con sopra il suo numero di telefono.

"Questo serve a mettere alla prova la loro memoria" affermo.

Un sorriso presuntuoso gli balena in viso. "Credo di conoscere anch'io questo test."

Dannazione! Speravo di avere un vantaggio, qui. Ma, ehi, almeno sono in testa, per adesso.

"Per prima cosa, insegniamo loro che sotto una tazza ci sarà un premio." Lo dimostro, tirando fuori un prelibato croccantino per cani e infilandolo sotto la tazza di sinistra. "Boner, prendilo!"

Con uno scodinzolio, lui spinge con il naso la tazza più a sinistra e divora il bocconcino.

"Anche Winnie sa farlo" afferma Dragomir, poi tira fuori un croccantino e lo infila sotto una tazza.

Winnie inclina la testa.

Lui le dice qualcosa in ruskoviano.

La grossa cagna punta il muso gigante verso la tazza.

Sorridendo calorosamente, lui solleva la tazza e lascia che l'animale mangi il bocconcino.

Provo una stretta dentro di me. Quel sorriso gli dona, ma d'altronde, gli dona praticamente qualsiasi cosa.

"Dunque" affermo, combattendo l'impulso di attivare le sfere, "ora che conoscono il protocollo, nascondiamo un croccantino in modo che loro possano vedere la tazza giusta, li facciamo voltare per trenta secondi, poi mettiamo alla prova la loro memoria, facendoli voltare di nuovo, per vedere se vanno a prendere la tazza giusta al primo tentativo. O al secondo. Più volte tirano a indovinare, peggiore è la performance del test."

Lui annuisce. "Prima le signore."

"Canine o umane?"

Sogghigna. "La tua squadra parte per prima."

Prendo un altro croccantino, lo metto sotto la tazza centrale, faccio voltare Boner e conto fino a trenta.

"Trenta secondi" annuncia Dragomir, ricordandomi del suo orologio.

Ops! Sono contenta che stiamo mettendo alla prova la memoria di Boner, e non la mia.

"Tesoro, prendi il croccantino" lo esorto.

Senza esitare, Boner rovescia la tazza centrale e ingoia il bocconcino. "*Savoureux.*"

Sì! Chi è un cane intelligente?

"Tocca a te" dico a Dragomir, incapace di trattenere il compiacimento della mia voce.

Lui mette il suo croccantino sotto la tazza centrale e fa voltare di spalle Winnie.

Altri trenta seconda più tardi, la fa girare di nuovo.

Lei inclina la testa un'altra volta.

Il padrone le impartisce il comando in ruskoviano.

La cagna lo guarda, come se fosse confusa.

Il comando successivo suona un po' più acuto.

Lei si gira di nuovo verso le tazze, sembra concentrarsi, poi si ficca in bocca la tazza più a destra e comincia a masticarla.

Wow. È davvero crollata a causa della pressione.

"Winnifred, fu!" ordina Dragomir, con il tono di qualcuno che vede ogni suo comando obbedito senza fare domande.

Con le orecchie basse, Winnie sputa la tazza masticata, poi punta il naso verso quella centrale.

Dragomir solleva la tazza corretta, affinché lei possa mangiare il bocconcino.

Aspetto qualche istante, affinché non sembri che io stia gongolando. "Credo che abbiamo vinto noi."

"Era l'odore del caffè sulla tazza." afferma lui, sembrando sulla difensiva. "Lei adora il caffè."

Incontro il suo sguardo. "Ti stai rimangiando la nostra scommessa?"

Sospira. "Facciamola finita."

Dato che sta per inginocchiarsi, indietreggio, altrimenti potrebbe vedere sotto la mia gonna (un problema, soprattutto perché non ho avuto il momento di privacy necessario per sistemarmi il perizoma).

Posando ciò che resta del suo dolcevita per terra, accanto a Boner, Dragomir si inginocchia, sovrastando il corpicino del mio cane.

"Sollevalo, in modo che siate faccia a faccia" dico, cercando di non ridere. "Sempre che lui sia d'accordo."

Anche questo è un test. Due, in realtà.

Per prima cosa: Dragomir farà lo stronzo e si rifiuterà?

Seconda cosa: Boner è un buon giudice del carattere di una persona, quando si tratta di lasciarsi toccare. Per esempio, ringhia contro entrambi i miei genitori, quando ci provano. Quindi, se Dragomir è malvagio fino a *quel* livello, la faccenda non filerà liscia.

Con mio grande stupore, Dragomir sussurra qualcosa in ruskoviano e gratta delicatamente Boner dietro l'orecchio.

Sono gelosa del mio stesso cane?

Boner scodinzola.

L'operazione di sollevamento ha chiaramente il via libera, per quanto lo riguarda.

Dragomir lo solleva delicatamente, lo guarda negli occhi e, con impressionante sincerità, gli dice: "Napoleone Bonaparte, ti chiedo scusa. Sei il cane, anzi, la creatura più intelligente che io abbia mai incontrato."

In risposta, Boner gli lecca la faccia.

Mi metto a ridere, e tutta la tensione tra di noi scoppia come un palloncino troppo pieno.

Dragomir rimette delicatamente Boner a terra e mi sorride.

Non ero l'unica ad essere gelosa, a quanto pare. Winnie si precipita da Dragomir e gli lecca la faccia anche lei, lasciando un'enorme quantità di bava sui suoi lineamenti cesellati.

La mia risata è fuori controllo, ormai. Ho le lacrime agli occhi, mi cola il naso e poi, con mio grande orrore, i muscoli della mia vagina falliscono improvvisamente nel loro compito... e sento le palline di Kegel scivolare fuori.

Merda! Sono riuscita a correre e ad avere un orgasmo senza perdere quegli aggeggi scivolosi, solo per essere tradita da una risata?

Stimolata dall'adrenalina, riesco ad afferrare una delle sfere all'altezza del ginocchio. La seconda, però, cade a terra e rotola nella direzione di Winnie.

No!

Ti prego, non...

Senza un attimo di esitazione, Winnie afferra la sfera con la bocca.

"Fu!" grido.

Il comando non funziona.

Winnie ingoia la pallina.

Capitolo Sei

*D*ragomir mi guarda con aria interrogativa.

Ma certo. Mi ha appena sentita dire "Fu".

Come faccio a spiegargli quello che è successo? *Perbacco, al tuo cane deve piacere il sapore dei miei umori femminili, perché ha appena ingoiato un sex toy che tenevo nascosto nella vagina!*

Devo proprio dirglielo?

Winnie non espellerà semplicemente la pallina, defecando?

Uff, ma se ci fossero delle complicazioni?

Non posso non dirglielo.

"Ti arrabbierai" lo avverto, cercando freneticamente di trovare il modo meno imbarazzante per dargli la notizia.

Le sue folte sopracciglia si aggrottano. "Che cos'è successo?"

Gli mostro la sfera che ho afferrato. "Stavo

cercando di rilassarmi usando queste... ehm... sfere cinesi per la meditazione, ma una mi è caduta e Winnifred l'ha ingoiata."

Ecco. Sembra credibile.

Sfortunatamente, non ci vuole un linguista per capire che la prossima cosa che Dragomir ringhia in ruskoviano è un'imprecazione. Accovacciandosi accanto a Winnie, la esorta a sputare la pallina, ma senza successo.

Mormora un'altra imprecazione sottovoce e balza in piedi. Dando un'occhiata all'orologio, comincia a trascinarla via senza nemmeno un saluto, con le lunghe gambe che divorano il terreno a passi furiosi.

Merda! "Starà bene?" chiedo, inseguendoli.

"Come diavolo faccio a saperlo?" Lancia la domanda da sopra la spalla, con una tale intensità, che entrambi i cani abbassano le orecchie. "Ecco perché stiamo andando dal veterinario."

Afferro Boner e corro dietro a loro due. "Lasciami venire con te. Mi sento terribilmente in colpa per questo."

"Hai già fatto abbastanza." Allunga il passo.

Rinuncio a inseguirlo. "Ti chiamerò per sapere come sta!" urlo alle sue spalle. "E ti farò sapere, se Boner dovesse avere qualche malattia venerea."

Forse ho urlato le parole *malattia venerea* un po' troppo forte, perché ricevo un mucchio di sguardi strani da parte dei passanti.

Se Dragomir mi ha sentita, non lo dà a vedere.

"Beh, è andata da schifo." Tornando indietro, raccolgo la tazza con la scritta e porto via Boner.

———

Quando arrivo a casa, la prima cosa che faccio è localizzare il mio telefono, per inserire il numero di Dragomir tra i miei contatti.

Girando la tazza, la fisso, ammutolita.

Non c'è alcun numero sopra, né un nome.

Beh, un nome c'è, ma è Barbara.

Grr. Quando ho raccolto quella stupida tazza, non ho controllato che la scritta fosse proprio la *sua*.

"Torno subito" dico a Boner, e corro di nuovo al parco.

Mentre mi avvicino al punto in cui ho incontrato Dragomir per la prima volta, noto un camion della spazzatura in fondo alla strada, che mi procura una sgradevole sensazione alla bocca dello stomaco.

La sensazione aumenta, quando arrivo al parco giochi per cani.

Le due tazze che avevo lasciato sono scomparse.

Come temevo, qualcuno è passato a pulire.

Tornando a casa, m'immagino Dragomir che aspetta la mia chiamata, per poi concludere che io sia una persona orribile, che se ne frega della sorte del suo cane (il che non potrebbe essere più lontano dalla verità).

Quando entro nel mio appartamento, sono così sconvolta, che ho bisogno di una botta di buon umore, perciò chiedo ad Alexa di riprodurre la canzone preferita di Boner: "Who Let the Dogs Out."

Come sempre, quando parte la musica, Boner comincia a ululare/cantare a ritmo e ad abbaiare nelle parti di *woof*. Pur avendo visto molti altri chihuahua cantare su YouTube, nessuno mi sembra tanto talentuoso quanto il mio. È talmente bravo, infatti, che quasi mi aspetto che un giorno componga un'opera per cani e la intitoli *La Bonerhème*.

"Sei un genio!" dico a Boner, quando la canzone è finita.

Lui scodinzola. "Dimmi qualcosa che non so, *ma chérie*."

Con un sorrisino, vado a prendere il suo spuntino e, quando torno, lo sorprendo a leccarsi il sedere.

"Alla faccia del genio!" mormoro.

Vedendo la pappa nella mia mano, si precipita a trangugiarla avidamente. Poi, come spesso fa, si fionda da Remy, il sex toy che ho progettato apposta per lui, e comincia a montarlo.

Remy è un ratto di peluche che assomiglia molto a un chihuahua femmina, però con una minuscola vagina finta in stile guaina incorporata. Immettere questo prodotto sul mercato è sulla mia lista delle cose da fare, anche se, per ora, i bisogni sessuali degli esseri umani sono una priorità maggiore per il mio business.

"Amico, hai appena fatto sesso nel parco" gli dico con delicatezza, per evitare di fargli venire quel complesso sessuale. "Pochi minuti fa."

"Ecco come dovrebbe essere una sana libido, *ma chérie*. L'invidia non ti dona."

Ridacchiando, vado nel mio ufficio per concedergli un po' di privacy.

Questo si rivela un errore. Adesso che sono da sola, i pensieri di Dragomir riaffiorano.

Mi fiondo al portatile per cercare Ruskovia e Dragomir.

No. Troppi risultati, e nessuno di quelli principali punta nella sua direzione.

È ufficiale: non ho modo di mettermi in contatto con lui. Posso solo sperare d'incontrarlo di nuovo in quell'area del parco, ma io e Boner siamo sempre andati a passeggio lì, e questa è stata la prima volta che ci siamo imbattuti in Dragomir. Evidentemente non ci va spesso e, dopo quello che è successo, non mi sorprenderebbe, se d'ora in poi evitasse del tutto quel posto.

Con un sospiro, controllo la mia agenda.

Fantastico. Stavo per dimenticare un incontro importante con mio fratello, più tardi in giornata.

Ho bisogno di schiarirmi le idee, subito. Ma come?

Un'opzione sarebbe masturbarmi pensando a Dragomir. Ho un'intera valigetta piena di sex toys, tutti progettati da me e prodotti dalla mia azienda: la Belka.

No, pessima idea. Questo servirebbe soltanto a farmi pensare di più a lui.

È il momento dell'artiglieria pesante.

Accendo la TV e metto su un film che non manca mai di tirarmi su il morale: *Frozen*.

Fin da bambina, sono stata paragonata in senso sfavorevole alla Regina delle Nevi: la cattiva di una fiaba danese popolare in Russia. Poi, la Disney ha trasformato lo stesso personaggio in una principessa formidabile, ribaltando tutta la prospettiva. Adoro questo film, e non soltanto perché ho sempre seguito la lezione chiave di *Frozen* (persino prima di vederlo): essere se stessi, senza scusarsi per questo.

O, nelle parole della mia canzone preferita della colonna sonora: I don't care what they're going to say (Non mi interessa che cosa diranno)... riguardo ai miei sex toys.

Come sempre, il film mi solleva il morale. Dopo, mangio qualcosa e bevo un po' di caffè, poi lavoro alla progettazione di un nuovo giocattolo. Faccio grandi progressi, arrivando a mandare un prototipo alla mia stampante 3D.

Quando è ora, prendo un regalo per mio fratello, indosso il mio miglior tailleur e gli stivali più tosti, e mi dirigo verso il suo ufficio.

Capitolo Sette

$\mathcal{U}$ scendo dall'ascensore, sorrido alla targa che proclama orgogliosamente "1000 Diavoli".

Questo è il modo di mio fratello di andare fiero del nostro cognome: Chortsky, che significa appunto "del diavolo". Lui ha fatto sì che "mille chorts" non sia più solo un'imprecazione russa, ma anche una fantastica azienda di videogiochi.

Anch'io ho fatto qualcosa di simile. "Belka" è il nomignolo con cui nostra madre mi chiama, quando non è contenta di me (cioè sempre). Così (in parte, perché la parola significa anche *scoiattolo*), ho deciso di rivendicare quel nome per la mia azienda di sex toys.

Prima di avanzare ulteriormente nell'atrio, faccio una brusca svolta nell'armeria e scelgo un paio delle mie pistole preferite. Questo ufficio ha una tradizione: gli impiegati sparano ai visitatori con dei fucili Nerf, e a me piace dare il meglio di me.

Impugnando le mie armi in stile Lara Croft, mi

precipito fuori, guardandomi intorno in cerca di nemici.

Per qualche ragione, gli impiegati maschi qui mi sparano raramente, per non dire mai. Le impiegate femmine, invece, sono sempre assetate del mio sangue.

Io ho un bel vantaggio, però. Ero un maschiaccio da piccola, e ho due fratelli, uno dei quali ha creato questa tradizione di sparatorie. Se esistesse un SEAL Team Six degli assalti Nerf, io farei parte della squadra.

La prima donna che sbuca fuori non si impegna nemmeno. Tiene la pistola in una mano e un caffè nell'altra.

Spara senza mirare.

Mi abbasso, poi lancio un dardo verso la sua clavicola. Come speravo, il proiettile rimbalza sulla sua camicia e finisce dentro la tazza.

Questo dovrebbe insegnarle una lezione.

La signora successiva è anziana, quindi mostro più rispetto, mentre scarico la mia pistola contro di lei, mirando alle gambe.

Le due successive, le colpisco ancora prima che abbiano la possibilità di premere il grilletto.

All'improvviso, un dardo mi colpisce tra le scapole.

Quindi, è così che funziona, adesso? Mi sparano alle spalle?

Voltandomi verso l'assalitrice, sparo senza mirare.

Ops!

Guarda caso, so che questa signora si chiama Karen, e dev'essere stata sul punto di urlare un grido di guerra o qualcosa del genere, perché il dardo le è finito in bocca… o forse in gola.

Le vengono dei conati di vomito e agita le braccia come un pollo senza testa.

Lasciando cadere le pistole, corro da lei e mi preparo ad eseguire la manovra di Heimlich. Dato che i miei genitori hanno un ristorante, tutti nella mia famiglia hanno imparato a praticare questa mossa, per ogni evenienza.

Karen non sembra aver bisogno di aiuto, però. Dopo qualche altro conato di vomito, sputa il dardo, si schiarisce la gola e mi rivolge un sorriso imbarazzato.

L'incidente mette freno alla sparatoria, perciò nessuno mi disturba, mentre raccolgo le mie armi e mi dirigo verso la sala riunioni.

Alex, il mio fratello maggiore nonché il proprietario della 1000 Diavoli, mi abbraccia calorosamente, quando entro.

Ritraendomi, gli sorrido. Con gli occhi azzurri, i capelli neri, la pelle chiara e i tratti del volto simmetrici, è come la mia copia al maschile (soprattutto, se si ignora la barbetta perenne sul suo viso).

Sedendosi, scuote la testa. "Se Karen sporge denuncia, sarai in debito con me."

Mi accomodo di fronte a lui. "Mi ha sparato alle spalle. Se ti metti contro il toro, finisci per essere incornato."

Sogghigna. "Non dovresti essere una mucca, in questo scenario?"

Tiro fuori dalla borsa il suo regalo. "Perché mai tutto ciò che riguarda i bovini è così sessista? Perché *vacca* significa *troia*? Perché, se una cosa va a rotoli, si dice che è 'andata in vacca' e non 'in toro'? Perché prendere una decisione si dice 'tagliare la testa al toro' e non 'alla mucca'? 'Porca vacca' invece di 'porco toro'. Un toro in un negozio di porcellane, anziché una mucca. Lo sapevi che le mucche uccidono più persone all'anno degli squali?"

Lui fa spallucce. "Ehi, considerando quante ne vengono massacrate per il nostro piacere, è giusto che pareggino i conti, qualche volta."

"Ho un regalo per te." Faccio scivolare la scatola sul tavolo.

Imbarazzato, sbircia all'interno.

Mi metto il mio cappello da ventriloqua. "Ehi, ciao." Faccio la voce bassa e stridente, proiettandola in modo che sembri provenire dalla scatola. "Sono la tua nuova ragazza. È meglio che mi usi, sul serio."

Lui si passa la mano tra i riccioli scuri scarmigliati. "Un altro sex toy?"

Il mio sorriso è diabolico: riesco a prendere in giro entrambi i miei fratelli in un colpo solo. "Quella è una guaina realizzata con il materiale brevettato dalla Belka. Cosa ancora più importante, è la preferita di Vlad."

Vlad, il nostro fratello mezzano, è stato recentemente coinvolto nel testare i miei prodotti... nientemeno che con una sua dipendente! Ora, la suddetta dipendente, Fanny, è diventata la sua ragazza.

Quindi, naturalmente, io e Alex non smetteremo mai di prenderlo in giro per questo.

La risatina di Alex è indice di disagio, a dir poco. "Grazie, suppongo. Sappi solo che il mondo intero potrebbe distorcere le tue buone intenzioni per farci apparire come i Lannister... o i Borgia."

"Non me ne può fregare di meno dei pettegolezzi" affermo spensieratamente.

"E se ti dicessi che posso procurarmi i sex toys da solo?" dice. "Posso persino comprarli dal tuo sito web."

Un altro sorriso diabolico. "Ti propongo un patto. Tu trovati una ragazza, e forse i regali finiranno."

Alza gli occhi al cielo. "Due pesi e due misure? Tu quando comincerai a uscire con qualcuno?"

Sento una fitta di rimpianto. Se non avessi perso quella tazza, magari...

"Ehi, sorellina, scusami" dice Alex, fraintendendo la mia espressione. "Dimenticavo che è un argomento delicato."

Si riferisce alla mia ultima relazione disastrosa. È saltato fuori che lo stronzo era sposato: una bugia per omissione, che mi ha lasciata devastata.

"Sto bene" dico, scrollandomi di dosso i ricordi spiacevoli. "Che ne dici di metterci al lavoro?"

"Giusto." Ripone il mio regalo sotto il tavolo. "C'entra qualcosa l'attività commerciale che stai cercando di lanciare? La tuta sessuale che funziona con la realtà virtuale?"

"Preferisco pensarla come un'esperienza sessuale immersiva, ma sì. L'idea è quella di democratizzare il piacere. Portare il sesso a quelle persone che hanno problemi ad ottenerlo per qualsiasi motivo, o che non vogliono farlo con soggetti reali. Vittime di ustioni, persone con disabilità, coloro che soffrono di malattie veneree estremamente contagiose o di sociopatie invalidanti... e l'elenco continua. Lo stesso prodotto può anche aiutare le coppie che intrattengono relazioni a distanza, così come gli astronauti e..."

"Sorellina, non hai bisogno di convincermi" afferma. "Penso che l'iniziativa sia davvero forte, e potrebbe farti diventare la più ricca della famiglia."

"Sai che non mi interessano i soldi. Detto questo, però, il denaro è il motivo per cui sono qui, in un certo senso."

In un batter d'occhio, ha in mano un libretto degli assegni. "Quanto ti serve?"

Sorrido. "Non disponi della cifra di cui ho bisogno. L'hardware per la realtà virtuale è roba di Serie A."

Fischia. "Hai intenzione di progettare un visore per la realtà virtuale? Pensavo si trattasse solo della tuta."

Scuoto la testa. "Le aziende presenti nel mercato della realtà virtuale sono pudiche, quando si tratta dei loro app store, e i loro visori non sono poi così comodi per chi ha la testa più piccola, come le donne. Inoltre, la tuta della miglior qualità avrebbe comunque l'attrezzatura per la realtà virtuale incorporata. Ho trovato un'azienda promettente che produce visori regolabili, ma non sta andando molto bene. Vorrei acquistarla e incorporarla nella mia società."

Lui mette via il libretto degli assegni. "Wow.

Comprare un'azienda di VR? Facebook non ha pagato due miliardi per Oculus?"

"Questo non sarà allo stesso livello, ma sì. Ecco perché sto cercando degli investitori."

"E?"

Sospiro. "Ci sto provando da mesi, ma senza fortuna. Non capisco se il problema sia l'attività principale della Belka, il fatto che io sia una donna, oppure le mie capacità dialettiche, ma nessuno abbocca."

Lui unisce i polpastrelli tra loro. "Come posso aiutarti?"

Tiro fuori dalla borsa una chiavetta USB e gliela porgo. "È tutto lì dentro. Per riassumere, vorrei avviare una joint venture con te, che potrebbe apparire più allettante per i potenziali investitori, rispetto a un'impresa soltanto mia. Non è necessario che il tema del sesso sia troppo in evidenza, nella nostra presentazione."

Lui si mette in tasca la chiavetta. "Una strategia di adescamento?"

"In un certo senso. Quello che diremo è la verità: io costruirò l'hardware e tu sarai a capo del team che scriverà il software. Il progetto sarà comunque etichettato come intrattenimento per adulti."

Lui si gratta il mento barbuto. "Quindi, che cosa farà il software, ufficialmente?"

"Decidi tu. Io avevo pensato a un casinò, o a una simulazione di vita reale, tipo Second Life o i Sims."

Sogghigna. "E non menzioneremo il fatto che il

casinò avrà uno strip club, o che l'attività più popolare in questa seconda vita virtuale sarà fare sesso?"

"Esatto. Per lo meno, se non ce lo chiederanno esplicitamente."

In altre parole, sarà una bugia. Non mi faccio illusioni su questo fronte. Non riferire a qualcuno una cosa importante (come il proprio stato civile) *è* una bugia.

Alex tamburella con le dita sul tavolo. "Ci sono molti fattori da considerare."

Mi alzo in piedi. "Per favore, esamina tutto quello che c'è in quella chiavetta e fammi sapere la tua decisione. Se non t'interessa, andrò da Vlad. Solo che mi sembrava più una cosa adatta a te."

Anche lui si alza in piedi. "È così. Ho già esperienza nel realizzare videogiochi di realtà virtuale. Sono vietai ai minori, però. Inoltre, devo ammettere che la cosa sembra molto promettente, sia come progetto di codifica sia finanziariamente."

Gli propino una battuta dal mio attuale repertorio di discorsi per gli investitori. "L'industria pornografica è un settore da cento miliardi di dollari. Si sta riducendo per colpa della pirateria e dei contenuti gratuiti, ma non sarebbe un problema per questa impresa, perché noi venderemo tute speciali. Inoltre, le app e i giochi di realtà virtuale sono più difficili da contraffare."

Lui si dirige verso la porta della sala riunioni e me la apre. "Se gli investitori si preoccupano della pirateria, posso illustrare loro le misure che adottiamo per i videogiochi della 1000 Diavoli."

Gli do un bacio sulla guancia, prima di andarmene. "Sapevo che mi saresti stato utile. Fammi sapere non appena decidi, in un senso o nell'altro."

Capitolo Otto

"Una spedizione standard di perline anali?" Chiedo conferma alla rappresentante al telefono.

"Sì. Inoltre, vogliamo raddoppiare il nostro ordine di plug anali" aggiunge lei.

"Metterò i miei dipendenti al lavoro."

"Grazie" dice, poi riattacca.

Sospiro. Ho provveduto ad assumere una risorsa per trattare con i rivenditori dei sexy shop, eppure, ogni tanto, devo ancora rispondere personalmente alle telefonate, specialmente quelle dei clienti più grossi.

Prima di dimenticarmene, scrivo un'email alla persona che avrebbe dovuto ricevere la telefonata e, per sicurezza, metto in copia tutto il team della logistica della Belka. Uso i codici degli articoli al posto di parole come "perline anali" e "plug anali", perché questo riduce fortemente le risatine inutili, specialmente tra i nuovi impiegati.

Dato che sono già in modalità lavorativa, controllo le nostre vendite su Amazon, nonché gli altri nostri principali rivenditori.

Gli affari vanno alla grande, anche se la linea di sex toys intelligenti non sta ancora vendendo bene quanto vorrei. I nostri best seller rimangono il Cucumbernator (il dildo a forma di cetriolo che ho progettato per gioco) e lo Squidinator (un massaggiatore del clitoride a forma di mollusco, realizzato con il nostro materiale brevettato, che lo fa assomigliare davvero a un calamaro al tatto).

Per il resto della giornata e per i due giorni successivi, aspetto che Alex prenda la sua decisione ed evito di pensare a Dragomir, progettando nuovi giocattoli e lavorando alla tuta VR.

Inoltre, porto a spasso Boner nella stessa zona del parco, ma senza fortuna. Non ho più incontrato l'orsa e il suo bellissimo proprietario. Posso solo sperare che Winnie abbia espulso la sfera senza problemi.

La mattina seguente, quando torno a casa dal parco, ricevo un messaggio dalla mia migliore amica, Xenia. È in russo, ma scritto con lettere inglesi:

Vieni a pranzo con me! Ho trovato un posticino dove sono ammessi i cani.

Non vedo Xenia da un po', quindi le rispondo prontamente in modo affermativo, scelgo un regalo per lei e mi precipito fuori, con Boner al seguito.

———

Il ristorante accessibile ai cani risulta essere anche adatto ai bambini, il che non è molto piacevole per i chihuahua.

"*Ma chérie*, tieni quei *monstres* giganti lontani da me!" sembrano dire gli occhi spaventati di Boner, quando scaccio dal nostro tavolo due bambini sui cinque anni, mentre maledico Xenia sottovoce per il suo ritardo.

Una volta scongiurata la minaccia dei bambini, riprendo a scarabocchiare sulla tovaglia di carta. Quando finalmente arriva Xenia, il nostro tavolo è completamente ricoperto di piccoli peni. Oltre ad essere carini, forniscono il vantaggio aggiunto di motivare la maggior parte delle mamme a tenere la propria prole lontano dal mio cane.

"Ciao, tesoro" mi saluta Xenia in russo, poi mi dà un bacio su entrambe le guance.

"Ehi, baby" le rispondo in inglese.

È così che parliamo sempre: in un mix di inglese e russo; in questo modo, lei può migliorare il suo inglese e io il mio russo.

"Buon compleanno in ritardo." Le piazzo una scatola tra le mani. "E non preoccuparti, non ti chiederò quanti anni hai compiuto. Soltanto quanto pesi attualmente."

All'incirca sulla sessantina, Xenia è la mia più vecchia amica, sia in termini di età sia di durata della nostra conoscenza. In effetti, risaliamo a quando faceva la cuoca nel ristorante dei miei genitori. Siamo rimaste in contatto, dopo che loro l'hanno licenziata per "essere volgare" e "avermi corrotta". Naturalmente, la verità è l'esatto opposto. Persino da adolescente, avevo un'influenza di gran lunga peggiore io su di lei, che non lei su di me.

"Grazie." Scuote la scatola con aria scettica e abbassa la voce a un sussurro. "È un altro dildo?"

"Aprilo per scoprirlo."

Dopo essersi guardata intorno furtivamente, obbedisce. "*È* un dildo!"

"Uno personalizzato, che ho stampato apposta per te. L'ho progettato una settimana prima del tuo compleanno, ma ho aspettato per dartelo."

Lei annuisce con approvazione. Addirittura più superstiziosa di me, Xenia sa bene che dare un regalo di compleanno o fare gli auguri a qualcuno prima della data effettiva è un enorme tabù. Secondo la tradizione russa, lo si può fare solo nel giorno esatto, oppure dopo.

"Vedi quell'affare sulla punta, che sembra un occhio maligno?" le chiedo.

Lei tira fuori il dildo per metà, in modo da poterne esaminare la cappella a forma di fungo.

Poiché Xenia si preoccupa sempre della sfortuna e del malocchio, indossa un amuleto nazar a forma di occhio, per allontanare gli spiriti cattivi e le intenzioni malevole. Ora, ha anche un sex toy decorato con lo stesso disegno.

Mentre lo esamina, arrossisce e aggrotta le sopracciglia. "Pensi che qualcuno potrebbe lanciarmi il malocchio lì sotto?" Si guarda in basso. "La vede soltanto Toy Boy. Beh, e il ginecologo."

Faccio spallucce. "Meglio prevenire che curare."

Xenia è vedova, ed è rimasta single per molti anni. Ma, recentemente, ha incontrato un uomo di quarantacinque anni, che ha soprannominato il suo "toy boy". Secondo lei, lui assomiglierebbe a Liam Neeson, la celebrità per cui Xenia ha sempre avuto una cotta. Avendo incontrato Toy Boy, personalmente penso che, con la sua pancetta da birra e la folta barba grigia, assomigli molto di più a Babbo Natale, ma non lo dirò mai alla mia amica, dato che approvo enormemente la sua frequentazione.

"Mammina, che cos'è quello?" Una bambina indica il regalo di Xenia, sgranando gli occhi.

Faccio la voce profonda e la proietto in modo tale, che sembri provenire dalla scatola che la mia amica tiene in mano. "Sono il nuovo amichetto molto speciale di questa bella signora."

La bambina fissa il dildo, fino a quando la madre la trascina via, borbottando qualcosa sulla gente pazza.

Xenia ride e mette via il regalo. "Quando ti troverai un uomo, invece di giocare con questi toys?"

Prima che io possa risponderle, arriva un cameriere, al quale ordiniamo delle uova alla Benedict e due cocktail Mimosa.

Quando lui si allontana, racconto a Xenia di Dragomir.

"Wow" commenta lei. "Dovresti, come dicono in inglese... scopartelo per disprezzo."

Alza lo sguardo, vede il cameriere con il vassoio e arrossisce. Lui ha chiaramente colto l'ultima parte del suo saggio consiglio.

Ora che il cibo e le bevande sono sul tavolo e abbiamo di nuovo un po' di privacy, dichiaro: "Non posso combinare nulla con lui. Ho perso il suo numero."

Lei mi liquida con un cenno della mano. "Se è destino, è destino. Ricordi quando ti sei messa quel top al rovescio, il mese scorso? Ti avevo detto che significava che avresti incontrato qualcuno di nuovo."

Xenia conosce alcune superstizioni super-oscure, molte delle quali sono legate all'abbigliamento, per qualche motivo. Di recente, ho indossato per sbaglio una maglietta al contrario, e lei ha affermato che sarei stata picchiata, a meno che un amico non mi avesse dato un pugno prima. Così, mi ha colpita lei! Quando si dice una profezia che si auto-avvera.

"Continuerò a portare a spasso Boner in quella zona del parco. Forse, lui si farà vedere." Lancio un bocconcino al mio piccolo amico, che scodinzola con gratitudine.

Dandosi una pacca sulla fronte, Xenia fruga nella sua borsa e tira fuori un sacchetto di plastica. "È per il diavoletto" dice con un sorrisino.

La nuova attività di Xenia è commerciare cibo gourmet per cani, quindi so che Boner apprezzerà il contenuto del sacchetto.

Visto che abbiamo compagnia, proietto la voce di

Boner sotto il tavolo per divertire Xenia. "*Ma chérie*, fammi assaggiare la merce, prima di nasconderla".

Gli lancio una delle creazioni di Xenia.

"Ah, Xenia. Sei un *génie culinaire.*"

"Merci" risponde Xenia a Boner, poi alza lo sguardo su di me. "Pensi che questo Dragomir possa essere quello giusto?"

Non si riferisce al vero amore. Almeno, credo di no. Lei è una delle poche persone ad essere al corrente di un problema che ho sviluppato dopo la mia ultima relazione finita male: non riesco a raggiungere l'orgasmo con un ragazzo. Quindi, quando Xenia dice "quello giusto", generalmente intende "quello che può farti venire senza l'aiuto di sex toys."

Faccio spallucce. "Avrebbe potuto esserlo. Ho *già* avuto un orgasmo accanto a lui."

Lei sgrana gli occhi, perciò le racconto delle palline di Kegel.

"Non stai indossando quegli aggeggi qui e adesso, vero?" mi chiede, storcendo leggermente il naso.

"No, ma tu probabilmente dovresti. Toy Boy apprezzerebbe i risultati."

"Ho trovato che mi facessero il solletico" mi spiega. "Ora, raccontami qualcosa di più su questo tizio."

"Tipo cosa?"

"Beh, con un nome come Dragomir, è russo?"

"No. Ruskoviano."

Xenia sgrana gli occhi. "Ruskoviano, eh? Hanno una certa reputazione."

"Per essere scortesi?"

Si guarda intorno. "Per essere ben dotati."

Per poco non mi strozzo con il mio Mimosa.

"Non muoverti!" Stringe gli occhi sul mio viso, poi allunga la mano e afferra qualcosa sulla mia guancia.

"Un ciglio." Me lo mostra. "Esprimi un desiderio."

Soffio via il ciglio, come impone la superstizione. Mentre lo faccio, esprimo il desiderio di imbattermi di nuovo in Dragomir, per poter verificare se l'affermazione di Xenia sia vera nel suo caso (soltanto a scopi scientifici, naturalmente).

Aspettate! Avrei dovuto usare il desiderio per la mia nuova impresa commerciale, invece. Oh, amen. Spero che mi cada presto un altro ciglio!

Per il resto del pranzo, ci aggiorniamo a vicenda sulle reciproche vite lavorative. Quando sto per andarmene, Xenia mi impedisce di usare il burro cacao, dicendo: "Se hai le labbra abbastanza secche, ti pruderanno, il che significa che presto bacerai qualcuno."

Mmm. Mi chiedo se seccarmi le labbra di proposito annullerebbe tutto ciò. Per sicurezza, però, non applico il burro cacao.

"Tienimi informata su Dragomir" mi dice Xenia, mentre ci salutiamo con un abbraccio.

Sospiro, facendo un passo indietro. "Dubito che ci saranno aggiornamenti; comunque, certo."

———

Prima di tornare a casa, porto Boner al parco, nella remota possibilità che la magia delle ciglia avvenga davvero.

No.

Quando arriviamo a casa, controllo se ci sono messaggi di Alex.

Ah-ah! Vuole parlarmi, perciò gli telefono.

"Ciao, sorellina."

"Ciao. Hai deciso?"

"Procediamo pure. Dovremmo discutere dei dettagli."

Dopo una corsa in taxi e una sparatoria, sono di nuovo nel suo ufficio, dove discutiamo della logistica dell'impresa e della raccolta di finanziamenti per il resto della giornata. Dato che la sua azienda è quella rispettabile (e lui è quello con il pene), decidiamo che sarà lui il primo a incontrare gli investitori, per poi tirarmi dentro all'occorrenza.

Ci dividiamo anche alcuni compiti. Io continuerò a lavorare alla tuta, mentre lui realizzerà due demo del software: una sexy e una più blanda.

———

Il primo incontro di Alex con gli investitori si svolge la settimana successiva, e la nostra strategia funziona. Otteniamo i nostri primi finanziatori. Sfortunatamente, si impegnano solo per una somma modesta.

Eppure, quando torno a casa, quella sera, sento di

dover festeggiare, perciò mi verso un bicchiere di vino e metto su un film che non manca mai di eccitarmi: Michael Fassbender nel ruolo di Steve Jobs.

Non è che mi piaccia uno di questi due uomini. Semplicemente, adoro i ragazzi col dolcevita!

Tirato fuori il mio vibratore preferito dalla valigetta dei sex toys, mi faccio venire (sebbene non sia il film a farmi raggiungere l'orgasmo, bensì un'immagine mentale di Dragomir in dolcevita).

Grazie al cielo, esistono i sex toys! Da adolescente, mi è quasi venuto il tunnel carpale a forza di masturbandomi guardando la copertina dell'album *With the Beatles*, quella in cui tutti i membri della band indossano un dolcevita. Lo facevo anche con il vecchissimo show *Cosmos*, in cui il conduttore, Carl Sagan, indossava sempre un dolcevita.

Quest'ultimo potrebbe anche essere il motivo per cui ho sviluppato una passione per la scienza, che più tardi ha portato a un'ossessione per l'ingegneria e, poi, naturalmente, per la progettazione di sex toys ad alta tecnologia.

Per citare *Il Re Leone*: è il cerchio della vita.

Capitolo Nove

"Che cosa vi sembra meglio: un dildo con l'attacco per un trapano, uno stimolatore del clitoride con l'attacco per uno spazzolino elettrico, o una sella da mettere sopra una lavatrice?" domando al mio gruppo di discussione su Zoom. "O nessuna di queste?"

Il dildo con l'attacco per lo spazzolino risulta essere il vincitore, quindi ne progetto alcuni che possano funzionare con le marche più popolari.

Mentre sto pranzando, dopo il mio festival del design, ricevo una videochiamata da mio fratello Vlad.

"La tua nuova impresa" dice, non appena vedo il suo viso (quasi identico a quello di Alex, solo molto meno trasandato e con gli occhiali). "Voglio partecipare."

Sorrido alla fotocamera. "Ciao anche a te."

"Scusa. Ciao, sorellina. Ero solo un po' seccato per essere stato tenuto fuori dal giro."

"Oh, scusami. È solo che non volevo metterti in una

posizione scomoda. Sappiamo entrambi che, se ti avessi chiesto dei soldi, avresti voluto dirmi di sì indipendentemente dallo scopo."

La sua espressione severa si ammorbidisce. "Non ci avevo pensato."

Il mio sorriso si allarga. "Dopo tutti i test che hai fatto per la Belka, ho pensato che fosse il momento di disturbare Alex, stavolta."

Alza gli occhi al cielo. "Beh, Alex mi ha parlato del tuo progetto, e voglio investire. Parliamo dei dettagli."

Così facciamo, e lui accetta di aiutare me e Alex con la sicurezza informatica: la sua specialità. Gli viene anche in mente un nome fantastico per l'impresa: Progetto Morpheus; per finire (ma non meno importante), investe un bel milione, portandomi un po' più vicino al mio obiettivo.

———

Per la settimana successiva, cerchiamo di procacciarci altri investitori, ma senza ottenere granché. Né tantomeno mi imbatto in Dragomir al parco (una doppia seccatura).

Però, il giovedì mi viene il singhiozzo, il che significa che qualcuno si sta ricordando di me. Spero sia lui!

La settimana successiva, stessa solfa: niente nuovi finanziamenti e niente Dragomir. Il mercoledì, però, mi sento le orecchie calde, il che significa che qualcuno sta pensando a me (di nuovo, speriamo lui).

Giovedì sera, Xenia viene a casa mia per una maratona televisiva di Liam Neeson. Si scopre che lui e molti altri attori sexy indossano un dolcevita in *Love Actually*, informazione che va a finire nella mia banca dati (in continua espansione) delle fantasie erotiche legate ai dolcevita.

L'ultimo film che guardiamo è *Guerre Stellari* e, nel vedere il suo attore preferito con i capelli lunghi e i poteri Jedi, qualcosa deve proprio scattare in Xenia, perché si fa aria con le mani ogni volta che il personaggio appare sullo schermo.

Quando scorrono i titoli di coda, cerco di farle provare dei videogiochi di realtà virtuale, una delle mie attività preferite per il tempo libero.

"*Beat Saber* ti piacerebbe" le dico, porgendole le cuffie VR. "È un gioco in cui impugni due spade laser, proprio come faceva Liam in *Guerre Stellari*, e le brandisci al ritmo delle note di una canzone che ti piace."

Lei accetta con riluttanza, perciò le metto le cuffie in testa e le infilo i controller di gioco tra le mani.

Boner si fa da parte (evidentemente, ricorda come io l'abbia quasi calpestato, durante la mia ultima sessione di realtà virtuale).

Non appena il gioco inizia, Xenia urla a squarciagola in russo e agita le braccia così selvaggiamente, che uno dei telecomandi le vola via dalla mano e si schianta sulla mia tetta.

Massaggiandomi la ferita, aiuto la mia amica a togliersi le malefiche cuffie.

"Suppongo che la realtà virtuale non faccia per te" commento, mentre lei mi fulmina con lo sguardo.

Che peccato! Fino ad ora, Xenia era sulla mia breve lista di beta tester per la tuta sessuale VR del progetto Morpheus.

È divertimento quello che vedo negli occhi di Boner?

"*Ma chérie*, mi è venuta improvvisamente voglia di pollo, possibilmente con la testa tagliata."

———

Il venerdì della settimana successiva, Alex mi informa di aver trovato uno "squalo": una società di venture capital con le tasche piene, che potrebbe investire tutti i soldi che ci servono in un colpo solo. Ciò che lui aveva da dire è piaciuto, e ora quelli vogliono incontrarsi con me per avere tutti i dettagli tecnici sull'hardware.

Sono così emozionata, che mi procuro tre orgasmi usando i miei migliori toys, poi rimango sveglia tutta la notte a ripassare la mia presentazione. Al mattino, ho gli occhi un po' stanchi, ma sono piena di energia e preparatissima.

Indosso il mio tailleur più conservatore, mi infilo i miei tacchi a spillo preferiti, mi trucco in stile pittura di guerra e prendo un taxi per andare in centro.

A tutta la grana per finanziare il mio sogno: sto arrivando!

Capitolo Dieci

_O_gni cosa di questa azienda urla lusso: dall'edificio di vetro e acciaio scintillante, ai pavimenti di marmo immacolati, alla gigantesca sala riunioni piena di testosterone in cui entro.

Alex mi fa l'occhiolino, poi si rivolge agli altri otto uomini nella stanza con espressione seria. "Signori, questa è Bella Chortsky, la mia partner, nonché l'esperta di hardware che stavamo aspettando."

Il ragazzo che sembra essere il leader mi stava guardando come se fossi una caramella. Ora, la sua espressione si trasforma in malcelata delusione. "Lei ci spiegherà l'hardware?" chiede, con un po' troppa enfasi sul _lei_. Il suo accento sembra dell'Europa orientale, e il suo viso mi pare vagamente familiare per qualche motivo, anche se sono sicura di non averlo mai incontrato prima.

Ricompenso lo stronzo con il mio sguardo da Regina delle Nevi.

Alex stringe le mani lungo i fianchi. "Precisamente. *Lei* è l'esperta. Laureata al MIT, per tua informazione, con…"

"Non intendevo insinuare niente." Il tizio indietreggia da mio fratello, che, nonostante il suo atteggiamento tranquillo e rilassato, sa essere piuttosto spaventoso, quando si arrabbia. "Perché non esaminiamo le specifiche tecniche della tuta, mentre aspettiamo il signor Lamian?"

L'espressione di Alex torna ad essere congeniale. "Certo. Cedo la parola a Bella, mia sorella nonché la comproprietaria del progetto Morpheus."

Il tizio mi tende la mano umidiccia, e io gliela stringo con un finto sorriso.

"Sono Marco Fluroff" si presenta. "Per favore, chiamami Marco."

"E tu puoi chiamarmi Bella" ricambio, togliendo la mano e resistendo all'impulso di asciugarmi via il suo sudore dal palmo.

Aspettate. Marco? *Ecco* chi mi ricorda. Il cattivo di *Taken*, il film che ho rivisto con Xenia durante la nostra maratona di Liam Neeson. Persino il nome del trafficante di esseri umani di quel film era lo stesso: Marko.

Assumendo il controllo del grande schermo, apro la mia presentazione e mi lancio nel mio discorso accuratamente provato riguardo all'hardware. Mentre passo in rassegna tutti i dettagli tecnici, non posso fare a meno d'immaginarmi a propinare una versione parafrasata dell'ultimatum di *Taken* a questo Marco:

"Io possiedo delle capacità molto particolari (capacità nel realizzare sex toys)... Che ho acquisito durante la mia lunga carriera (aiutando persone arrapate)... Che fanno di me un incubo per gente come voi. Se investite i soldi adesso, la storia finisce qui: non verrò a cercarvi, non vi darò la caccia... ma se non lo farete, io vi cercherò, vi troverò... e vi ficcherò un dildo gigante su per il culo!"

"Ci sono domande?" chiedo con un sorriso radioso, dopo aver passato in rassegna tutti i punti salienti.

Scrollando le spalle, Marco lancia un'occhiata a un tizio con gli occhiali. "Eugenius?"

Il tizio si alza. "Solo per chiarire, il feedback tattile che hai progettato nella tuta permetterà agli utenti di sperimentare un tocco leggero come quello di una piuma?"

Piuma, se ti piace il solletico, oppure il bacio dell'amante, o una leccata... ma non dico niente di tutto questo. "Proprio così. Come potete immaginare, questo permetterà di provare sensazioni estremamente simili a quelle della vita reale, quando si indossa la tuta."

"Interessante" afferma Eugenius con approvazione. "È personalizzabile per gli utenti sensibili?"

"Certamente" rispondo, e lui si rimette a sedere. Fisso Marco con aria di sfida. "E tu? Tutto quello che ho spiegato ti sembra sensato?"

A giudicare da come si sono spenti i suoi occhi, quando sono passata ai dettagli tecnici, ne dubito fortemente.

Si schiarisce la gola. "Io mi occupo più che altro degli aspetti finanziari, ma mi sembra tutto chiaro. E ho appena ricevuto un messaggio dal signor Lamian. Sta per entrare nella..."

Le porte si aprono, e un uomo alto e muscoloso, con indosso un completo scuro, entra a grandi passi.

I suoi penetranti occhi nocciola si posano su di me... e si riducono immediatamente a due fessure feline.

Porca vacca!

Il mio battito cardiaco va su di giri, e il mio intero corpo arrossisce.

Questo sarebbe il signor Lamian?

Io lo conosco con un altro nome.

Il nome di battesimo.

Dragomir.

Capitolo Undici

"Tu?" ringhia Dragomir, attraversando la stanza per venire verso di me a grandi passi.

"Tu?" esclamo io, quasi contemporaneamente.

Tutti ci guardano con espressioni confuse.

Non posso biasimarli. Dragomir sembra sul punto di sputare fuoco.

"Ho perso la tazza col tuo numero" blatero, prima che lui abbia la possibilità di accusarmi di una cosa terribile.

"Che scusa conveniente!" Fa scorrere lo sguardo per la stanza e ordina: "Lasciateci!"

La sua azienda non è gestita come una democrazia, questo è sicuro. Marco e gli altri saltano in piedi e si disperdono come quaglie braccate.

Soltanto Alex rimane. Si frappone tra me e Dragomir, e il suo viso si contorce in qualcosa di spaventoso. "Chi sei, e che cosa diavolo vuoi da mia sorella?"

"Va tutto bene" gli dico in russo. "Ci siamo già incontrati. Ha le sue motivazioni per essere arrabbiato. C'è stato un malinteso. Chiarirò le cose."

Sempre se le mie ovaie non esplodono, s'intende. Dragomir sta così bene con quel completo, forse addirittura meglio che con il dolcevita. No, questa è blasfemia. Ma, magari, un completo sopra un dolcevita? Sì, questo sarebbe...

Aspettate, a che cosa sto pensando? Devo concentrarmi! C'è in ballo il progetto dei miei sogni.

"Non me ne frega un accidenti delle sue motivazioni" mi ringhia Alex in russo. "Se soltanto lui..."

"Voglio solo parlare" dichiara Dragomir in russo accentato. "Non le farei mai del male. Per che razza di selvaggio mi hai preso?"

È trilingue? Immagino che non dovrei esserne sorpresa. Tantissima gente dell'Europa orientale impara il russo come seconda lingua. Anche l'inglese, se è per questo.

"Soltanto parlare?" L'espressione feroce di Alex si allenta leggermente. Penso si sia ricordato che non sono un'adolescente, e che questo è un ambiente aziendale, non un parco giochi pieno di bulletti. Non che io avessi bisogno che i miei fratelli tenessero a bada i bulli per me (con grande disappunto di mia madre).

"Probabilmente una conversazione breve, se è per questo" afferma Dragomir, passando all'inglese. "Possiamo avere un po' di privacy, per favore?"

Alex si dirige con riluttanza verso la porta. Prima di

uscire, si gira e lancia un altro sguardo truce a Dragomir, per sicurezza. "Se farai del male a mia sorella in qualunque modo, non te la caverai."

Sembra così convincente, che devo ricordare a me stessa che è un ingegnere di software, e non un sicario mafioso de *La promessa dell'assassino*.

"Winnie sta bene?" chiedo, non appena Alex chiude la porta. "La sfera è uscita?"

Dragomir annuisce. "Tutto si è risolto il giorno stesso." Mi scruta intensamente, e i suoi occhi cangianti sembrano fluttuare tra il verde e il marrone dorato. "Hai sottoposto Bonaparte al test per le malattie veneree?"

Merda! Sono tentata di mentire, ma non sarebbe una bella cosa. Opto per dire la verità. "Mi dispiace. Non avevo più i tuoi dati di contatto, quindi ho pensato che non fosse necessario."

Ora che ci penso, avrei dovuto farlo in ogni caso, e l'avrei fatto, se non fossi stata così impegnata con la raccolta di finanziamenti.

Dragomir storce le labbra. "Come ho detto, una scusa conveniente."

Faccio un passo verso di lui, cercando di non pensare a quanto sembrino sexy quelle labbra, persino adesso. "Ascoltami, per favore. So come sembra. Se fossi in te, probabilmente sarei scettica anch'io, ma ti giuro che c'è stato un equivoco. Ho preso una tazza che aveva una scritta sopra, ma alla fine mi sono accorta che c'era scritto 'Barbara'. Sono corsa indietro immediatamente, ma avevano appena pulito il parco e raccolto la spazzatura. Poi, sono tornata lì tutti i giorni, nella speranza di trovare te e Winnie per poter sistemare le cose."

E per poterlo rivedere, ma questo non glielo dico. È troppo presto. Inoltre, avvicinarmi a lui è stato un errore di calcolo strategico (almeno, per quanto riguarda il mantenere la mente lucida). Con quel lieve sentore di cannella che mi solletica le narici, tutto quello che avrei voglia di fare è gettarmi tra le sue braccia e...

Aspettate, la sua espressione dura si è appena ammorbidita?

Bingo!

Forse, si è ricordato di aver visto il nome *Barbara* su una delle tazze.

Approfitto del mio vantaggio. "Ora che ci siamo rivisti, naturalmente farò esaminare Boner per qualsiasi malattia tu voglia, il prima possibile."

Lui inclina la testa. "È così?"

"Certo."

"Che ne dici di adesso?"

Sbatto le palpebre. "Intendi, in questo momento?"

"Hai detto il prima possibile."

"D'accordo, facciamolo subito" annuncio, rendendomi conto troppo tardi di quanto importante sia questo incontro con gli investitori (il che fa proprio schifo, dato che speravo di aver finito con la raccolta dei finanziamenti per l'impresa, così da poter passare alla parte divertente, come costruire effettivamente la tuta).

Lui si avvicina alla porta e me la apre.

Mentre usciamo, tutti ci guardano con aria interrogativa, specialmente Alex.

"La riunione è aggiornata" dichiara Dragomir, con quel suo modo di fare intransigente, da capo del mondo.

"Abbiamo una questione privata di cui dobbiamo occuparci" sussurro ad Alex in russo. "Non preoccuparti. Non è una minaccia per me."

Almeno, non per il mio benessere fisico. Per i miei ormoni, invece, Dragomir è kryptonite (ma questa non è una cosa di cui mio fratello debba preoccuparsi).

"Mandami un messaggio, quando la vostra questione è conclusa" mi dice Alex, ed è chiaro che dovrò raccontargli tutta la storia (omettendo le palline nella mia vagina).

"D'accordo" gli rispondo, e scendiamo tutti con l'ascensore, nel silenzio più imbarazzato a cui io abbia mai assistito.

Marco è il primo a uscire dall'ascensore, nell'atrio, seguito da Alex e dal resto del gruppo. Io e Dragomir rimaniamo indietro, per scendere al parcheggio.

"Questa è la nostra." Dragomir indica uno strano veicolo, che sta già aspettando presso il marciapiede.

Resto a bocca aperta.

Se un autobus, un camper e una limousine saltassero in aria, e le parti venissero riassemblate a caso in un'unica auto ibrida, potrebbe avere questo aspetto.

"Ma, almeno, a quel veicolo è consentito circolare

per le strade di New York?" chiedo. "Sembra una casa mobile… per un miliardario eco-tech."

Fa una smorfia. "È legale. Parcheggiare può essere una sfida, ma grazie a Fyodor, non devo preoccuparmene."

Si apre una porta e ne scende una scala. Un uomo che indossa una giacca da smoking con marsina ci saluta, con una voce profonda dall'accento britannico. "Prego, entrate."

Il camper ha un maggiordomo?

"Grazie, Fyodor" dice Dragomir, e mi fa cenno di precederlo.

Inverosimilmente, il veicolo sembra più grande all'interno che all'esterno, come il TARDIS di *Doctor Who*. Vedo un tapis roulant abbastanza grande per farci correre sopra un orso (che è esattamente ciò che sta facendo l'orsa di Dragomir); un'elegante scrivania per computer, progettata per alternare la posizione seduta e quella in piedi; un divano in pelle più grande di quello del mio salotto e un bancone da bar a grandezza naturale, che sembra essere fornito di ogni bevanda immaginabile.

"Ci sono monolocali a Manhattan più piccoli di questo abitacolo" commento con stupore, quando Dragomir mi raggiunge.

"Winnie si sente sola, quando la lascio a casa" mi spiega con un'alzata di spalle. "In questo modo, posso portarla con me nella maggior parte dei viaggi."

E io che pensavo che il mio Boner fosse viziato! Si

scope che non conosce nemmeno il significato del termine.

"Posso offrirle qualcosa da bere?" mi chiede Fyodor.

"Sto bene così" rispondo.

"Abbiamo fretta" interviene Dragomir. "Siamo diretti a casa della signora Chortsky." Mi guarda. "Qual è l'indirizzo?"

Faccio una smorfia. "Per favore, non chiamatemi signora Chortsky. Assomiglia troppo a mia madre."

"Dovrei chiamarla 'madama', allora?" mi chiede Fyodor, senza un briciolo di umorismo.

"Se non vuoi che ti sculacci, chiamami Bella, per favore" affermo e, per chiudere ogni ulteriore discussione su questo argomento, spiattello il mio indirizzo.

Con un inchino, Fyodor si allontana per prendere posto al volante e, non appena il veicolo si mette in movimento, si alza un divisorio tra noi e lui, nascondendolo alla vista.

Il tapis roulant si ferma e Winnie nota Dragomir.

Con un fruscio di pelo, è sulle zampe posteriori, intenta a leccargli la faccia.

Che cagna fortunata! Vorrei farlo anch'io.

Mentre Dragomir si occupa delle manifestazioni d'affetto della sua orsa, io scruto la stanza.

Oltre a tutte le comodità che ho già notato, sullo scaffale vicino al tapis roulant, c'è il visore VR più moderno e straordinario, persino migliore di quello che ho io (e ho speso una fortuna!).

Uffa! Oltre a nuotare nell'oro, Dragomir è

appassionato di realtà virtuale. Sarebbe stato l'investitore perfetto per la nostra impresa, se io non avessi rovinato tutto. Ora, chissà quanto tempo ci vorrà per trovare un altro investitore come lui.

Probabilmente, sarà tanto difficile quanto trovare un altro uomo da cui io sia così attratta. Persino con quella bava di cane sulla faccia, se volesse baciarmi ora, glielo permetterei.

Dopo essersi finalmente divincolato, tira fuori un pacchetto di salviette umide, si pulisce il viso e poi asciuga l'umidità residua con il suo fazzoletto.

Strano. Le iniziali sul fazzoletto sono D.C. Non dovrebbero essere D.L., per Dragomir Lamian?

"Accomodati." Indica il divano.

Obbedisco e lui fa altrettanto (anche se, purtroppo, finisce sul cuscino più lontano da me).

"Ti piace la realtà virtuale?" gli chiedo, gesticolando in direzione del visore.

Annuisce. "È stato questo ad attirare la mia attenzione sulla tua impresa. I caschi sono praticamente di uso comune, ormai, e ci sono anche alcuni tapis roulant appositi sul mercato." Lancia un'occhiata a quello su cui stava correndo Winnie. "Una tuta VR per tutto il corpo è il passo successivo più logico."

"Proprio così" esclamo con entusiasmo. "E ho intenzione di essere io a portarlo alla gente."

Le sue labbra sexy si incurvano in un sorriso. "La fiducia in te stessa non ti manca, questo è certo."

È un complimento? Lo prendo come tale.

"Qual è il tuo gioco di realtà virtuale preferito?" mi chiede, prima che io possa indirizzare la conversazione verso la possibilità che investa nel progetto Morpheus, nonostante tutto.

"*Battere Saber*" rispondo con un sorrisino. "Il tuo?"

I suoi occhi sembrano passare dal marrone chiaro al verde. "Idem. Qual è la tua canzone preferita?"

"'Radioactive' degli Imagine Dragons. La tua?"

"Di nuovo, idem. L'hai giocata in modalità Expert?"

"Ovvio." Mi esamino le unghie rosso acceso. "E anche in Expert Plus."

Solleva le sopracciglia. "Sul serio?"

Che abbia problemi di fiducia? Perché dovrei mentire su una cosa del genere? Siccome voglio rimanere nelle sue grazie, rispondo: "Certo. Il mio nome è sul tabellone mondiale, nella top ten: BabushkaPwned. Controlla pure. O, meglio ancora, posso dimostrarti le mie capacità."

Lui scuote la testa. "Dentro un'automobile in movimento, sarebbe pericoloso."

Già, certo. La corsa in auto è liscia come l'olio. Scommetto che vuole solo padroneggiare la modalità Expert Plus, quando non sarò nei paraggi. È quello che farei io, se scoprissi che qualcuno che conosco nella vita reale è più bravo di me nella mia canzone preferita. O in qualsiasi canzone. O in qualsiasi gioco.

Mi sa che sono un tantino competitiva.

Siccome dubito che sfidarlo lo incentiverebbe ad investire, cambio argomento. "Quanti anni avevi, quando ti sei trasferito negli Stati Uniti?"

"Ventiquattro" risponde. "E tu?"

Wow. I suoi insegnanti di inglese dovevano essere davvero bravi, o lui ha talento per le lingue.

"Avevo cinque anni" rispondo. "Ricordo a malapena la Russia."

Lui fa una smorfia. "Io ricordo la Ruskovia fin troppo bene."

Quindi, c'è qualcosa della sua patria che non gli piace. Credo che sia normale, per chi ha lasciato un paese per trasferirsi altrove.

"E la tua famiglia?" gli domando. "Si sono trasferiti tutti con te?"

Alla parola *famiglia*, il suo viso diventa freddo e inespressivo.

Interessante.

Prima che io possa chiedere altro, l'auto si ferma.

"Va' a prendere Boner" mi dice, e il suo tono è ancora una volta freddamente imperioso.

Mentre percorro il tragitto, rifletto sulla sua reazione, e mi viene in mente un'idea inquietante.

Può darsi che sia sposato e lo nasconda, come quello stronzo del mio ex?

È possibile. Un ragazzo così sexy e ricco, normalmente, starebbe con qualcuna. La mancanza di una fede al dito non significa nulla, in base alla mia dolorosa esperienza, né l'assenza di foto di famiglia in giro per il suo camper.

Una volta entrata nel mio appartamento, vado immediatamente al mio computer e digito "Dragomir Lamian" su Google.

Niente.

Ci sono zero informazioni su di lui.

È bizzarro. Mio fratello Vlad è paranoico in modo quasi patologico riguardo al suo profilo digitale, ma persino *lui* ha più informazioni là fuori, tipo una citazione sul sito della sua azienda.

La società di venture capital di Dragomir, invece, non riporta chi ci sia al timone.

"Non è forse un indizio?" domando a Boner, mentre lo preparo per il viaggio.

"*Oui*. Potrebbe avere *une femme*."

Merda! La possibilità di una moglie significa che devo smettere di essere attratta da lui. In realtà, anche se si scoprisse che non è sposato, ci sono comunque troppi altri ostacoli. È ovvio che sia schifosamente ricco e appartenga ai circoli dell'alta società (ha un maggiordomo, per l'amor del cielo!), quindi, probabilmente, guarderà dall'alto in basso la mia azienda di sex toys. Inoltre, se la sua società finisse per investire nella nostra impresa (per quanto improbabile possa sembrare in questo momento), gli affari e il romanticismo non vanno d'accordo.

Raddrizzo le spalle.

Decisione presa.

Per quanto io desideri leccargli la faccia, in stile orso, non cederò a questo impulso!

Capitolo Dodici

*C*on Boner tra le braccia, torno nella limousine/camper.

Dannazione!

Vedendo ancora una volta i lineamenti cesellati di Dragomir, mi rendo conto che limitarmi a ordinare a me stessa di non essere attratta da lui sarà difficile. Se faccio davvero sul serio, dopo il test per le malattie veneree, dovrò evitarlo.

Sì! Sarebbe la cosa più intelligente da fare.

Quando Boner e Winnie si avvistano, iniziano a scodinzolare: la coda di Boner mi colpisce ripetutamente il mento, mentre quella di Winnie fa quasi inciampare Dragomir.

Incapace di trattenermi, faccio la mia interpretazione della voce di Boner, proiettandola qualche centimetro più in basso, all'altezza della sua testolina.

"Ah, Winnie, *ma petite*. Non sono riuscito a

togliermi dalla mente il nostro ultimo *rendezvous*."

È decisamente un sorriso quello che danza agli angoli degli occhi di Dragomir.

Con il peggior esempio di ventriloquismo della storia, Dragomir fa la voce di Winnie troppo profonda (come se provenisse dal suo inguine) e, per qualche motivo, le dà un accento russo.

"Come osi, Napoleone Carlovich? Prendere la virtù di una donna e poi sparire senza una telefonata, un messaggio su Facebook, o almeno un tweet?"

Sogghigno. "Carlovich?" Sta cercando di dare al cane un patronimico in stile russo? A meno che... non li usino anche in Ruskovia? Il mio è Borisovna, come *figlia di Boris*. Significa che...

"Carlo Bonaparte era il padre del famoso generale" spiega Dragomir, rispondendo alla mia domanda inespressa. "Parlando di storia, se c'è qualcuno che dovrebbe essere chiamato *petit*, quello è il tuo cane. Uno dei tanti soprannomi del vero Napoleone era *Le Petit Caporal*."

"Detesto dovertelo dire" affermo con un sussurro cospiratorio, "ma il mio cane, in realtà, non è una reincarnazione del vero Napoleone. So che sembra inspiegabile, considerando quant'è intelligente e tutto il resto."

Il sorriso sulle labbra di Dragomir si allarga. "Devi ammettere che, se gli mettessi un bicorno in testa, sembrerebbero due gocce d'acqua."

Rido. "Ti dispiace se lo lascio giocare con lei?"

Il sorriso di Dragomir scompare. "Prima, assicuriamoci che sia sano; poi, vedremo."

Sia Boner sia Winnie sembrano infelici di non poter interagire, quindi li distraiamo il più possibile con dei croccantini e dei grattini sulla pancia.

Per fortuna, il tragitto fino al veterinario di Dragomir è breve.

"Resta con Fyodor" Dragomir ordina a Winnie, quando parcheggiamo. "Torneremo presto."

Winnie emette uno strano suono lamentoso e guarda la porta.

"Fyodor!" grida Dragomir, poi sbraita qualcosa in ruskoviano.

Il maggiordomo compare e mette il guinzaglio a Winnie. Dopo che siamo scesi tutti quanti dal veicolo, Dragomir si rivolge a me, dicendo: "Trattieni il respiro".

Eh?

Prima che io possa chiedergli che cosa intende, lui guarda Winnie e impartisce un comando in ruskoviano. Assomiglia a "Kraken", anche se questa parola potrebbe venirmi in mente a causa di Liam Neeson/Zeus in *Scontro tra Titani*.

THPPTPHTPHPHHPH.

La scoreggia che esce dal posteriore di Winnie va avanti per quella che mi sembra un'ora.

Boner s'irrigidisce tra le mie braccia, sgranando gli occhi.

Sono così sciocca, che dimentico l'ordine di

Dragomir di trattenere il fiato e inspiro accidentalmente.

Porca vacca! Mi lacrimano gli occhi e mi vengono i conati di vomito.

Affermare che la flatulenza dell'orsa puzzi di uova marce sarebbe come offendere queste ultime. Se avessi mangiato per tutta la vita cavoli fermentati infusi d'idrogeno solforato puro, e avessi trattenuto una scoreggia per un decennio, il risultato finale non si avvicinerebbe ancora a questo livello di ripugnanza.

È così che questa razza di cani ha liberato la Ruskovia dai lupi e dagli orsi?

Scuotendo la testa, Dragomir si porta un fazzoletto al naso, in stile mascherina chirurgica. "Mi dispiace. Come puoi immaginare, se l'avesse fatta in macchina, avrei dovuto comprarne una nuova."

Una nuova macchina o una nuova cagna?

Lui si dirige a grandi passi verso l'edificio, mentre io e Boner ci affrettiamo a seguirlo.

Quando siamo dentro, finalmente, prendo fiato.

Inverosimilmente, il fetore è riuscito a seguirci all'interno, ma almeno ora è diluito, e mi ricorda soltanto la peggiore scoreggia che io abbia mai avuto il dispiacere di odorare.

Boner guarda nostalgicamente Winnie attraverso la porta di vetro. Conoscendo i cani, l'incidente del Kraken potrebbe aver reso la sua infatuazione per Winnie ancora più forte.

"*Ma petite*, il *destin* crudele ci ha separati."

Allontanandoci in fretta dall'epicentro della scoreggia, ci fiondiamo nell'ascensore.

Quando entriamo nella sala d'attesa vuota del veterinario, l'odore è finalmente sparito.

"Perché non hai semplicemente sottoposto Winnie al test per le malattie veneree?" chiedo a Dragomir, dopo aver inspirato con gratitudine un soffio d'aria viziata dell'ambulatorio medico.

"L'ho fatto. Ma se Boner avesse qualche malattia con un lungo periodo d'incubazione?"

Resisto a malapena all'impulso di alzare gli occhi al cielo. "Del tipo?"

Scrolla le ampie spalle. "Non voglio correre rischi. Infatti, dopo che Boner avrà finito, sottoporrò Winnie a un altro test."

Prima che io possa domandargli il senso di tutto ciò, esce il veterinario (un uomo con i baffi, che assomiglia vagamente ad Einstein). Guardando Dragomir attraverso un paio di occhiali con le lenti più spesse che io abbia mai visto, dice qualcosa in ruskoviano.

"In inglese, per favore" gli dice Dragomir.

"Le mie scuse" afferma il dottore con un accento marcato. "Permettetemi di decodificare la mia lingua. Ho chiesto: 'Come sta la cagna?'"

Stringo gli occhi. "Come mi ha appena chiamata?"

"*Winnie* è con Fyodor" afferma Dragomir. "Siamo qui per l'altra questione."

Ah! Il buon dottore si stava informando sulla sua

paziente: cane femmina. Suppongo che possa vivere un altro giorno.

Il veterinario guarda Boner con un'occhiata da scienziato pazzo. "Dunque, questo sarebbe il macho?"

"*Ma chérie*, dichiaro ufficialmente che, d'ora in poi, tutti dovranno riferirsi a me come 'macho'."

Inarco un sopracciglio verso Dragomir.

"Ho raccontato al dottor Delomalov quello che è successo al parco."

Con un cenno del capo, consegno Boner al dottore.

Boner mi guarda con aria implorante.

"*Ma chérie*, non permettere che prendano la mia virilità, *s'il vous plaît*."

"È soltanto un esame" gli dico.

"Il dottor Delomalov mi ha assicurato che il test sarà completamente indolore" si intromette Dragomir.

Il veterinario sussurra in ruskoviano qualcosa che, in qualche modo, sembra rassicurare Boner, ma non appena loro scompaiono, mi ritrovo a camminare avanti e indietro nervosamente.

Quando sbatto lo stinco sul tavolino con le riviste, mi fermo e tiro fuori il cellulare, per controllare se il veterinario stesse mentendo sul livello di dolore del test.

Strano.

Il mio telefono non ha tacche.

"Questo posto è come una gabbia di Faraday" dice Dragomir. "Di solito, mi porto un libro cartaceo, se so che ci vorrà un po' di tempo."

Sbuffando per la delusione, riprendo a camminare.

"Non preoccuparti" mi dice Dragomir, quando faccio il decimo giro avanti e indietro. "Il dottor Delomalov è il più rinomato esperto di cani del mondo."

Mi costringo a sedermi.

Lui tira fuori il cellulare. "Che ne dici di scambiarci i numeri di telefono? Come si deve, questa volta."

Il mio cuore esegue un salto mortale all'indietro. Sono sicura che questo sia per i nostri cani e per una potenziale futura collaborazione commerciale, ma la mia mano trema comunque leggermente, mentre creo un nuovo contatto e gli faccio inserire il suo numero. Poi, lui fa altrettanto.

Mi metto il cellulare in tasca, e la mia mente si rivolge alla suddetta collaborazione d'affari. Rifletto sul modo migliore per approcciare l'argomento, poi decido di farlo e basta. "Se Boner è pulito, prenderesti in considerazione di investire nel progetto Morpheus?"

Le sue folte sopracciglia si sollevano. "Lo prenderei in considerazione in entrambi i casi. Gli affari sono affari."

Tiro un sospiro di sollievo. "Temevo che, con tutto quello che è successo… lasciamo perdere."

Si strofina la barbetta sul mento. "*C'è* una condizione, però."

Merda! È già al corrente della mia azienda di sex toys?

"Dovrò ricusarmi dal processo decisionale" afferma. Fiù!

"Lavorerai con Marco, anziché con me."

Ho esultato troppo presto.

Avere a che fare con Marco sarà un'esperienza terribile, lo so. In base alle nostre interazioni fino ad ora, potrebbe essere più facile per me convincere Marco a rapire la figlia di un certo uomo con delle capacità molto particolari.

Naturalmente, spiegare tutto questo a Dragomir sarebbe come aprire un barattolo di vermi, perciò mi limito a chiedergli: "Perché ti stai ricusando?"

Mi scruta con quei cangianti occhi nocciola. "Preferisco evitare di prendere decisioni d'affari basate sulle emozioni."

Mi ritraggo, irrazionalmente ferita. "Mi odi così tanto per l'incidente con Winnie?"

Aggrotta un sopracciglio scuro. "Chi ha parlato di odio?"

Capitolo Tredici

*L*o fisso, sbattendo le palpebre.

Se non si tratta di odio, quale altra emozione potrebbe compromettere le sue decisioni d'affari?

Prima che io possa domandarglielo, il veterinario esce, tenendo in braccio un Boner piuttosto stralunato.

"*Ma chérie*, è stato *terrible, horrible*. Non torniamo mai più qui!"

"Il macho è stato un campione." Il dottor Delomalov mi consegna il mio cane.

"Comunicherà i risultati ad entrambi?" gli chiede Dragomir. "Sempre che a Bella non dispiaccia?"

"Non mi dispiace" dico, accarezzando Boner sulla testolina per calmarlo.

"Ottimo" afferma Dragomir. "Ora, vorrei occuparmi del pagamento."

Giusto. Il pagamento. Me n'ero completamente dimenticata.

"Posso pagare io per il mio cane" affermo. La mia azienda non sarà una lussuosa società di venture capital con uffici in un palazzo elegante (o in qualsiasi ufficio convenzionale, in realtà, dato che io e i miei dipendenti lavoriamo da casa), ma è piacevolmente redditizia e in rapida crescita, con i ricavi di quest'anno già a sette cifre.

Dragomir mi tocca il polso, procurandomi un brivido di energia lungo la schiena. "Bella, ti prego, lascia fare a me. Ti ho trascinata qui io, in fin dei conti."

Rimango lì, ammutolita. Dopo quel tocco, potrei dire di sì a qualsiasi cosa. Anche a cose impronunciabili. *Soprattutto* a cose impronunciabili.

"Io voto che sia Dragomir a pagare" interviene il veterinario.

Mi acciglio. Si sta comportando da sessista o, per qualche motivo, i miei soldi non vanno bene qui?

Con un sorriso consapevole, Dragomir tira fuori dalla tasca nientemeno che una moneta d'oro. Intravedo il volto di un uomo anziano su un lato, prima che il dottor Delomalov si ficchi la moneta nel portafoglio.

Di che cosa diavolo si è trattato? Mi sono forse addormentata e sono finita in un film di *John Wick*? La malavita usa monete d'oro, in quel franchising.

A pensarci bene, Dragomir ha altre cose in comune con John Wick. Per esempio (attenzione allo spoiler!), sarebbe facile immaginarlo a fare una carneficina per vendetta, se qualcuno uccidesse *il suo* cane. In effetti, potrebbe essere capace di ammazzare qualcuno per aver semplicemente guardato Winnie nel modo sbagliato.

"*Ma chérie*, in base a questi *critères*, anche tu potresti essere John Wick."

"Quasi dimenticavo." Il veterinario mi porge un modulo. "Ho bisogno dei suoi dati e di quelli del macho."

"D'accordo." Poso a terra Boner e comincio a compilare il modulo.

"Vado giù ad assicurarmi che Winnie sia pronta per il test" dice Dragomir. "A tra poco."

Mi affretto a completare il modulo per poter scendere insieme, ma quando ho finito, lui se n'è già andato.

"Grazie, dottore" dico, porgendogli il modulo. "Ora, se vuole scusarmi…"

Il dottore prende il modulo e poi, con mia grande sorpresa, mi dà un leggero bacio sul dorso della mano. "È stato un piacere incontrare Napoleone e lei. Una tale bellezza e grazia non si trovano spesso, in questo paese."

Sì, certo, come vuoi, amico. Mi trattengo a malapena dall'alzare gli occhi al cielo, mentre reclamo la mia mano. I ruskoviani anziani devono essere persino peggiori di quelli russi, sebbene anche gli amici dei miei genitori siano inclini a fare complimenti leziosi e fuori luogo.

Io e Boner prendiamo l'ascensore e, nell'atrio, ci imbattiamo in Dragomir e Winnie. Avvistandola,

Boner inizia a fare l'imitazione di un drone con la coda.

"*Ma petite. Ma petite.* Sembra passato un anno, dall'ultima volta che ho visto il tuo *beau visage!*"

La coda di Winnie si infrange sulla coscia di Dragomir con una forza tale, che quasi mi aspetto che lui inciampi. "*Da*, Napoleone Carlovich. Ho perso la cognizione del tempo, aspettando il nostro incontro."

"Fyodor ti porterà a casa" m'informa Dragomir. "Non c'è bisogno che voi due aspettiate, mentre Winnie fa il test."

Tanti saluti alla prospettiva che i cagnolini passassero del tempo insieme. O noi due…

Celando la mia delusione, annuisco ed esco dall'edificio.

Inverosimilmente, fuori c'è ancora l'odore della scoreggia dell'orsa.

"*Le bouquet, ma chérie. Le bouquet exquis.*"

Tenendo stretto Boner, mi precipito verso la limousine/camper. Non appena la raggiungo, Fyodor mi apre la porta; poi, aspetta educatamente, mentre riprendo fiato all'interno.

"Pronta a partire, madama?" mi chiede.

Inspiro dell'aria beatamente priva di scoregge. "Portaci a casa."

Capitolo Quattordici

*N*on appena torniamo al mio appartamento, preparo un panino e porto Boner a passeggio.

Dopo il trauma del veterinario e la separazione da Winnie, ha chiaramente bisogno di risollevarsi il morale.

La passeggiata è un successo. Non solo Boner fa prontamente i suoi bisogni, ma John mi accusa di essere una comunista soltanto una volta, mentre gli porgo il panino: un nuovo record.

Quando torno a casa, trovo un messaggio di Alex:

Buone notizie. Hanno riprogrammato la riunione di oggi. Che cos'è successo tra te e il proprietario?

Faccio una videochiamata con Alex e gli spiego come ho incontrato Dragomir (saltando la parte delle palline di Kegel, per non traumatizzarlo).

"Sembrerebbe che tu voglia uscire con questo ragazzo" afferma Alex, quando ho finito.

Faccio una smorfia. "Sarebbe una pessima idea."

"Hai detto che si è ricusato. Qual è il problema?"

"Ce ne sono tantissimi, ma quello principale è che penso stia nascondendo qualcosa."

Alex tamburella con le dita sulla scrivania. "Dovresti parlare con il nostro fratello ficcanaso."

Questa *non* è una cattiva idea. Oltre a celare al mondo le proprie informazioni private, Vlad è spaventosamente bravo a scoprire cose che gli altri vogliono nascondere. Stalin lo avrebbe trovato molto utile.

"Non sarebbe un'invasione della privacy di Dragomir?" chiedo, dibattendo con me stessa tanto quanto con Alex. "Non mi piacerebbe, se un ragazzo con cui *io* uscissi facesse una ricerca approfondita sul mio conto."

Lui mi liquida, sventolando la mano. "Come hai precisato, non state uscendo insieme. Cosa ancora più importante, stiamo per entrare in affari con lui, il che rende la cosa abbastanza ragionevole. Scommetto che anche lui sta indagando su di noi."

Fantastico. Questo significa che verrà a sapere della mia azienda e si tirerà fuori (e non nel senso di precauzione anticoncezionale!).

Sospiro. "Credo che parlerò con Vlad."

"Assicurati di farlo faccia a faccia." Alex sogghigna. "Sai com'è fatto."

Vlad preferisce il faccia a faccia, in generale, perché (come dice lui) "Perché invitare l'NSA alla conversazione?"

"Grazie" rispondo ad Alex. "Escogiterò qualcosa con lui. Ora…"

"Aspetta. Andrai al compleanno della mamma?"

"Come potrei non farlo? Sono forse Vlad?"

Fa un sorrisino. "È diventato molto più bravo a partecipare alle feste di famiglia. Fanny ha una buona influenza su di lui."

"Sono d'accordo. Ci vediamo alla festa."

Alex riattacca e io mando un messaggio a Vlad.

La sua risposta è immediata:

Vuoi venire a trovarmi alla Binary Birch domani mattina alle 9?

Sorrido, mentre penso a un regalo per lui.

Certo! Ci vediamo domani.

———

Uscendo dall'ascensore sul piano dell'azienda di Vlad, guardo la targa dall'aspetto serio.

Certe volte, mi domando se i miei fratelli abbiano deciso di far sembrare le loro aziende completamente opposte. La Binary Birch ha un'atmosfera da arte moderna, con quello stile freddo e funzionale. Non ci sono pistole Nerf in vista, né sale giochi, né angoli per dormire.

In effetti, assomiglia un po' agli uffici della società di venture capital di Dragomir.

Controllo il mio cellulare. Non ci sono chiamate né messaggi da parte sua.

Che peccato! Una parte di me sperava che si sarebbe fatto sentire presto.

Non ci sono nemmeno chiamate o messaggi vocali da parte del veterinario a proposito del test per le malattie veneree di Boner (cosa che mi offrirebbe un pretesto per telefonare a Dragomir). Non che mi serva un pretesto. Se si trattasse di un altro ragazzo, probabilmente chiamerei o manderei un messaggio, ma considerando tutto quello che è successo tra di noi, preferisco vedere se gli va di mettersi in contatto.

Quindi, per ora, aspetto. O meglio, visto che sono quasi le nove, mi precipito nell'ufficio di Vlad.

Quando i suoi dipendenti mi scorgono, si allontanano di corsa, anche se non sono sicura di cosa li spaventi di più: la mia reputazione o quella di mio fratello.

"Ciao, sorellina" mi saluta Vlad, quando entro nel suo ufficio.

Ci abbracciamo e gli do un bacio sulla guancia, prima di piazzargli una scatola di plastica tra le mani. "Un regalo."

Senza guardare dentro, Vlad lo ripone in un cassetto e chiude quest'ultimo con decisione.

"Ehi, non vuoi sapere che cosa c'è dentro?"

L'espressione di mio fratello è immutata. "Posso indovinare."

"Beh, te lo dirò e basta" affermo, mettendo il broncio per la delusione. "È una pompa per il pene. Per sostituire quella che tu e Fanny avete rotto."

Lui scuote la testa. "Lei non c'entra niente. Te l'ho detto, è stato un problema di dimensioni."

"Certo. Certo." Mantengo la faccia esageratamente seria. "Ecco perché questo articolo che ho preso per te è grande il doppio di quello che hai distrutto. Speriamo che sia in grado di accomodare qualcuno con il tuo prodigioso... dono."

Lui sospira con esasperazione. "Sospetto che sei venuta qui perché vuoi qualcosa da me. Pensi davvero che prendermi in giro sia il modo giusto per ottenerlo?"

Gli faccio i miei migliori occhioni da cucciolotta. "Suvvia, non fare così. Sai che non puoi dire di no alla tua piccola Belochka."

Le sue labbra si contraggono. "Questo è vero. Però, pronuncia ancora una parola sulle dimensioni del mio pacco, e troverò la forza di volontà per dirti quel no."

"Il favore ha a che fare con l'impresa di cui adesso fai parte anche tu" affermo. "Quindi, aiuteresti te stesso. E Alex."

"Quale sarebbe il favore?"

Gli spiego il mistero della mancanza di informazioni online su Dragomir.

Vlad sblocca il proprio computer. "Fammi lo spelling del nome."

Eseguo, poi aggiungo: "Oltre a Dragomir, potrebbe essere utile controllare anche che cosa riesci a trovare su Marco Fluroff: è il tizio con cui tratterò per ottenere i finanziamenti."

Vlad annuisce. "Vedrò cosa posso fare."

"Suppongo che ti vedrò al compleanno della mamma?"

Riesce a conferire un'aria riluttante al suo cenno d'assenso, come se lo stessi in qualche modo obbligando ad andarci.

Mi alzo. "A presto."

Lui mi conduce all'ascensore e, stavolta, i dipendenti ci evitano ancora più accuratamente.

Devono essere più spaventati da lui che da me.

———————

Dopo essere rincasata e aver dato da mangiare a Boner, controllo di nuovo il cellulare.

Nessuna chiamata.

Dannazione!

Muoio dalla voglia di sapere a quale emozione alludesse Dragomir, prima di ricusarsi. Inoltre, sarebbe bello anche solo sentirlo.

Oh, amen! Anziché aspettare vicino al telefono, mi terrò occupata: le operazioni quotidiane della Belka non si svolgeranno da sole.

Per prima cosa, mi immergo nelle email.

Un cliente vuole effettuare un ordine per le nostre paperelle di gomma vibranti con dildo attaccato, perciò mando un'email al relativo team. Un altro vuole i plug anali e i dildo con telecamera incorporata, quindi mi occupo anche di questo.

Qualcuno del marketing suggerisce di estendere il nostro raggio d'azione ai lubrificanti al gusto di cibo, e di espandere ulteriormente il nostro catalogo di accessori BDSM.

Mmm. Il lubrificante commestibile richiederebbe l'approvazione della FDA? Inoltre, quali sapori vorrebbe la gente? Pancetta? No, quella è più adatta a Boner. Fragole?

In ogni caso, il lubrificante aromatizzato mi sembra un rompicapo da destinare a un altro giorno, perciò controllo cosa va di moda nelle sezioni BDSM dei rivenditori online, per farmi un'idea di quello che ancora non produciamo e di quello che potrebbe mancare sul mercato.

Interessante.

Potremmo lanciare una linea di palette da sculacciata, che lascino buffi segni rossi sul sedere della gente... qualcosa come le facce dei personaggi famosi. Oh, sì. Questo dovrebbe vendere bene. Produciamo già dei plug anali che hanno la sagoma dei politici amati e odiati dal pubblico, e quelli vanno alla grande.

Dato che sono in vena di perversioni, passo il resto della mia giornata lavorativa a ultimare la progettazione di un altro sex toy: una scarpa con un dildo, che ha lo scopo di permettere a qualcuno di penetrare il proprio partner con il piede.

Se gioco bene le mie carte, diventerò colei che darà un nuovo significato all'espressione "fare piedino".

———

La mattina successiva, ancora niente da parte di Dragomir.

Preparo quello che dirò a Marco l'indomani, poi passo il resto della giornata a lavorare alla tuta per il progetto Morpheus.

Viene fuori che la stimolazione dei capezzoli è un vero rompicapo. Le vibrazioni e la pressione dell'aria, che potrebbero funzionare in altre parti del corpo, non sono sufficienti in questo caso. Devo assicurarmi che i capezzoli abbiano la sensazione di essere accarezzati, toccati rudemente, pizzicati, leccati, succhiati... e l'elenco continua.

Inoltre, dato che ci stiamo comunque ramificando nell'attrezzatura BDSM, la tuta non dovrebbe supportare qualcosa come i morsetti per capezzoli fin dall'inizio?

Con l'avanzare della giornata, devo tirare fuori i miei capezzoli ripetutamente e premerli contro diversi materiali, per vedere quanto questi si avvicinino al tocco umano.

Quando è ora di andare a dormire, nessuna chiamata da parte di Dragomir.

Peccato!

Immaginandolo con un dolcevita, uso una serie di sex toys per prepararmi piacevolmente al sonno, poi timbro il cartellino per la giornata.

———

"Parliamo degli aspetti finanziari" dice Marco ad Alex, poi snocciola un elenco di domande.

Dire che sono infastidita dalla riunione di oggi sarebbe un eufemismo. Non solo Dragomir era completamente assente dalla stanza (una seccatura di per sé), ma Marco non mi ha rivolto una sola domanda per tutto il giorno. Capisco che non si renda conto che quest'impresa è fondamentalmente mia, ma comunque, la cosa mi irrita.

Siccome voglio il finanziamento, rimango cordiale fino alla fine.

"Grazie, Alex." Marco stringe la mano a mio fratello. "Abbiamo molto a cui pensare. Ti contatterò presto."

"Noi aspetteremo la tua chiamata" replica Alex, sottolineando il *noi*.

Marco mi guarda come se si fosse dimenticato della mia presenza. "Naturalmente. Intendevo parlare al plurale."

Ma certo che sì. Ora che ci penso, soltanto Alex ha ricevuto la richiesta di un nuovo incontro, l'altro giorno.

Amen.

Io e Alex usciamo dalla sala conferenze, lasciandoci alle spalle Marco e il suo team. Quando usciamo dall'ascensore, finalmente lo vedo:

Dragomir.

È nell'atrio ad aspettare qualcuno (me, spero!).

"Devo scappare" mi dice Alex, facendomi l'occhiolino, interpretando correttamente la situazione.

Lo abbraccio e mormoro qualcosa del tipo: "Ci vediamo dopo".

Il mio cuore sta galoppando. Rivedere Dragomir è emozionante. Forse, troppo emozionante per il mio stesso bene.

"Ciao" lo saluto, quando lo raggiungo, incerta se abbracciarlo o dargli un bacio sulla guancia, come farei con qualsiasi altro conoscente.

Lui risolve il mio dilemma tendendomi la mano. Gliela stringo, e ne ricavo una scossa di elettricità che mi arriva dritta all'intimo.

Anche lui non sembra indifferente. I suoi occhi sono intensamente fissi sul mio viso, e le palpebre si abbassano in posizione socchiusa, mentre lascia andare la mia mano con evidente riluttanza.

"C'è una caffetteria molto carina qui accanto" mi dice, con la voce un tantino roca, sexy. "Oppure, se hai fame…"

"Un caffè mi sembra ottimo" esclamo.

Dentro di me, sto saltellando su e giù.

È un appuntamento?

Non mi sentivo così emozionata per le attenzioni di un ragazzo dai tempi del liceo.

"Sei arrivato fin qui con il tuo camper?" gli chiedo, mentre usciamo dall'edificio.

"Certo che sì." Indica verso la strada.

Già! Eccolo lì, che ci passa davanti lentamente.

"Fyodor non riusciva a trovare parcheggio, quindi sta girando in tondo" mi spiega Dragomir, mentre entriamo nella caffetteria.

Il locale è vuoto, quindi ci mettiamo pochi minuti per ordinare. Mentre ci avviciniamo all'area d'attesa, il telefono di Dragomir emette il bip di un messaggio, e lui si scusa per controllarlo.

Ricordandomi di aver attivato la modalità silenziosa del mio cellulare per la riunione, la disattivo e controllo i miei messaggi.

C'è un messaggio in segreteria da parte del veterinario, che mi informa che Boner è sano, e un SMS di Xenia.

Sono in città. Ti va di mangiare sushi?

Prima che io possa risponderle, vedo Dragomir incombere su di me, con un'aria di scuse.

"Che succede?" gli chiedo, mentre il mio battito accelera per la sua vicinanza.

"È saltato fuori un problema, e ho solo una mezz'ora, prima di dover correre a una riunione di lavoro."

"Non fa niente" mento. "Io andrò a mangiare sushi con un'amica più o meno alla stessa ora della tua riunione."

Cioè, *adesso* ho deciso che ci andrò.

È delusione quella nei suoi occhi?

Ehi, è stato lui il primo a rivelarsi occupato.

Scusandosi un'altra volta, Dragomir si rimette al telefono, perciò io mando un messaggio a Xenia per comunicarle che ci possiamo incontrare nel nostro posto preferito tra quaranta minuti.

Lei mi risponde immediatamente con un sì entusiasta.

Il barista ci informa che le nostre bevande sono pronte. Prima che io possa afferrare la mia, Dragomir prende entrambe le tazze e le porta su un comodo tavolo.

Un gentiluomo. Mi piace.

Accomodandomi di fronte a lui, soffio sul mio caffè nel modo più seducente possibile, ma lui sembra ignaro del mio sottile tentativo di flirtare.

Mmm. Perché un'espressione così seria? Non è molto adatta a un appuntamento.

Lui mette giù la tazza. "Dobbiamo parlare."

Accidenti! Adesso capisco perché i ragazzi temono così tanto queste due parole.

È sicuramente una frase che fa presagire qualcosa.

"Certo." Poso anch'io la mia tazza. "Di che cosa volevi parlare?"

Lui cattura il mio sguardo, ipnotizzandomi con l'intensità dei suoi occhi nocciola.

Qualsiasi cosa stia per dire è brutta.

Molto brutta.

Ha già saputo della mia azienda di sex toys? O si tratta di qualcosa di addirittura peggiore?

Inspira. "Siamo in dolce attesa."

Capitolo Quindici

*L*o fisso con sguardo vacuo. "Hai detto 'in dolce attesa'"?

Annuisce.

Ma che diavolo?

Sembra essere il giorno delle frasi che i ragazzi temono! Infatti, la "dolce attesa" spesso segue il "dobbiamo parlare".

In ogni caso, pensavo di dover essere io a dirlo a lui (se avessimo fatto sesso e mi avesse messa incinta, si intende).

"Ricordi che Winnie ha fatto i test dopo Boner?" mi chiede. "Uno dei due era un test di gravidanza."

Ah!

Vorrei darmi uno schiaffo sulla fronte! Boner ha ingroppato Winnie. Ecco perché abbiamo sottoposto entrambi al test per le malattie veneree. L'ingroppamento può avere come conseguenza dei bebè... o dei cuccioli, in questo caso.

Avrei dovuto arrivarci. Il fatto che non ci abbia pensato potrebbe essere un insulto alla virilità di Boner, e sono contenta che lui non sia qui ad assistere a questa conversazione. Rimarrebbe traumatizzato.

Oh, e quando lo verrà a sapere, vorrà che il suo nome venga ufficialmente cambiato in "Macho". Dopotutto, ha messo incinta un'orsa, accidenti!

Dragomir posa la mano sopra la mia. "So che è una grossa notizia da assimilare, ma di' qualcosa."

Il calore che proviene dal suo palmo grande e caldo mi provoca una sensazione straordinaria (e una distrazione tutt'altro che minima). Con uno sforzo, mi concentro sull'argomento in questione. "Sei sicuro che sia lui il padre?"

Dragomir ritrae la mano. "Tu come ti sentiresti, se dicessi a un uomo che è il padre del tuo bambino, e lui lo mettesse in dubbio?"

Ottima osservazione. "Mi dispiace. Sto solo facendo fatica a digerire la notizia, tutto qui."

Annuisce, cortese come un re che concede la grazia. "Winnie ha fatto sesso soltanto una volta in vita sua, quindi Boner dev'essere il padre."

"D'accordo. D'accordo." Dunque, abbiamo a che fare con un'orsa quasi-vergine. Mi stringo il ponte del naso tra le dita. "Lei vuole... ehm... tenerlo?"

Merda! Perché continuo a parlare come un ragazzo che abbia appena scoperto che la tipa con cui ha fatto sesso occasionale è rimasta incinta?

Gli occhi di Dragomir, ora, sono stretti come due fessure. "Se stai parlando di abortire, è fuori questione a questo punto. E sarà una cucciolata, quindi direi 'tenerli', non 'tenerlo'."

Tracanno del caffè bollente. "Non intendevo dire che *desidero* un aborto. Non lo voglio, davvero. La prospettiva che Boner abbia dei cuccioli mi sembra fantastica. È solo che non ero sicura di quale fosse la posizione di Winnie sull'intero dibattito pro o contro l'aborto."

Lui mi guarda con un'espressione seria. "Winnie è una cagna, ricordi? Possiamo solo supporre la sua posizione, quindi il meglio che posso fare è presumere che voglia tenere i propri cuccioli."

"Mi sembra ragionevole." Mi massaggio le tempie. "Sono piuttosto confusa."

Lui solleva il suo caffè. "Lo capisco. Quando ho saputo la notizia, sul momento, mi ha colto un po' di sorpresa. Tieni presente che, anche se Winnie imparasse magicamente a parlare e dicesse di voler abortire, non sarebbe prudente a questo stadio della gravidanza. Il veterinario ritiene che l'opzione migliore per la sua salute sia procedere fino alla fine. Dopo il parto, quando sarà pronta a separarsi dai cuccioli, troveremo loro una bella casa. Oppure, li terrò io."

Immagino l'aspetto che potrebbero avere i suddetti cuccioli, e il mio umore migliora rapidamente. "Ti aiuterò a trovare ai cuccioli le migliori case possibili. Inoltre, fammi sapere se ti serve qualsiasi altra cosa. Posso accompagnarti, se c'è un'ecografia. Possiamo dividere le spese e…"

"Grazie." Sul suo volto appare un sorriso genuino,

così sexy, che le mutandine mi si dissolvono sotto la gonna. "In realtà, volevo appunto parlarti di qualcosa del genere."

"Ah sì?"

"Un test del DNA, per Bonaparte" continua. "Vorrei sapere se c'è qualche rischio di malattia genetica per i cuccioli."

Rabbrividisco internamente. "Un altro viaggio dal veterinario? Boner è ancora traumatizzato."

"Si tratta solo di un tampone di saliva. Mi farò insegnare come si fa dal dottor Delomalov, poi verrò da te e lo eseguirò io stesso. Bonaparte non si accorgerà nemmeno di essere esaminato."

"Beh, in questo caso, d'accordo" rispondo.

Aspettate! Si è appena auto-invitato a casa mia. E io ho detto di sì!

Beve un sorso di caffè e mi guarda da sopra il bordo della tazza. "Quindi, ovviamente, non hai fatto sterilizzare il tuo cane."

Faccio una smorfia. "Già, spiacente. Non ce l'ho fatta. Non ho niente contro le persone che sterilizzano i propri animali, ma è una questione delicata per me, personalmente. Boner è un essere sessuale e, se questo gli venisse tolto, ne sentirebbe la mancanza."

Dovrei dirgli che prendo questo argomento così seriamente, che ho costruito a Boner un giocattolo da ingroppare?

Nah! Si avvicina troppo all'argomento dell'azienda di sex toys che voglio evitare. Né tantomeno dovrei spiegargli come mai la questione sia così personale. Se fosse stato socialmente accettabile, i miei genitori mi avrebbero sterilizzata da adolescente. Non che andassi a letto con qualcuno né niente del genere; qualsiasi espressione di sessualità da parte mia era un tabù ai loro occhi.

"E tu?" gli chiedo, scacciando quei ricordi spiacevoli. "Winnie, ovviamente, non è stata sterilizzata."

È il suo turno di fare una smorfia. "Nemmeno io ci sono riuscito. Inoltre, c'è la questione della razza di Winnie. È del lignaggio misha più puro, fa parte della storia della Ruskovia."

"Fantastico. Boner ha contaminato un lignaggio storico."

"Non è quello che intendevo" afferma. "Inoltre, non l'ha fatto, in realtà. Winnie potrà avere degli altri cuccioli di razza pura, in seguito. Questi possono comunque trovare una casa amorevole, anche senza essere definiti 'misha'."

"Oppure, possiamo iniziare una tendenza di razza mista. Li chiameremo Chishas. O Mishuahua."

Fa una risatina. "Mi piace come suona Chishas."

Sorrido. "Allora, un'altra domanda abbastanza ovvia… Non avevi idea che Winnie fosse in calore?"

Lui fa spallucce. "Forse, non sono a mio agio quanto te, quando si tratta di pensare al mio cane come a una creatura sessuale. Non mi sono mai informato su come funzioni questa faccenda del calore… ho pensato che me ne sarei occupato, quando ci fosse stata la possibilità di continuare il lignaggio della razza misha.

Inoltre, ora che mi sono documentato, molti dei segnali sono meno evidenti per via di quanto è pelosa Winnie." Sembra leggermente a disagio. "Aveva delle perdite, nel periodo in cui è avvenuto l'episodio, ma ho pensato erroneamente che questo significasse che fosse meno fertile."

Mantengo una faccia da poker. "Non demoralizzarti. È effettivamente *così* che funziona... per le femmine umane."

A suo merito, non sembra disgustato dall'accenno alle mestruazioni. Invece, si appoggia allo schienale, stendendo il braccio su una sedia vicina, con quel suo modo di fare da re del mondo. "Che ne dici di parlare di qualcosa di diverso dai nostri cani?"

"Affare fatto" replico. "Però, dopo un'ultima domanda relativa ai cani."

Lui inclina la testa. "Spara."

Osservo la sua espressione, mentre gli chiedo: "Quando verrai da me per il tampone di saliva, puoi portare Winnie, così lei e Boner potranno passare un po' di tempo insieme?"

Si acciglia.

Lo sapevo. Non gli piace l'idea che loro interagiscano. Che snob!

"Senti" gli dico, arrabbiandomi per conto del mio amico canino. "Boner non ha malattie veneree. E non è che possa metterla più incinta di così."

"D'accordo" replica lui, con mia grande sorpresa. "È un appuntamento di gioco."

Un appuntamento di gioco?

Come mai sembra così sessuale?

All'improvviso, sono invidiosa dei nostri cani.

Lui sogghigna. "Ora, mi devi un argomento di conversazione che non sia legato ai cani."

Ricambio il sorrisino. "Che ne dici dei lupi? Troppo vicino ai cani?"

"Niente lupi, né orsi, né ratti" afferma con espressione seria.

"Anche i leoni sono fuori discussione?"

"Dei leoni puoi parlare, se ti va" mi concede magnanimamente.

"Finalmente! *Un argomento* di cui possiamo parlare."

Le sue labbra si contraggono. "Quell'argomento sarebbero *i leoni*."

"Beh, io ho sempre trovato strano quanto ruggiscano i leoni dei film, quando vogliono catturare una preda. Penso che quelli del mondo reale ruggiscano solo per spaventare gli altri leoni, in modo da allontanarli dal loro territorio. Durante la caccia, scommetto che sono silenziosi. Io lo sarei."

Lui annuisce con aria seria. "Penso che tu abbia ragione. In difesa di Hollywood, però, un leone che ruggisce fa più impressione."

"Un leone con le ali farebbe ancora più impressione, ma su questo fronte, si attengono alla realtà. Ora che ci penso, questa cosa del ruggire succede anche con altri animali cinematografici. Non c'era un barracuda ruggente in *Alla ricerca di Nemo*?"

Lui fa spallucce.

"Credo di sì. Tralasciando tutta la faccenda

dell'inseguimento silenzioso, dubito che sia possibile ruggire sott'acqua."

"Il motore di un sottomarino potrebbe ruggire" afferma.

"Mmm." Ci rifletto su. "Potresti avere ragione."

Lui mi sorride, e io sto per dire qualcos'altro, quando noto un uomo fuori dal locale che punta una macchina fotografica nella nostra direzione.

Con mio stupore, lo riconosco.

Dragomir stava urlando proprio contro questo tizio, mentre Boner ingroppava Winnie.

Non ci ho fatto molto caso, allora. Ero troppo occupata a preoccuparmi di vagine (cioè, di tenere le palline di Kegel dentro la mia, e il pene del mio cane fuori da quella di Winnie). Ora, mi rendo conto che il comportamento di questo tizio era piuttosto strano.

Dragomir deve notare qualcosa nella mia espressione, perché si gira. Subito, la sua schiena possente s'irrigidisce e le sue spalle si contraggono.

Ah. Ne deduco che lui e il tizio siano *davvero* in rapporti poco amichevoli.

Dragomir balza in piedi, ma, prima che riesca a uscire, il tizio scappa, scomparendo rapidamente dietro l'angolo.

Dragomir ha l'aria di dibattere se lanciarsi all'inseguimento o meno.

Sono sempre più curiosa. Chi sarà quel tipo? Perché quella macchina fotografica?

Una sensazione di freddo mi si deposita in fondo allo stomaco. E se fosse un detective privato, che la moglie di Dragomir ha assunto, perché sospetta che il marito la tradisca?

È quello che è successo al mio ex, dopo che ho rotto con lui (soprattutto, grazie all'email anonima che Vlad ha inviato alla moglie, suggerendo proprio questo).

Beh, se c'è una moglie, non sarò io quella con cui lo stronzo la tradirà.

Mai più.

Avendo deciso (a quanto pare) di non inseguire il suo nemico, Dragomir si rimette a sedere.

Ora, sono in modalità pragmatica. O vado fino in fondo a questa questione del matrimonio, o non potrò vederlo mai più, per quanto attraente sia. O per quanto carini possano essere i cuccioli!

"Chi era quello?" gli chiedo, facendo la mia migliore impersonificazione della Regina delle Nevi.

Lui si stringe nelle spalle. "Non conosco quel verme, in realtà. L'ho visto soltanto una volta. Gli ho detto di starmi alla larga, però."

D'accordo, questa era una domanda che ci girava troppo intorno. Devo chiederglielo a bruciapelo.

Lui mi guarda intensamente.

Prendo fiato. "Dragomir, sei sposato?"

Capitolo Sedici

*S*embra preso alla sprovvista dalla mia domanda. "No."

Proprio mentre pronuncia la parola, starnutisce.

Provo un enorme senso di sollievo.

In Russia, crediamo che, quando qualcuno starnutisce, dopo aver fatto un'affermazione, significa che sta dicendo la verità. Però, crediamo anche nel "fidarsi è bene, ma verificare è meglio": quindi, non sarò completamente soddisfatta, finché Vlad non mi dirà che cosa ha scoperto. Inoltre, ho bisogno di una risposta migliore riguardo a quel tizio inquietante che è scappato (qualcosa mi dice che Dragomir non ha intenzione di spiegarmelo sul serio).

Visto che siamo in tema, comunque, tanto vale indagare più a fondo. "Hai una ragazza? Un ragazzo? Un'innamorata? Un'amante?"

I suoi occhi brillano di divertimento. "No. Sono

single. Devo ammettere che questo è di gran lunga più personale della chiacchierata sui leoni."

Merda! Ha ragione.

Sono andata molto sul personale. Troppo, forse, considerando che lui è un potenziale investitore.

"E tu?" mi chiede, prima che io possa scusarmi. "Sposata?"

Tiro un sospiro di sollievo. "No."

"Hai un fidanzato?" mi chiede, eguagliando il mio tono di prima. "Una fidanzata? Un innamorato? Un amante?"

Scuoto la testa. "Sono libera dagli uomini da quasi tre anni."

Il suo sguardo vaga su di me in un modo tale, che mi fa desiderare di avere quelle palline di Kegel da stingere. "È molto difficile da credere" mormora, quando i suoi occhi tornano sul mio viso (decisamente accaldato!).

Essendo una donna di ventisei anni, resisto all'impulso di scuotere i capelli come un'adolescente di fronte alla sua prima cotta. "D'accordo, allora, siamo entrambi single" affermo, piuttosto vivacemente. "Mi chiedo che cos'altro abbiamo in comune."

Mi guarda con aria speculativa. "Beh, una cosa in comune è il retaggio dell'Europa orientale, di sicuro. Alcune tradizioni ruskoviane sono quasi identiche a quelle russe. Anche l'architettura."

"Giusto" affermo, tracannando il resto del mio caffè. "E non dimentichiamo che entrambi andiamo pazzi per i nostri cani." *E vogliamo scoparci a vicenda, è* quello che vorrei aggiungere, ma scelgo di tenermelo per me (e non soltanto nel caso in cui sia un desiderio a senso unico).

"Siamo entrambi appassionati di realtà virtuale." Lui fa per versarsi dell'altro caffè nello stesso momento in cui ci provo io, e le nostre dita si sfiorano, procurando un'altra mini-scintilla alle mie terminazioni nervose.

Mi si mozza il fiato. "Siamo entrambi competitivi" aggiungo, sforzandomi di tornare a concentrarmi sulla conversazione. "Anche se, naturalmente, io lo sono molto più di te."

Le sue narici si dilatano. "Impossibile. Io sono molto più competitivo di te. Di gran lunga."

"Oh, per favore. Io sono talmente competitiva, che c'è una mia foto nel dizionario sotto quella parola."

Lui si sporge in avanti, stringendo gli occhi. "L'ho inventata io, quella parola."

"Eppure, non ne conosci ancora il significato. Ossia *me*."

Lui scuote la testa. "Ammetti la sconfitta e basta. Competitivo è ufficialmente il mio secondo nome."

"Mmm… Dragomir Competitivo Lamian… i tuoi genitori devono essere peggiori dei miei."

Il suo sorriso vacilla.

Merda! Ho appena toccato un tasto dolente? I suoi genitori sono ancora vivi, almeno?

Il suo telefono suona.

"Mi dispiace" si scusa. "È quella riunione di lavoro di cui ti parlavo prima. Inizia tra pochi minuti."

Controllo il mio cellulare.

Già. Anch'io devo correre a incontrare Xenia.

Immagino che il tempo voli, quando discuti della gravidanza di un cane con l'uomo che desideri.

Lui si alza in piedi. "Spero che potremo conoscerci un po' meglio, quando verrò a prendere il DNA di Bonaparte."

Ammutolita dalla gioia, annuisco un po' troppo vigorosamente.

Lui raccoglie le nostre tazze vuote. "Forse, l'elenco delle nostre somiglianze aumenterà."

Mentre butta via le tazze, reprimo l'impulso di saltargli addosso proprio adesso e qui, vicino al bidone della spazzatura. Non sarebbe una buona idea. Lui è pur sempre un investitore. Non è ancora al corrente della mia azienda di sex toys. Cosa ancora più importante, Vlad non ha finito di ficcanasare (il che significa che Dragomir potrebbe essere ancora sposato, e mentire apertamente al riguardo). Per quanto ne so, potrebbe essere abbastanza subdolo, da aver finto quello starnuto al momento giusto.

Essendo ruskoviano, è possibile che sappia tutto sul legame tra la verità e gli starnuti.

"Vuoi un passaggio al ristorante di sushi?" mi chiede.

Dati i miei pensieri di un momento fa, una donna razionale risponderebbe di no, ma io muovo la testa su e giù euforicamente. La mia buona disposizione viene ricompensata, quando lui posa la mano sulla parte bassa della mia schiena, mentre mi conduce fuori dal locale.

Sarei pronta a farmi condurre da lui in questo modo per chilometri, ma (con mia delusione) la limousine/camper ci sta già aspettando.

Fyodor apre la porta e noi saliamo.

Winnie si solleva sulle zampe posteriori e lecca di nuovo la faccia di Dragomir. O meglio, ci sbava sopra.

Mentre lui si pulisce, lei trasferisce le proprie attenzioni a me, posandomi le zampe sulle spalle, pronta a colpire con un'enorme lingua bagnata.

Io per metà rido, per metà strillo (un errore, visto che lei mi sbava in bocca).

L'esperienza è disgustosa e adorabile in egual misura. Inoltre, credo che, per la proprietà transitiva, io abbia appena pomiciato con Dragomir. O, almeno, che abbia scambiato qualche fluido corporeo con lui.

Quando mi libero, lui ha pronta una salvietta per le mani. "Posso?"

Vuole toccarmi il viso?

"Sì, grazie." Trattengo il respiro.

Mi tampona delicatamente il viso e (bava di cane o meno) questa è l'esperienza più sensuale della mia vita... e va avanti all'infinito. È davvero scrupoloso, assicurandosi di togliermi fino all'ultima goccia di bava dalla pelle. Penso brevemente a tutto il trucco che verrà via con essa, ma ne vale la pena. Speriamo che, senza make-up, lui non mi trovi un troll. O un goblin. O un orco. No, aspettate, Fiona di *Shrek* è un'orchessa, giusto? Sì, gli orchi sono carini.

Alla fine, smette di pulirmi e mi asciuga delicatamente il viso con il suo fazzoletto. A giudicare dal calore che brilla nei suoi occhi nocciola, le mie preoccupazioni su goblin e troll erano esagerate.

Lui fa un passo indietro, e io esalo il respiro che stavo trattenendo.

Questo camper ha una doccia? Una doccia fredda potrebbe servirmi, in questo momento. Inoltre, so esattamente a che cosa penserò, quando terrò in mano il mio vibratore, stasera: alle sue mani sul mio viso.

"Mi dispiace" mormora.

Si dispiace? Per questo? È come se Michelangelo si scusasse per aver realizzato la statua del David! A meno che non sia dispiaciuto per avermi rovinato il trucco?

"Non ha mai fatto così con nessuno, prima d'ora" prosegue.

Ah. Si sta scusando per conto di Winnie.

"Non fa niente" replico. "Spero che signifìchi che le sto simpatica."

Lui guarda Winnie. Lei sta scodinzolando incessantemente, ora, e ci rivolge un sorriso da cane (o da orso). "Ad essere onesto, ho sempre pensato che quel saluto fosse un segno d'amore, non di mera simpatia."

"Beh, che cosa ti aspettavi?" chiedo con espressione seria. "Le cagne mi adorano."

Prima che lui possa rispondere, l'auto si ferma e il divisorio tra noi e Fyodor si abbassa.

"Il ristorante di sushi" annuncia pomposamente il maggiordomo.

"Accompagno Bella fuori" dice Dragomir a Fyodor; poi, mi apre la porta.

Quando scendo dal veicolo, mi sento leggera, come

se stessi fluttuando. Dragomir mi accompagna fino al marciapiede.

Mi fermo, guardandolo. "Quello è il ristorante." Indico il locale. "La mia amica dovrebbe arrivare a momenti."

Si avvicina abbastanza, perché io possa percepire le note di cannella della sua acqua di colonia. I suoi occhi brillano di calde sfumature ambrate. "Sono stato bene con te."

"Anch'io" dico, col cuore in palpitazione (proprio come mi succedeva dopo un appuntamento, ai tempi del liceo).

Forse, ho viaggiato nel tempo a mia insaputa.

"Mi farò sentire per quell'appuntamento di gioco" afferma sottovoce.

Mi inumidisco le labbra. "Non vedo l'ora."

Il suo sguardo cade sulla mia bocca, e una tensione particolare sembra invadere il suo corpo. Lentamente, come se fosse trainato da qualcosa, china la testa.

Il mio battito cardiaco sale alle stelle, e mi sollevo in punta di piedi, ondeggiando verso di lui. Le nostre labbra sono a un soffio di distanza, ora. Se soltanto io...

"Bella?" mi chiama una persona malvagia, con la voce di Xenia. "Sei tu?"

Dragomir si ritrae.

Mi giro e lancio uno sguardo raggelante alla fonte del rumore.

Sì. La scaccia-cazzi è proprio quella che ho sempre considerato un'amica.

"Dragomir" dico, con la voce roca. "Ti presento Xenia."

Dragomir tende la mano. Xenia la afferra e la scuote come se fosse un asciugamano bagnato, con gli occhi grandi come piattini da tè.

"Piacere di conoscerti" riesce finalmente a dire, con un accento marcato.

"Piacere mio" risponde lui, abbassando lo sguardo sulla mano che Xenia non molla.

"Dovremmo andare" le dico in modo significativo.

Xenia mi guarda, poi fissa la propria mano e finalmente si ricorda che, quando si stringe la mano a qualcuno, la si lascia andare, alla fine.

Le labbra di Dragomir si piegano in un sorriso sardonico. "Mi terrò in contatto" mi dice, e scompare nel suo camper.

Xenia osserva la partenza del veicolo con un'espressione strana. Infine, si gira verso di me. "È contro le regole della natura che un uomo sia così bello."

Per una volta, sono d'accordo con lei (una donna a cui piace sostenere che basta che un uomo sia leggermente più bello di un gorilla).

Capitolo Diciassette

"*R*accontami tutto" pretende Xenia, dopo che ci siamo accomodate e abbiamo ordinato due Sushi Deluxe.

La aggiorno sull'intera situazione della gravidanza.

"Il suo cane ha avuto l'idea giusta" afferma.

Prendo il mio bicchiere d'acqua e bevo un sorso. "Ah, sì?"

"Tu dovresti avere il bambino di quell'uomo."

Per poco non sputo l'acqua che ho in bocca. "Bambino?"

Annuisce con aria sapiente. "Voi due siete le persone più belle che io abbia mai visto nella vita reale. Se farete un bambino, diventerà una star del cinema."

Uso un tovagliolo per asciugarmi le gocce d'acqua che mi sono finite nel naso. "Mi sarei aspettata questo genere di discorsi da mia madre, non da te."

Mi lancia uno sguardo insultato. "Mi stai paragonando a Natasha?"

"Hai ragione. Mi dispiace. Sono stata troppo dura."

Il cameriere porta due piatti a forma di barchetta, e noi ci scambiamo i pezzi di sushi come facciamo sempre: io le do tutte le cose noiose, come i bastoncini di granchio e i gamberi cotti, mentre lei mi dà tutti gli alimenti che ha troppa paura di mangiare, come l'uni (che sarebbero gonadi di riccio di mare). Come il resto della mia famiglia, sono una mangiatrice avventurosa, mentre Xenia lo è notevolmente meno (cosa che, senza dubbio, la limita come chef).

Per il resto del pasto, chiacchieriamo dei recenti show televisivi che abbiamo visto; poi, lei mi aggiorna sull'ultimo scoop su lei e Toy Boy, concludendo con il sospetto che lui potrebbe farle presto la fatidica proposta.

"Gli dirai di sì?" le chiedo, mettendo in bocca l'ultima cucchiaiata del mio gelato al tè verde fritto.

Si stringe nelle spalle. "Non sono più una giovincella. Questa potrebbe essere la mia ultima occasione per questo genere di cose."

Non le dico che, ancora una volta, mi sembra di sentire mia madre. Invece, mi limito a dirle che dovrebbe sposare Toy Boy soltanto se è ciò che desidera, e non per accontentarsi.

"Lo voglio davvero. È solo che lui è così giovane…"

Alzo gli occhi al cielo. "Ha quarantacinque anni e non si prende buona cura di se stesso. La tua aspettativa di vita è probabilmente la stessa; ammesso che sia questo che ti preoccupa, quando parli della sua età."

Lei sospira. "Chissà se mi farà la proposta."

Ho il forte sospetto che lo farà. Xenia è una donna straordinaria, e Babbo Natale (voglio dire, Toy Boy) non mi sembra un uomo stupido. Gioviale, certo, ma non stupido.

———

Quando torno a casa, Boner è contentissimo di vedermi.

"Senti l'odore di Winnie su di me?" gli chiedo.

"*Oui.*"

"Dal suo odore, riesci a capire che è incinta?"

"*Oui.* Chiamami Macho, d'ora in poi."

Riapplico il trucco che era andato perduto nell'incontro con l'orsa, prendo un panino per John e porto fuori Boner a fare una passeggiata. Quando torno a casa, ricevo un messaggio di Vlad, che richiede un incontro; perciò, faccio un altro giro fino agli uffici della Binary Birch.

———

"Non sono riuscito a trovare niente su Dragomir" mi informa Vlad, dopo esserci salutati.

"Niente? Questo è sospetto di per sé."

Vlad fa spallucce. "Chi siamo noi per dirlo? Non troverebbe molto nemmeno lui, se dovesse indagare su uno di noi due."

MISHA BELL

Faccio una smorfia. "Io sto *effettivamente* nascondendo qualcosa. La mia azienda di sex toys."

Mio fratello si spinge gli occhiali più in alto sul naso. "Giusto, e loro dovrebbero scavare molto, molto in profondità per scoprirlo. Ti abbiamo sistemata con una Srl del New Mexico e tutto quel che ci va dietro."

"Esiste un modo in cui anche tu potresti 'scavare in profondità'?"

Si strofina il mento. "Avrei bisogno di maggiori informazioni su di lui."

"Del tipo?"

"Nomi di persone vicine a lui, come fratelli o genitori. Magari, il nome del suo migliore amico. Chiunque potrebbe non essere paranoico quanto lui."

"Non so niente di tutto ciò" affermo. "Ma se lo scoprirò, te lo farò sapere."

"Indaga con discrezione, però. Se assomiglia a me, non gli piacerà che tu stia ficcanasando."

"Giusta osservazione. È un peccato che questo si sia rivelato così difficile."

Vlad annuisce in modo comprensivo. "Il lato positivo, invece, è che ho scoperto qualcosa su quel Marco."

Mi siedo più dritta. "Qualcosa d'interessante?"

"Ha due donne" afferma Vlad. "Due famiglie, in effetti: una in Ruskovia e una qui negli Stati Uniti."

Wow. Nemmeno il mio ex era arrivato a tanto.

"Credi che sappiano l'una dell'altra?" gli domando. "Forse è una relazione poligama o qualcosa del genere."

"Ne dubito."

Scuoto la testa con disgusto. "Che stronzo!"

Vlad mi lancia uno sguardo speculativo. "Che cosa pensi di fare con quest'informazione?"

Sbatto le palpebre, senza capire. "Che cosa intendi dire? Non posso affrontarlo senza far sapere a Dragomir che sto ficcanasando, e non credo che questo gli piacerebbe."

"Beh." Vlad lancia un'occhiata alla porta del suo ufficio e abbassa la voce. "Qualcuno senza scrupoli potrebbe usare quest'informazione per assicurarsi i finanziamenti di cui ha bisogno."

"Che cosa? No! Non ho intenzione di ricattarlo. Non è il mio stile."

Vlad mi rivolge un mezzo sorriso di approvazione. "Non pensavo che l'avresti fatto. L'ho solo buttata lì. Alex mi ha detto che è difficile trovare altri investitori."

Contraggo la mascella. "Non lo farò comunque."

Per fortuna, Vlad abbandona l'argomento e mi chiede del design della tuta, cosa di cui gli parlo volentieri. Mi diverte soprattutto il modo in cui lui si contorce, quando parlo a lungo della stimolazione dei capezzoli.

Prima di andarmene, non riesco a trattenermi. "Quando avrò una tuta funzionante" dico astutamente, "pensi che tu e Fanny potreste testarla per me, in memoria dei bei vecchi tempi?"

Capitolo Diciotto

*L*a mattina dopo, ricevo un messaggio di Dragomir:

Possiamo passare di lì alle 11?

Rispondendo in modo affermativo, sento una scossa di energia eccitata, di gran lunga superiore a quella che ci si aspetterebbe dal mio caffè espresso mattutino.

Tra un'ora, lui sarà qui.

Nel mio appartamento.

Non lontano dalla mia camera da letto.

Stabilizzo il mio respiro e cerco di mantenere la calma, rendendomi presentabile. Una volta spazzolati i capelli e applicato il trucco, mi rendo conto di dover pulire il mio appartamento.

Al momento, sembra il covo di una serial killer ossessionata dai sex toys.

Guardando l'orologio ogni pochi minuti, inizio l'epica impresa di nascondere tutti i dildo, i plug anali, i vibratori, le perle anali e gli altri armamentari Belka in corso di lavorazione. Alle undici meno cinque, accorgendomi che non sto facendo progressi abbastanza rapidi, ricorro a misure disperate. Anziché riporre ordinatamente nei cassetti gli oggetti rimanenti, li butto semplicemente sotto il divano e il letto, dove capita.

L'Everest (un dildo particolarmente grande) finisce infilato sotto il mobile della TV.

Sono le undici.

Fiù! Penso di avercela fatta.

Faccio un rapido giro e trovo un prototipo di morsetto per capezzoli, usato come molletta per un sacchetto di popcorn al caramello.

Merda! Che cos'altro mi sono persa?

Il campanello suona.

"Chi è?" grido, mentre getto freneticamente i popcorn nella spazzatura e ficco i morsetti nel congelatore.

"Winnie e Dragomir."

"Arrivo" grido, e mi precipito verso la porta, quasi inciampando su Boner, che è già nel corridoio e scodinzola insistentemente.

Riprendendo fiato, apro la porta... e torno in iperventilazione!

Cioè, dai! Chi fa una cosa del genere?

Dragomir indossa una maglietta attillata, che mostra il suo fisico muscoloso dalle spalle larghe con una precisione quasi anatomica, da farmi bagnare le mutandine.

Potrebbe andare peggio di così soltanto se indossasse un dolcevita!

"Ciao" mormora.

Prima che io possa agire in base a un'ampia varietà di impulsi inappropriati, che mi ronzano in testa, Winnie mi oltrepassa correndo come un tornado.

Dragomir impartisce un comando severo in ruskoviano, ma senza successo.

Ignorandolo, lei annusa accuratamente Boner e lo lecca dalla testa ai piedi, come un lecca-lecca.

Boner sembra essere in paradiso… almeno, fino a quando decide di voler annusare il sedere di Winnie, ma scopre che è troppo in alto per il suo naso.

Persino quando spicca un balzo, arriva solo a metà strada dalla sua meta, e poi Winnie si allontana, prima che lui possa spiccare un altro salto.

Do voce a Boner, per il divertimento di Dragomir:

"*Ma petite*, il *destin* ci ha fatti incontrare ancora una volta… ma perché ha messo il tuo *postérieure piquant* così lontano?"

Con un sorrisino, Dragomir fa la voce di Winnie:

"Forse è meglio così, Napoleone Carlovich. Porto già dentro di me il frutto dei tuoi lombi."

Sorrido come una svitata. "Chiamami Macho, *ma petite*. Chiamami. Macho."

Scuotendo la testa, Dragomir tira fuori una scatoletta dalla tasca dei jeans. "Ho il test. Ti va se ci occupiamo di questo, prima?"

"Certo" replico. "Mentre lui sbava alla vista di

Winnie, quel tampone dovrebbe raccogliere una tonnellata di saliva."

Io e Dragomir collaboriamo a quest'impresa. Mentre io tengo fermo Boner, Dragomir gli offre un croccantino per aumentare la salivazione e, non appena il mio piccolo amico apre le fauci, gli applica il tampone e poi lo ricompensa con il bocconcino.

Tutto sommato, Boner non sembra rendersi conto di essere stato sottoposto a una procedura medica.

Magari fossero tutte così!

Dragomir sigilla il tampone in un sacchetto di plastica. "Questo dovrebbe bastare."

"Ottimo. Perché non andiamo in salotto?"

Lui mi segue, poi si ferma e fischia, guardandosi intorno. "Hai un figlio?"

"Per favore, non fischiare dentro casa" gli dico, prima di potermi trattenere.

Sembra divertito. "Un'altra superstizione russa?"

"Fischiare dentro casa significa sfortuna finanziaria" spiego. "E, come sai, sto cercando finanziamenti."

"Mi assicurerò di non fischiare dentro casa, d'ora in poi" afferma, mentre le sue labbra si incurvano in un sorriso accondiscendente. "Però, non mi hai risposto: hai un figlio?"

"No" dico, sulla difensiva.

Credo di sapere a cosa si riferisca.

Come previsto, infatti, la domanda successiva è: "Ti piace la Disney?"

"No. Mi piace solo *Frozen*."

Indica il grande poster di Elsa sulla mia parete, le statuine di Anna e del resto della sua famiglia sulla libreria, e il peluches di Olaf sul divano. "Chiaramente."

Fantastico. La prossima volta, oltre a nascondere i sex toys, dovrò mettere via anche tutti i giocattoli normali, adatti ai bambini. Non si può mai sapere per che cosa si sarà giudicati.

Ora, Dragomir sta guardando il visore per la realtà virtuale sopra il tavolino. "Ti sei esercitata con *Beat Saber*?"

Stringo gli occhi. "Fammi indovinare. Adesso sai fare 'Radioactive' in modalità Expert Plus."

Il suo sorrisino è presuntuoso. "Non solo. Scommetto che posso battere il tuo punteggio massimo."

"Ci sto. È una sfida di ballo. O è un combattimento con le spade?"

Si stringe nelle spalle. "In ogni caso, vincerò io."

Prendo il visore e i controller, e porgo tutto a lui. "Mostrami di cosa sei capace."

Mentre regola il visore per la sua testa decisamente più grande, io controllo i cani per assicurarmi che non gli finiscano sotto i piedi (uno spinoso problema della realtà virtuale).

Becco Boner nell'atto di dare a Winnie la sua più grossa palla da masticare, quella che riesce a malapena a ficcarsi in bocca.

"No." Gli strappo via la palla. Winnie stava senza dubbio per ingoiarla tutta intera, il che avrebbe comportato un altro viaggio dal veterinario.

Boner corre via e torna con un osso, che sta rosicchiando da un paio di giorni.

"Così va meglio" dico, poi controllo Dragomir.

Ha già indossato il visore e tiene i controller tra le mani.

Prima che io possa chiedergli se è pronto, "Radioactive" risuona dagli altoparlanti delle cuffie, e Dragomir comincia a muoversi a ritmo.

Oh mio Dio!

Brandisce le spade virtuali con una grazia regale, affettando e tagliando le note in un elegante e atletico mix di arti marziali e danza.

Meno male che il visore gli blocca la visuale. Sto sbavando più di quanto abbia fatto Boner, quando ha visto il croccantino.

Una parte di me si chiede se potrei tirare fuori uno dei sex toys da dove l'ho nascosto, e usarlo prima che la canzone sia finita.

"Duecentomila punti!" esclama Dragomir, respirando a fatica per l'eccitazione.

Un momento. Non credo di aver accumulato così tanti punti entro il verso "deep in my bones" della canzone, e questo è un problema. Sono stata troppo occupata a sbavare per lo spettacolo che ha inscenato, per rendermi conto che rischio davvero di perdere questa gara.

Al diavolo, no! Ballerò e affetterò le note con tutte le mie forze, quando sarà il mio turno. Fallire non è un'opzione.

Per ora, tanto vale che mi goda lo spettacolo... e me

lo godo, eccome. Cioè, fino a quando lui non si ferma e annuncia il suo punteggio finale, che è più alto del mio record (ma, per fortuna, soltanto di pochi punti).

"Non essere così compiaciuto" gli dico, mentre riadatto il visore alle dimensioni di una testa normale. "Batterò il tuo punteggio tra un attimo."

Il suo compiacimento raddoppia. "Sono sicuro che ci proverai."

Cocciutamente determinata, indosso il visore e afferro i due controller, che nel mondo del gioco sembrano due spade laser, una rossa e una blu.

La musica inizia. Le note mi volano contro come proiettili.

Mentre le affetto una dopo l'altra, ignorando le bombe e schivando i muri, non posso fare a meno di chiedermi che cosa sembro a Dragomir, fuori dalla realtà virtuale.

Agguerrita come una ninja e aggraziata come una ballerina, vorrei sperare.

"I'm waking up to ash and dust" canta Dan Reynolds e, anche se questo è il primo verso della canzone, sto già cominciando a sudare… e non posso asciugarmi la fronte, come dice il testo.

Quando arrivo al primo ritornello e alla sua inconfondibile "Radioactive, Radioactive", sto sudando di brutto, ma il mio punteggio è il più alto che abbia mai raggiunto, a questo punto.

Potrei davvero vincere.

All'improvviso, sento Dragomir gridare in

ruskoviano. Tutto quello che riesco a capire sono due parole: "Winnie" e "Fu!"

Merda!

L'orsa ha fatto breccia nel mio spazio di gioco.

Prima che io possa bloccarmi, il mio braccio destro finisce di affettare una serie di note… e il mio pugno sbatte contro qualcosa di duro.

Strillo di dolore.

Un uomo grugnisce.

Il pelo dell'orsa mi sfiora la gamba.

Mi strappo il visore dalla testa per vedere quale disastro mi sia capitato.

È peggio di quanto pensassi!

Dragomir sta accarezzando Winnie con una mano, mentre con l'altra si sta stringendo l'occhio.

Un occhio che sta già cominciando a gonfiarsi.

Capitolo Diciannove

"Fammi vedere quella mano" mi ordina Dragomir con una voce così autoritaria, che obbedisco in automatico (il che non è affatto da me).

Prendendomi la mano, la esamina come un chirurgo. "Riesci a muovere le dita?"

Le agito, e lui annuisce con approvazione. "Hai una borsa del ghiaccio o dei piselli congelati?"

"Un secondo." Rischiando di inciampare su Winnie, poi su Boner, mi precipito in cucina e controllo nel freezer.

I morsetti per capezzoli sono belli congelati, ora, ma non credo che usarli come impacco freddo su qualsiasi cosa che non siano i capezzoli funzionerebbe molto bene. Dato che non ho ghiaccio né piselli, prendo una grossa fetta di pollo congelato, richiudo bene la porta del freezer (prima che qualcuno possa vedere i morsetti) e mi giro... andando a sbattere dritto contro il petto di Dragomir.

Entrambi indietreggiamo, fissandoci l'un l'altra. L'energia surriscaldata che è appena passata tra di noi sembra proprio... radioattiva.

"Metti quello sulla mano" mi dice con lo stesso tono di comando, dando un'occhiata al pollo che sto reggendo.

"Come? No! Questo è per la tua faccia."

"Io sto bene. Fa' come ti dico."

Era un ringhio, quello? Ed è strano che la sua prepotenza mi ecciti?

"Ti comporti come se mi fossi fratturata la mano" esclamo con esasperazione.

Aggrotta la fronte. "Giusta osservazione. Andiamo a fare una radiografia."

"Senti, l'ho sbattuta a malapena. La tua faccia, invece..."

"Non è niente. Comincia a metterti il ghiaccio sulla mano."

Alzo gli occhi al cielo. "Che ne dici di un compromesso? Terrò il pollo nella mia mano 'ferita', vicino al tuo occhio."

Sospira. "Se è l'unico modo."

Lo faccio sedere e gli avvicino la carne all'occhio, mentre mi chiedo quanto poco igienico sia tutto questo.

Si può prendere la salmonella attraverso l'occhio?

Presto, mi sento le dita sul punto di congelarsi, ma

il lato positivo è che stare così vicino a lui mi dà una sensazione di calore nel petto.

Dopo quelli che sembrano venti minuti di tensione ininterrotta, dico a denti stretti: "Sto congelando, e la mia mano sta molto meglio. Puoi tenere questo in posizione?"

"Anch'io sto meglio." Prende la carne e si dirige verso il congelatore.

"Faccio io!" Gli strappo il pollo di mano e, mentre lo metto via, faccio del mio meglio per nascondere con il mio corpo il freezer e i morsetti al suo interno.

Lui non dice una parola, quindi devo aver avuto successo.

Sospirando di sollievo, mi giro per affrontarlo e valutare il danno.

Sì.

Impacco di ghiaccio o meno, ha un occhio nero (essendo cresciuta con due fratelli, conosco molto bene il fenomeno).

"Andiamo a darci una ripulita." Mi avvicino al lavandino e uso il sapone per i piatti, per assicurarmi che non mi restino fluidi di pollo sulla mano.

Lui si sciacqua il viso, poi usa una delle salviette umide per Winnie e si asciuga con il fazzoletto.

Ottimo. Adesso posso leccargli la faccia in tutta sicurezza.

Aspettate, che cosa?

Sarà che ho fame. Dev'essere così! "Ti va di ordinare qualcosa per pranzo?"

Annuisce, guardandomi con occhi socchiusi di color ambrato.

Accidenti, è sexy! Persino con un occhio nero.

Allontanando il pensiero (prima di saltargli addosso), stacco alcuni menù dal frigorifero, e ci accordiamo rapidamente su una pizza.

Ordine effettuato, apro e chiudo la mano, per controllare se provo dolore. Tutto bene.

"Sono pronta a ricominciare la canzone" annuncio.

"No." La parola suona come un decreto reale.

Incrocio le braccia sul petto. "No?"

"Non voglio che ti faccia male" afferma, in modo molto più diplomatico. "Rinuncio alla gara. Hai vinto tu."

"Non è così che funziona." So di sembrare scontrosa, ma non posso farci niente.

Ho bisogno di vincere. È un'ossessione.

"Per favore. Non tartassare ulteriormente la tua povera mano. Fallo per me." Lo sguardo supplichevole che accompagna le sue parole mette a tacere le mie obiezioni successive.

Accidenti! Spero che non usi quello sguardo a scopi malvagi (come, diciamo, sedurmi proprio qui e ora).

Funzionerebbe anche in quel caso.

Ahimè, non ha inizio nessuna seduzione. Invece, lui si guarda intorno per la cucina e aggrotta la fronte. "I cani sono sospettosamente silenziosi. Dovremmo controllarli."

"Giusto per ricordartelo, Winnie non può rimanere

più incinta di così" dichiaro, ma lo conduco comunque in salotto.

Arriviamo giusto in tempo per assistere a un'incredibile dimostrazione di forza del mio super-chihuahua.

"Che diavolo succede?" mormora Dragomir.

Oh, merda! Tutta quella fatica a pulire, per niente.

Boner è riuscito in qualche modo a estrarre il dildo "Everest" da dove l'avevo incastrato, dietro la TV, e ora lo sta trascinando verso Winnie (un'impresa doppiamente impressionante, perché il pene di silicone tra le sue fauci è grande quasi quanto tutto il suo corpo).

"Non è come sembra" blatero.

Dragomir mi lancia uno sguardo che pare dire: "Il tuo cane non sta forse per regalare un dildo gigante al mio?"

Sto per fare ulteriormente marcia indietro, ma poi mi rendo conto che: a) Dragomir sembra più divertito che incline a giudicare; e b) un unico dildo non fa un'azienda di sex toys.

Oh, amen!

Lasciamogli pure credere che mi piacciono i cazzi finti giganti.

Non è che non sia vero.

Ansimando come se avesse appena finito un triathlon, Boner lascia cadere trionfalmente il dildo ai piedi di Winnie.

C'è qualche simbolismo fallico qui, o qualcosa del

genere? O questo è l'equivalente canino di una proposta di matrimonio?

Qualunque cosa sia, Winnie è felice. Scodinzola così forte, da creare un notevole spiffero nella stanza. Senza fermarsi, afferra il dildo tra le fauci e corre in cucina.

"Beh" commento sapientemente. "Almeno, è troppo grande perché riesca a ingoiarlo."

Dragomir non mi ascolta. Insegue la sua cagna, cosa che lei interpreta come un gioco divertente, perché lo schiva e si precipita di nuovo in salotto, con il dildo ancora stretto tra i denti.

"Sai" gli dico, quando i due si fiondano di nuovo nella stanza. "Se stai cercando di riprendermi l'Everest, non farlo. Può tenerlo lei. Me ne comprerò un altro."

Ecco. "Comprare" implica che non possiedo una collezione gigantesca di questi aggeggi in un magazzino... e gli fa capire che non sono pudica, in materia di queste cose. Tanto vale che lui cominci a conoscere la vera me.

Non sono certo una dama vittoriana.

Lui scuote la testa, di nuovo con un'aria più divertita che incline al giudizio. "Vorrà giocarci a riporto nel parco."

Giusta osservazione. Non tutti saranno comprensivi quanto lui.

A tal fine, mi unisco alla caccia all'orsa e, dopo un quarto d'ora di urla e inseguimenti, Dragomir finalmente acciuffa Winnie, e io lo aiuto a tirarle via il dildo.

Lei mi lancia uno sguardo tradito e solleva il muso, emettendo un ululato da lupo.

Dopo una sfilza di croccantini e la promessa di un nuovo giocattolo, Winnie si calma e si avvicina a Boner, per dargli un'altra leccata bavosa sul muso.

Lui le sorride, radioso. "Ora ho fatto di te una cagna onesta, *ma petite*."

Un'altra slinguazzata da parte sua. "Sei il mio macho per l'eternità, Napoleone Carlovich."

Il campanello suona, facendo abbaiare freneticamente entrambi i cani, e io lascio Dragomir a calmarli, mentre vado ad aprire.

Sono le nostre pizze.

Le porto dentro e le appoggio sul tavolo della cucina, poi do a Boner e a Winnie dei croccantini.

"Hai appetito?" chiedo a Dragomir, mentre si siede.

"Sto morendo di fame" risponde, prendendo una fetta. Ci abbuffiamo di pizza per un paio di minuti, poi lui mi dice: "Dunque, tuo fratello ha menzionato il fatto che hai frequentato il MIT. È impressionante."

Faccio spallucce. "Sono stata fortunata. Avevo messo gli occhi su quella scuola fin dall'inizio, quindi ho mantenuto alta la media dei miei voti, ho seguito tutti i corsi avanzati pre-universitari, ho superato i test attitudinali e ho partecipato a tutte le attività extracurriculari giuste. Quando ho fatto il colloquio con loro, mi sono assicurata di fare una buona impressione, e il resto è storia."

Lui mi schernisce. "Questo non è essere fortunata.

È assumere il controllo del tuo destino. I tuoi genitori devono essere molto orgogliosi."

Sospiro. "Tu non conosci i miei genitori." Con un forte accento e la mia migliore imitazione della voce di mia madre, dico: "Tuo padre ed io abbiamo rinunciato a tutto per venire in America. Frequentare una buona università è il minimo che tu possa fare."

Invece di essere orgogliosi, i miei sono delusi da me (e soltanto in parte a causa di ciò che ho scelto di fare come professione).

"Mi dispiace." Il suo sguardo contiene una comprensione genuina. "I genitori sanno essere duri."

Mi si chiude inspiegabilmente la gola, e il mio prossimo morso di pizza sa di cartone. Con sforzo, mi trattengo e dico con leggerezza: "I miei sono i più duri, questo è sicuro."

Lui fa una smorfia. "Non hai conosciuto i miei."

"Questa è una gara che non vincerai mai" dichiaro. "I miei genitori sono al limite della perfidia: nei miei confronti, almeno. Trattano bene i miei fratelli."

"Balle" ribatte lui, un po' troppo duramente per i miei gusti. Facendo un respiro profondo, continua con un tono più calmo. "È impossibile che i tuoi genitori siano peggiori dei miei, quando si tratta di preferire i fratelli o di essere delusi, o qualsiasi altra cosa."

"Guarda" dico gentilmente. È evidente che questo sia un argomento delicato anche per lui. "Questa non è una gara che *voglio* vincere, ma la vincerei."

Lui scuote ostinatamente la testa.

"Che ne dici di una scommessa, allora?"

"Ci scommetterei qualsiasi cosa" afferma prontamente.

Qualsiasi? Mi danzano davanti agli occhi delle immagini pornografiche, che dissipano un po' del mio malumore.

"Il problema è" continua, "come facciamo a giudicare?"

Mi viene in mente un'idea diabolica. "Si avvicina il compleanno di mia madre. Potresti venire come mio accompagnatore e conoscere i miei. Quando ammetterai la sconfitta e scapperai via urlando, vincerò il discutibile onore di avere i genitori peggiori."

Aspettate! Gli ho appena chiesto d'incontrare i miei?

"Affare fatto" risponde, prima che io possa fare marcia indietro.

Fantastico. Ora, anche se dovesse succedere qualcosa tra di noi, sarà finita dopo lui che avrà incontrato i miei in tutta la loro gloria. D'altronde, forse sarebbe meglio così.

Non *dovrebbe* succedere niente tra di noi.

"Sono secoli che non vado a una festa di compleanno russa" m'informa.

Esalo un respiro. "Te ne pentirai di sicuro."

Sembra imperturbato. "Che lavoro fanno i tuoi?"

Prendo un'altra fetta di pizza. "Nella madrepatria, mio padre faceva il chirurgo e mia madre l'architetto. Ora, possiedono un ristorante a Brighton Beach, cosa che considerano un declassamento. Non hanno mai permesso a me e ai miei fratelli di dimenticare il nobile sacrificio che hanno fatto per noi." Addento la pizza e, continuando a masticare, gli chiedo: "E i tuoi? Che cosa fanno?"

Le labbra di Dragomir si appiattiscono. "Non hanno mai avuto nulla che assomigliasse a un lavoro, a meno che tramare intrighi non conti."

Eh? Questo è strano. "Sono ancora in Ruskovia?"

I suoi occhi diventano del colore della giada fredda e dura. "Sì, ma vengono regolarmente a New York."

Ok, forse lui ha problemi più grossi di me con i suoi genitori.

"Quanti fratelli hai?" gli chiedo, sperando di alleggerire l'atmosfera.

No. A giudicare dal modo in cui le sue spalle si irrigidiscono, potrei aver solo peggiorato le cose. "Siamo in dieci" afferma con disgusto.

"Caspita!" Cerco di immaginare il parto di dieci bambini e rabbrividisco per le immagini cruente che mi vengono in mente. La vagina della sua povera mamma... non c'è da stupirsi che lei sia cattiva! "È una tradizione ruskoviana avere una famiglia così numerosa?" domando cautamente.

Lui scuote la testa. "Soltanto della mia famiglia. E tu? Ho conosciuto Alex, naturalmente. C'è qualcun altro?"

Sorrido. "Sì. Vlad."

"È l'abbreviazione di Vladimir?"

"Hai indovinato."

"Spero che tu vada d'accordo con lui come con Alex."

"Oh, sì!" esclamo. "Entrambi i miei fratelli mi adorano."

Sembra malinconico. "Dev'essere bello."

Cerco disperatamente un altro argomento. "Dove hai studiato?"

"Un'università in Ruskovia" risponde. "Dubito che tu ne abbia sentito parlare."

Ho a malapena sentito parlare del paese, quindi sì, probabilmente ha ragione. "Quando hai avviato la tua società di venture capital?"

Ecco. Questo dovrebbe essere un bell'argomento neutrale.

"Qualche anno dopo la laurea" mi risponde.

Aggrotto un sopracciglio, impressionata. "Non serve un capitale per avviare un'impresa del genere?"

La sua mascella si contrae.

Ops! A quanto pare, non sono fuori dal campo minato del suo passato.

"Puoi farmi un favore?" mi chiede, dopo un momento di silenzio teso.

Lo guardo con cautela, da sopra la mia fetta di pizza. "Dipende da cosa."

"Non chiedermi dei miei affari."

Mi ficco la pizza in bocca, imitando la pubblicità del Twix.

Perché, se non mi sbaglio, questa è l'esatta citazione de *Il Padrino*, e mi mette in testa un'idea che non mi piace per niente.

Dragomir potrebbe appartenere alla mafia?

Capitolo Venti

*M*entre mastico, mi rendo conto che non è un'idea così folle come potrebbe sembrare.

Lui è dell'Europa dell'Est (che si adatta perfettamente al più recente stereotipo hollywoodiano del crimine organizzato) ed è misterioso da morire: non vuole parlare né dei suoi affari né della sua famiglia.

Forse, la sua è *la famiglia*, nel senso della mafia.

Questo spiegherebbe la moneta d'oro che ha dato al veterinario.

Aspettate un attimo. Il tipo che pensavo fosse un detective privato potrebbe essere un vero investigatore, di quelli che lavorano per la polizia o l'FBI? Un giorno, mi avvicineranno e mi chiederanno di assisterli in un'operazione sotto copertura?

La sua società di venture capital è un modo per riciclare denaro?

Mi costa uno sforzo ingoiare finalmente il mio cibo.

Vorrei aver considerato questa possibilità *prima* di invitarlo al compleanno di mia madre. I miei genitori hanno avuto un incontro con dei mafiosi russi, alcuni anni fa, e non è stato divertente. Fortunatamente, Vlad è riuscito ad aiutarli.

A proposito di Vlad, lui dovrebbe essere in grado di fare un po' di luce sulla questione. Se Dragomir è indagato da qualche agenzia, questo è un indizio per il mio fratello ficcanaso.

"Sei arrabbiata?" mi chiede Dragomir, e mi rendo conto di essere rimasta in silenzio per un po'. "Se è così importante per te, io…"

"No" mi affretto a dire. "Sto solo cercando di ricordare se stamattina ho portato Boner a fare una passeggiata."

Al sentir menzionare la parola "passeggiata" e il suo nome, il mio cane inizia una danza di gioia.

Dragomir sorride a Boner, poi guarda l'orsa. "A Winnie piace passeggiare di pomeriggio. Vogliamo andarci insieme?"

"Certo" rispondo.

Far uscire un possibile criminale dal mio appartamento potrebbe non essere la peggiore delle idee. Il parco è pubblico, quindi io e Boner dovremmo essere al sicuro.

"Ho solo mezz'ora, però" dico. "Devo incontrarmi con Vlad."

Non è esattamente una bugia: farò sicuramente un

salto da lui, a vedere che cosa pensa mio fratello della mia folle teoria.

Dragomir annuisce, e attacchiamo il resto della pizza. Poi, prepariamo i nostri animali e andiamo al parco.

Mentre camminiamo, chiedo a Dragomir di raccontarmi qualcosa d'interessante sulla Ruskovia, immaginando che sia un argomento sicuro in qualsiasi circostanza.

"Del tipo?" mi domanda.

"Non saprei. Tradizioni interessanti, magari?"

Si gratta il mento. "Abbiamo una festa in cui tutti si tirano addosso l'uva matura, un po' come la Tomatina in Spagna, anche se loro usano i pomodori per qualche strana ragione."

"Già" commento con un sorrisino. "I pomodori sono una follia, mentre gli acini d'uva sono proiettili assolutamente logici."

"Ecco una cosa che potresti trovare divertente" dice, accorciando il guinzaglio di Winnie, prima che lei ficchi il naso nella cacca di cavallo lasciata da una delle carrozze che attraversano Central Park. "Abbiamo un festival dell'orso, durante il quale la gente prepara cibi che piacciono a questi animali e, addirittura, si traveste come loro."

Sogghigno. "Sei sicuro che non sia una giornata dedicata alla razza misha?"

"Affermativo" risponde, e mi racconta di qualche altra tradizione, tipo l'antipatia di tutti per il colore rosso (grazie ai sovietici) e di come i ruskoviani gettino i dentini da latte sul tetto, anziché lasciarli sotto un cuscino. La mia preferita è la storia di Nonno Krampus: una sorta di demone antitetico a Babbo Natale, che spaventa i bambini per indurli a fare i bravi.

Quando lasciamo accidentalmente che un albero si frapponga tra di noi, costringo Dragomir a tornare indietro e fare il giro. "È un'altra superstizione russa" gli spiego. "Due persone non dovrebbero camminare ai due fianchi opposti di un albero. Bisogna scegliere un lato, altrimenti potremmo avere uno scontro."

Lui si tocca l'occhio nero. "Ho il presentimento che lo scontro sia già avvenuto."

Con una smorfia, mi scuso di nuovo per l'occhio, e continuiamo a camminare fino a quando i cagnolini non fanno i loro bisogni.

"Hai qualche disturbo ossessivo-compulsivo?" mi chiede, mentre torniamo al mio appartamento.

"No. Perché?"

Indica il marciapiede. "Non calpesti mai una fessura."

"Oh. Non è un disturbo ossessivo-compulsivo. Calpestare le fessure porta sfortuna."

"Certo, certo" commenta con un sorrisino.

Presto attenzione al modo in cui cammino per il resto del tragitto verso il mio palazzo, e mi rendo conto di quanto sia automatico il mio evitare le fessure.

Beh, pazienza. Ho bisogno di mantenere la mia buona sorte (specialmente per il resto di questo appuntamento di gioco).

Quando finalmente attraversiamo la strada e ci

fermiamo accanto all'entrata del mio palazzo, tiro fuori platealmente il cellulare e guardo l'ora. "Sarà meglio che vada."

Lui fa un passo verso di me. "Sono stato bene."

Il mio battito cardiaco accelera per la sua vicinanza. "Dovremmo rifarlo, una volta o l'altra."

Fermi tutti! Che cosa sto dicendo? Non ho appena ipotizzato che lui sia un mafioso? Dovrei trovare un modo per disinvitarlo al mio evento di famiglia, anziché…

Chiude la distanza tra di noi.

La squisita cannella del suo caldo profumo maschile arriva alle mie narici dilatate e mi scombussola il cervello.

Con gli occhi che passano dal marrone chiaro all'oro screziato di verde, lui posa le mani sui miei fianchi.

Dannazione!

I miei ormoni prendono il sopravvento e mi sciolgo in lui, senza mai distogliere lo sguardo dai suoi occhi.

Si china in avanti.

Io mi sollevo in punta di piedi.

Le nostre labbra si fondono.

Capitolo Ventuno

Caazzooo!

   È incredibile.

Il mio primo baciorgasmo in assoluto. Mi viene la pelle d'oca e le mie dita, come se acquisissero una volontà propria, scorrono sopra il considerevole rigonfiamento dei suoi jeans.

Molto considerevole.

Stiamo parlando dei livelli dell'Everest.

Con un basso ringhio gutturale, Dragomir approfondisce il bacio, e io mi sento come se potessi esplodere per l'eccitazione.

Lui potrebbe essere davvero "quello giusto", perché non c'è nessun sex toy nei paraggi e sono quasi pronta a venire.

I vestiti cominciano a irritarmi e le mie dita si mettono al lavoro sulla sua cerniera. Perché non è già nudo? Prima che io possa liberare l'Everest dai suoi pantaloni, sento l'intero corpo di Dragomir irrigidirsi.

Respirando affannosamente, solleva la testa e fa un passo indietro, con gli occhi che rispecchiano la mia frustrazione.

Fisso, istupidita, le sue labbra gonfie per il bacio, poi i suoi pantaloni quasi aperti.

Merda!

Dimenticavo che siamo all'aperto.

Dimenticavo anche che non tolgo mai i pantaloni a un ragazzo al primo appuntamento (non che quello di oggi fosse un appuntamento vero e proprio).

Arrossendo, inspiro un po' d'aria e indietreggio, fuori dalla sua attrazione gravitazionale tipo quella di Giove.

Winnie mi guarda inclinando la testa. "Tsk, tsk, Bella Borisovna. Concepire cuccioli in pubblico?"

Un lento sorrisino incurva le labbra di Dragomir, mentre quegli occhi nocciola percorrono il mio corpo dalla testa ai piedi. "Da continuare?" mi chiede con voce roca.

Oh, no. No, no, no. Potenziale criminale, ricordi?

"Devo andare" borbotto e, con andatura instabile, tiro Boner dentro l'edificio.

Riesco a percepire lo sguardo ardente di Dragomir sulla mia schiena.

Boner trascina le zampe per tutto il percorso fino all'ascensore. Quando le porte cominciano a chiudersi, piagnucola e lancia a Winnie un'occhiata nostalgica.

"So come ti senti, amico" gli dico con voce roca.

"Oh, *ma chérie*. I Lamian e i Chortsky sono una coppia predestinata dal *paradis*."

"Non se i Lamian sono mafiosi" affermo, e mi sforzo di stabilizzare il mio respiro per il resto della corsa in ascensore.

———

Dopo aver mollato Boner, dibatto se tirare fuori uno dei miei sex toys, ma decido che vedere Vlad è una priorità maggiore della mia libido.

Prendo un taxi per il centro e cerco di non pensare a quello che è appena successo. Tuttavia, la mia mente rimane fissa su quel bacio straordinario, e domande di ogni sorta mi vorticano in testa.

Come ho potuto baciarlo solo pochi minuti dopo aver pensato che potesse essere nella mafia?

Questo significa che mi andrebbe bene diventare la moglie di un mafioso?

No. Non esiste. Non se questo significa che lui mi tradirebbe, come Tony ha fatto con Carmela ne *I Soprano*. Non che glielo permetterei. Se *io* beccassi mio marito a tradirmi, lo farei ammazzare. Ma merda! Poi, dovrei gestire la sua organizzazione criminale da sola, in aggiunta alla mia azienda di sex toys. Non riuscirei mai a portare avanti entrambe le attività. Avrei un esaurimento e ricorrerei alle droghe. Come la coca. Diventerei una cocainomane in men che non si dica, infrangendo la regola cardinale di non sballarsi con la propria fornitura.

Quindi, in conclusione, non dovrei baciarlo mai più.

Ma se lui lo volesse?

Se, dopo avermi assaggiata, ora mi desiderasse così tanto, da essere disposto a rapirmi? Finirei in qualche complesso isolato in Ruskovia, dove svilupperei il più rapido caso di sindrome di Stoccolma della storia?

Quando il taxi si ferma, mi precipito nell'ufficio di Vlad come un turbine.

Lui distoglie lo sguardo dalla sua attività di codifica, con un'espressione preoccupata in volto. "Che cosa succede?"

Mi lascio piombare sulla sedia di fronte a lui e gli spiego.

Scuote la testa. "Ho già controllato per vedere se è indagato, e non lo è."

"Ah sì?"

Sorride. "Ho dovuto tirare qualche filo, ma ehi, quante sorelle preferite ho?"

Per poco non mi metto a saltare su e giù dalla gioia. "Non credi che sia un mafioso?"

Il suo sorriso si fa più profondo. "Onestamente, non credo nemmeno che esista una cosa come la mafia ruskoviana. Non nel suo paese d'origine e, soprattutto, non negli Stati Uniti."

Comincio a sentirmi sciocca. "Perché no?"

"La Ruskovia ha uno dei tassi di criminalità più bassi al mondo. Non hanno carceri, né database di criminali che qualcuno possa hackerare."

Vlad sta insinuando che sarebbe disposto ad hackerare il database dei criminali di un governo straniero per me? Se è così, questa potrebbe essere l'ultima volta che gli chiedo di spiare qualcuno. Non vorrei essere la ragione per cui si mette nei guai.

Reprimo l'impulso di rimproverarlo. È un uomo adulto. Invece, affermo: "Il Giappone ha un basso tasso di criminalità, eppure hanno la Yakuza."

"Giusta osservazione. Ma non ci sono abbastanza ruskoviani negli Stati Uniti per gestire un'organizzazione criminale. Oh, e a differenza dei giapponesi, quasi tutti i ruskoviani sono ricchi. Ricchi di famiglia, per giunta, quindi meno motivati a correre i rischi associati alla criminalità."

Tiro un sospiro di sollievo. "D'accordo, in tal caso, hai ragione. Immagino che la mafia ruskoviana sarebbe tanto probabile quanto quella di Monaco."

"Esattamente" concorda lui.

"Beh, ne sono lieta. L'ho invitato al compleanno della mamma e…"

"Solo perché non è nella mafia non significa che *questa* sia stata una buona idea" commenta Vlad con un cipiglio. "È ancora un enigma, e questo sembra un appuntamento."

Sospiro. Ha ragione (e non sa nemmeno del bacio!). "Forse, potresti scoprire qualcosa su di lui, se vi incontrerete faccia a faccia?"

Mio fratello mi guarda con aria interrogativa. "In che modo?"

Faccio spallucce. "Gli scatti una foto e fai una ricerca a partire dall'immagine? Hackeri il suo cellulare? Non saprei, è la tua area di competenza."

"Pessime idee, tutte. A meno che non ti vada bene che lui scopra il mio spionaggio."

"Non voglio assolutamente che lo scopra!"

"In tal caso, la ricerca per immagini è fuori questione. Se mi assomiglia minimamente, avrà un'impostazione che faccia scattare un alert, quando viene cercato in questo modo. Per quanto riguarda il cellulare, dovremmo rubarlo per hackerarlo. Non sono della Sicurezza Nazionale, non posso farlo a distanza."

Mi alzo. "Lasciamo perdere. Ci atterremo al vecchio piano, in cui io cerco di ottenere più informazioni. Forse, farà il nome di uno dei suoi molti fratelli. O dei suoi genitori."

Anche Vlad si alza in piedi. "Questo è astuto."

Lo abbraccio, gli ricordo che gli conviene presenziare al compleanno, e me ne torno a casa.

————

Per il resto della giornata, lavoro al design dei miei prodotti e divento sempre più emozionata per l'imminente appuntamento con Dragomir. Il mattino seguente, Alex mi dà un aggiornamento: Nessuna notizia da parte di Marco e del suo team, e nessun'altra prospettiva.

Grazie, fratello. Ottimo sistema per smorzare il mio entusiasmo. Nonostante Dragomir si sia ricusato, uscire con lui significa giocare col fuoco, per quanto riguarda i nostri finanziamenti.

Tenermi occupata col lavoro forse non è il modo

più maturo di affrontare i miei dubbi su Dragomir, ma è la strada che scelgo di percorrere e, alla fine della giornata, la Belka ha un nuovo prodotto: un plug anale con una soffice coda di scoiattolo che spunta fuori, il tutto realizzato con un materiale lavabile in lavastoviglie e in lavatrice per facilitarne la pulizia.

Questo mi ricorda: devo fare un regalo di compleanno a mia madre.

Ci rifletto su per un po'.

Un esplicito sex toy la sconvolgerebbe, perciò non se ne parla. Ma, ripensandoci, lei si lamenta spesso di dolori al collo, quindi perché non prenderle qualcosa che serva apparentemente a quello scopo?

Non ci metto molto a decidere.

La mamma riceverà la concorrenza agguerrita della Belka: la bacchetta magica Hitachi.

Brevettato nel 1968, questo "massaggiatore personale" era il vibratore preferito dalle donne in un'epoca in cui il piacere femminile (specialmente la masturbazione) era più tabù di quanto non sia oggi. Ciò significa che si adatterà perfettamente alla casa dei miei genitori.

E, se la mamma lo userà soltanto sul collo, tanto peggio per lei.

Scelto il regalo, controllo il cellulare.

Bingo! Un messaggio di Dragomir.

Vuole più informazioni sulla festa di compleanno.

Gli mando un messaggio con le indicazioni per il ristorante dei miei genitori, e gli dico di incontrarmi lì. In questo modo, posso arrivare in anticipo e supplicare (o corrompere) i miei familiari, affinché si comportino bene (il che, mi rendo conto, non è coerente con la scommessa che abbiamo fatto su "i miei genitori sono peggiori dei tuoi").

Suppongo di non volere che lui scappi via, urlando, e non pensi mai a me come a una possibile partner romantica, cosa che farà sicuramente, se vedrà i miei genitori senza censure.

Aspettate, che cosa sto dicendo? *Dovrei* lasciare che scappi via, urlando. Quello era esattamente...

Devo portare un regalo? Il suo messaggio mi strappa alle mie elucubrazioni.

Ne ho uno che può essere da parte di tutti e due, gli rispondo. *Puoi portare dei fiori, se ti va. Basta che siano in numero dispari. Per i russi, i fiori in numero pari sono per i funerali.*

La sua risposta è una faccina sorridente, che rafforza la mia eccitazione di prima.

La prossima cosa da fare sulla mia lista è tirare su il morale a Boner. Continua a sembrare triste, probabilmente perché gli manca Winnie. Fortunatamente, conosco la soluzione giusta. In salotto, metto su *Ratatouille,* il film d'animazione preferito di Boner.

Funziona.

Come al solito, lui drizza la testa e comincia a zampettare avanti e indietro per la stanza, lanciando sguardi furtivi allo schermo (che durano tanto quanto la sua capacità di concentrazione canina gli permette).

Come mai gli piaccia questa storia in particolare è

un simpatico mistero. Mi piace pensare che potrebbe avere il sogno di diventare un grande chef francese, come il topo eroe del film, anche se una parte più pragmatica di me sa che la risposta è probabilmente più semplice. Potrebbe pensare che questo film parli di un suo simile: un chihuahua.

Ripensandoci, entrambe le teorie potrebbero essere sbagliate. Non gli piacciono gli altri film con i chihuahua, come *La rivincita delle bionde*, né quelli sulla cucina francese, come *Julie & Julia*.

"*Ma chérie*, non arrovellare il tuo bel cervellino su questo. Sono soltanto un mistero avvolto in un enigma… e pancetta, ok?"

———

La mattina del compleanno di mia madre, ricevo un messaggio da Xenia:

Grandi novità. Posso passare da te?

Anche se posso indovinare quale sia la notizia, faccio finta di essere ignara, fino a quando lei arriva e mi dice esattamente quello che pensavo: Toy Boy le ha chiesto di sposarlo.

"È stato così romantico" esclama, quando io ho finito con tutti i salti, gli abbracci e gli strilli che ci si aspetterebbe. "Guarda!"

Mi mostra l'anello, poi la foto di un congelatore con una fila di quattro bottiglie di vodka Stolichnaya, dove Toy Boy ha sostituito le etichette con quelle che formano la frase: "Vuoi diventare mia moglie?"

"Oh, questo è *davvero* romantico" affermo.

È anche un possibile segnale che qualcuno avrebbe bisogno di considerare il programma dei dodici passi degli alcolisti anonimi, ma ehi, è sicuramente originale.

"Ho il regalo perfetto per voi due" dico, e mi precipito fuori dalla stanza.

Torno con un vassoio, che Xenia esamina con aria dubbiosa.

"Sono fedi nuziali di qualche sorta? Se è così, la maggior parte sembra decisamente troppo grande."

"Sono anelli per il pene" annuncio. "Anelli vibranti."

Xenia guarda il vassoio, poi me, con espressione ancora confusa.

"Sono per Toy Boy, da indossare in una serata speciale" spiego. Poi, prendo un dildo dal tavolino vicino e le mostro dove andrebbe infilato un anello per il pene e come accenderlo.

"E vibra?" Sembra incuriosita.

"Sì. Devi solo scegliere la sua taglia."

Xenia guarda malinconicamente l'extra-extra-large, l'extra-large e il large. Poi, il suo sguardo si posa su uno dei medium più grandi.

"Buon per te" dico, mentre lei prende l'anello. "Fatemi sapere cosa ne pensate, ragazzi."

———

Scendendo dal taxi vicino al ristorante dei miei genitori, prego di aver battuto sul tempo Dragomir, alla fin fine. La legge di Murphy mi ha fatta arrivare in ritardo all'ennesima riunione di famiglia (e sono partita mezz'ora prima dell'ultima volta).

In realtà, è probabile che io l'abbia battuto sul tempo. Altrimenti, ci sarebbe un messaggio da parte sua, che non c'è ancora.

Il ristorante dei miei genitori si chiama The Hut, che sarebbe l'abbreviazione di "The Hut on Hen's Legs" (letteralmente: La capanna su zampe di gallina). È un riferimento a Baba Yaga, una strega cannibale dei miei incubi d'infanzia. Insomma, l'associazione perfetta per un ristorante.

Scuotendo la testa, corro su per la scala di legno scricchiolante e mi infilo tra le "zampe" decorative della gallina.

Penso che i miei siano così pudici, da non rendersi conto del simbolismo vaginale che hanno accidentalmente creato qui.

All'interno del ristorante, la festa è in pieno svolgimento.

Il cantante di oggi è un omonimo di mio padre, Boris, e per qualche ragione sta cantando a squarciagola un brano del suo repertorio non russo: "Gangnam Style."

Non parlo coreano, ma posso comunque affermare che Boris abbia un forte accento russo, mentre massacra le parole della canzone. Il lato positivo è che, grazie alla sua corporatura tarchiata e agli occhiali da sole a specchio che sfoggia, assomiglia effettivamente al cantante originale (o ci assomiglierebbe, se si rasasse la barba). Inoltre, i suoi passi della danza da cavallo sono azzeccati. Lo stesso vale per i ballerini sul palco.

Mentre attraverso la pista da ballo, vengo quasi calpestata da anziani russi che cavalcano il K-Pop senza paura di infarti o fratture alle anche. La festa è appena iniziata, ma scommetto che il livello medio di alcol nel sangue, qui, è già da ritiro patente.

Alcuni degli ospiti sono nostri lontani parenti, ma, per la maggior parte, si tratta di amici e conoscenti di mia madre. Mi guardano male all'unisono, indubbiamente perché io sono la ragione per cui quei poveri disgraziati hanno dovuto ascoltare le sue lamentele su di me nel corso degli anni.

La mia famiglia è riunita al solito tavolo: ci sono tutti, quindi io sono ufficialmente la ritardataria, di nuovo.

"Ciao a tutti" saluto in inglese, immaginando che sia la lingua che parleremo per la maggior parte della serata, data la presenza di Fanny al tavolo.

I miei fratelli mi sorridono, così come Fanny, ma i miei genitori mi guardano male, come al solito.

Ehi, almeno stavolta non hanno cominciato a mangiare o bere senza di me (un enorme insulto nella cultura russa).

"Di nuovo elegantemente in ritardo?" Il trucco della mamma è così pesante, oggi, che una drag queen ne sarebbe invidiosa. Esibisce anche un décolleté tale, che soffocherebbe un cavallo.

Vlad le lancia uno sguardo truce, mentre Alex rotea gli occhi.

Mi sforzo di fare un sorriso. "Buon compleanno, mamma." Spingo il pacco regalo tra le sue mani. "Che tu possa godere di buona salute e prosperità."

Ecco. Una posizione di superiorità.

Vediamo per quanto tempo riesco a rimanerci.

Prendendo la scatola, la mamma sembra momentaneamente placata. Poi, i suoi lineamenti tornano a manifestare disapprovazione, quando mi domanda: "Dov'è il tuo accompagnatore?"

"Gli ho detto che la festa inizia un po' più tardi" ammetto.

"Perché?" mi chiede mio padre. I suoi baffi sembrano particolarmente folti, oggi, così come il suo monociglio.

Traggo un respiro profondo. "È un potenziale investitore, quindi voglio chiedervi di non mettermi in imbarazzo davanti a lui, oggi."

In altre parole, sto domandando un miracolo.

"Quando mai ti abbiamo messa in imbarazzo?" mi chiede la mamma, con occhi di granito.

È seria, in questo momento?

Immaginando che un litigio non aiuterà la mia causa, rispondo: "Non sto dicendo che l'abbiate fatto. Soltanto, non cominciate proprio oggi."

"Ci comporteremo al meglio" annuncia Vlad in modo significativo. Al suo fianco, Fanny annuisce solennemente, mentre Alex dice: "Ci atterremo agli argomenti appropriati per una compagnia di persone perbene. Niente discorsi di religione, politica né soldi."

"Anche noi evitiamo sempre questi argomenti"

interviene la mamma. "Inoltre, se qualcuno dovesse mettere in imbarazzo la famiglia, quella sarebbe Bella."

Mi sforzo di pensare a cose positive. Lei mi ha data alla luce. Dev'essere stato doloroso. È il suo compleanno. Non voglio che Fanny scappi via urlando, se incominciamo una delle nostre famose litigate.

A proposito di Fanny, Vlad balza in piedi e piega il proprio tovagliolo come se avesse intenzione di andarsene. Anche Alex sembra pronto a filare via, e Fanny si agita, estremamente a disagio.

"Aspettate" strilla la mamma, vedendo dove si sta andando a parare. "Niente discorsi di religione, politica o soldi, lo giuro."

È un vero compromesso da parte della mamma? Se è così, un unicorno sta per scoreggiare arcobaleni? Se dovessi tirare a indovinare il motivo di tutto questo, direi che sta cercando di rimanere nelle grazie di Vlad. Ora che lui sta con Fanny, lei lo ritiene la via più diretta per avere un nipote (una sua ossessione, che rasenta la follia).

"Mi accomodo" dico, e mi dirigo verso la sedia più lontana dai miei genitori.

"Non sederti lì!" esclama la mamma. "È l'angolo."

Ma certo. Come ho potuto dimenticare una superstizione? Sedersi all'angolo del tavolo significa che non ci si sposerà per sette anni.

"Siediti vicino a Fannychka" mi suggerisce Vlad.

Obbedisco volentieri. In realtà, ho portato un pensierino per Fanny, oggi, e questo mi permetterà di darglielo furtivamente, senza entrare nel radar della mamma.

"Ciao" mi sussurra Fanny, quando mi accomodo vicino a lei. "È bello rivederti."

"Anche per me" rispondo, e lo penso davvero.

In realtà, ho una cotta platonica per la ragazza di Vlad. È una delle creature più carine che io abbia mai incontrato (incluso il mio cane). Con il viso rotondo, che arrossisce spesso, irradia dolcezza e integrità (ma so che ha un lato segreto selvaggio e molta audacia).

Guardando lei e Vlad, posso capire perché la mamma desideri un nipote da loro. Essendo entrambi di carnagione chiara, con i capelli scuri e gli occhi azzurri, è facile immaginare come sarebbe la loro potenziale prole: un adorabile ibrido tra un cherubino e un vampiro.

"Ho portato questo per te" sussurro all'orecchio di Fanny in modo cospiratorio.

Mi guarda come il proverbiale cervo davanti ai fari.

Le porgo la borsa con il mio regalo. "Questa è la mia ultima creazione."

Sembrando ancora più titubante, Fanny sbircia dentro la borsa. Non appena scorge il plug anale con la coda di scoiattolo, sgrana gli occhi come un cartone animato, e le sue guance diventano di una tonalità di rosso che non credevo esistesse in natura.

"Grazie" balbetta, come se volesse sprofondare attraverso il pavimento.

"Di niente" le rispondo con un sorrisino. "Vlad voleva un pony, da bambino, quindi potresti fare finta che quella sia una coda di cavallo, anziché di scoiattolo."

Vlad deve aver sentito qualcosa, perché mi guarda di traverso.

Prima che io possa replicare con uno sguardo innocente da cucciola, noto che la mamma sgrana gli occhi, mentre osserva tra la folla. Poi, si fa aria con le mani e si morde il labbro.

Beh, questo è strano.

Seguo il suo sguardo e capisco subito la sua reazione.

Dragomir è arrivato, in tutta la sua gloria da far venire l'acquolina in bocca e sciogliere le mutandine.

Capitolo Ventidue

*I*ndossa un completo su misura che ne accentua il fisico muscoloso, e tiene in mano un bouquet di fiori così grande, che qualcuno deve aver tagliato un intero campo di piante per realizzarlo.

Mi alzo e gli faccio cenno di avvicinarsi.

Incurvando le labbra in un sorriso sexy, si avvicina al tavolo.

Con mio sollievo, il suo occhio nero è sparito (o non è visibile con l'illuminazione attuale).

La mamma balza in piedi con un tale vigore, che è un miracolo che il suo ampio seno rimanga dentro il vestito.

"Lui è Dragomir" lo presento. "Dragomir, questa è…"

"Natasha" dice la mamma, senza fiato.

"Stavo per dire 'la mia famiglia'" commento, roteando leggermente gli occhi.

"Salve, famiglia e Natasha" li saluta lui.

"Lei è Fanny" la indico, "e quello è Vlad". Indico mio fratello. "Conosci già Alex, e quello" faccio un cenno del capo in direzione di papà, "è mio padre, Boris."

Controllo l'espressione di Dragomir, per vedere se ha notato che i nomi dei miei genitori sono Boris e Natasha, come nel cartone animato *Rocky e Bullwinkle*. La maggior parte della gente coglie subito il collegamento, perché i miei genitori assomigliano davvero a quel duo di cattivi e hanno persino un accento simile.

Se Dragomir capisce l'allusione, non lo dà a vedere.

"Buon compleanno, Natasha" dice in un russo quasi perfetto. "Che tu possa godere soprattutto di buona salute."

La mamma sembra in estasi, mentre mormora i suoi ringraziamenti.

Caspita!

Con un inchino regale, Dragomir le porge i fiori.

La mamma stringe le sue perle, poi fa un cenno a un cameriere e gli porge il bouquet. Liberatasi, salta addosso a Dragomir, lo bacia sulla guancia destra, poi sulla sinistra, prima di abbracciarlo come se volesse soffocarlo nel suo seno.

Papà si alza e va verso Dragomir.

All'inizio, mi chiedo se sia geloso dell'attenzione che sua moglie sta riservando a quest'uomo, e se farà o dirà qualcosa che metterà in imbarazzo la famiglia.

No. Non appena la mamma smette di sbavare sul

mio accompagnatore, papà riserva a Dragomir il trattamento del bacio sulle guance.

Ehi, almeno non ha cercato l'abbraccio! Sono sicura che, nel giro di un altro minuto, la mamma avrebbe cominciato a palpeggiarlo.

I miei fratelli, comportandosi in modo normale, si limitano a stringergli la mano, mentre Fanny lo saluta timidamente con un cenno, arrossisce e mormora un ciao.

Ottimo lavoro, Fanny. Tu puoi vivere.

Mentre Dragomir si accomoda sulla sedia accanto alla mia, le note di cannella della sua acqua di colonia mi fanno venire voglia di morderlo.

O leccarlo.

Ho fame, e non di cibo…

Voglio trascinarlo sulla pista da ballo e strusciarmi addosso a lui, non appena sarà socialmente accettabile (probabilmente, dopo almeno un paio di brindisi).

Papà prende la bottiglia di vodka.

Fanny solleva il proprio bicchierino, ma Vlad le spinge delicatamente la mano sul tavolo (porta sfortuna riempire un bicchiere in aria).

"Adesso che ci siamo tutti, possiamo cominciare." Mio padre mi lancia un'occhiataccia. Gli piace bere, e io l'ho costretto ad aspettare un paio di minuti in più.

Senza chiedere se tutti gradiscano la vodka, versa un giro di shottini. In sua difesa, questa è la tradizione russa.

"Ricorda, non troppo per te stesso" gli intima la mamma. "L'hai promesso."

Con un sospiro, si versa uno shottino anziché un bicchiere pieno, e annuncia: "Come marito della festeggiata, tocca a me il primo brindisi." Ci pensa molto attentamente, poi guarda Fanny con aria di scuse. "Cara, ti dispiace, se dico il primo in russo?"

Fanny sorride e scuote la testa.

"Tradurrò io, poi" dice Vlad con un leggero cipiglio. "Non vogliamo che nessuno si senta escluso."

Papà inizia il suo brindisi.

Mi sporgo verso Dragomir quanto basta, per mordicchiargli l'orecchio e sussurrare: "Ci sarà un brindisi per ogni shottino, e gli shottini saranno molti."

Dragomir annuisce.

"Se non vuoi sembrare un rammollito, finisci ogni shottino che sollevi in un solo sorso" continuo. "In generale, fa' attenzione. Se cerchi di tenere il passo con qualcuno della mia famiglia, ti ritroverai sotto il tavolo in men che non si dica."

Quello che non aggiungo è: se ti ubriachi troppo, non potremo ballare.

Dragomir si china verso di me, col suo fiato caldo sul mio orecchio. "Non è la mia prima festicciola russa. Per quanto riguarda chi finirà sotto il tavolo, tu ci arriverai molto prima di me."

"Ah, sì?" Sogghigno. "Sfida accettata."

"Ho almeno trenta chili più di te" sussurra. "Continui a iniziare sfide che non puoi vincere."

Il mio sorriso si allarga. "Tu stammi al passo con ogni drink, e vedremo che succede."

Scuote la testa per l'esasperazione.

Mi concentro di nuovo sul brindisi di papà, che è lungo (persino per lui).

Quando giunge finalmente al termine, tutti bevono i loro shottini e poi mangiano un cetriolino sottaceto, tranne Fanny. Lei si limita a sorseggiare il suo shottino e salta completamente il sottaceto: la prima delle due è un grande tabù in materia di superstizioni russe sul bere, ma noi facciamo finta di non notarlo. Un po' di sfortuna è preferibile al vederla andare in coma etilico.

Tutti si servono il cibo, mentre Vlad traduce il brindisi per Fanny, che sta chiaramente facendo del proprio meglio per mantenere una faccia da poker.

"Felice giorno perfetto, creatura angelica. Colei che fa ancora tremare il mio cuore come una foglia al vento. Colei che voglio accarezzare con il mio amore. La madre dei miei figli. Che tu possa avere salute e felicità in eterno…" e così via, su questa falsariga.

Scuoto la testa per la traduzione di Vlad. Accarezzare con il mio amore? a) Troppe informazioni e b) Non è esattamente ciò che ha detto papà. Era più che altro "coccolare con la mia passione" (che credo sia comunque un eccesso di informazioni).

"Mangia qualcosa" sussurro all'orecchio di Dragomir. "Altrimenti, ubriacarti fino a farti finire sotto il tavolo non sarà nemmeno una sfida."

Alzando gli occhi al cielo, prende un po' di *sel'edka pod shuboy*: un piatto che si traduce in qualcosa tipo "aringhe vestite con una pelliccia".

"Per favore, mandate i miei complimenti al vostro chef" dice Dragomir ad alta voce, dopo aver assaggiato la pietanza. "Questa è la migliore versione di questo piatto che abbia mai assaggiato."

Entrambi i miei genitori irradiano orgoglio. Anche se non cucinano personalmente il cibo, partecipano alla creazione delle ricette.

Sento Vlad spiegare il piatto di aringhe a Fanny. "Il pesce è fermentato" le sta dicendo, "e viene servito sotto uno strato di barbabietole cotte tagliuzzate e uova, mescolato con la maionese."

Affogato nella maionese, più che altro.

A suo merito, Fanny accetta una piccola porzione e la assaggia senza storcere il naso. L'ultima volta che l'ho vista in questo posto, era una mangiatrice molto più cauta. Mio fratello la sta chiaramente influenzando (in più di un modo).

Tuttavia, raggiunge il suo limite di fronte al *kholodetz*: un piatto di carne in gelatina, contenente ingredienti che lei trova impensabili, come muso e orecchie di maiale, zampe di pollo e code di manzo.

Nel mio piatto, c'è il mio cibo preferito: *vinaigrette*, un'insalata con barbabietole bollite, patate, sottaceti, carote, cipolle, crauti e piselli.

Non appena ho finito la mia porzione, Dragomir me ne offre dell'altra, e mi lascio servire da lui.

Vedendo la scena, la mamma sussurra con approvazione al papà: "Il suo accompagnatore la sta servendo. È uno da non lasciarsi sfuggire."

Non ha colto la parte in cui Dragomir parla russo?

Con un cenno del capo in direzione della mamma, papà prende di nuovo la bottiglia di vodka. "Il tempo tra il primo drink e il secondo dovrebbe essere breve."

Stavolta, il suo brindisi è più conciso (lungo soltanto quanto basta perché tutti comincino a sbadigliare) e poi beviamo.

Lancio un'occhiata furtiva alla pista da ballo. Speriamo di poterci arrivare presto!

Anche il tempo tra il secondo e il terzo shottino mi sembra breve, e comincio a sentire una piacevole euforia. Questo, finché mia madre non si alza per fare un brindisi; a quel punto, l'euforia viene sostituita dal terrore.

"Spero che una donna della mia età possa essere perdonata, se penso alla discendenza della mia famiglia, specialmente nel giorno del mio compleanno" esordisce la mamma, guardando torvo Alex (probabilmente, perché è l'unica persona al tavolo senza un accompagnatore). Poi, guardando con approvazione Fanny e Dragomir, proclama: "Alla salute dei miei nipotini non ancora nati."

Anche se non è la prima volta che assiste a questa scena, Fanny arrossisce.

Mi aspetto quasi che Dragomir si strozzi con il cibo, o almeno che trasalisca, invece la prende bene, come se lei avesse brindato alla salute dei nostri cani (il che, ehi, non sarebbe una cattiva idea).

Forse, anche i ruskoviani mancano di sottigliezza, quando si tratta di queste cose?

Beviamo gli shottini.

Vlad riempie i bicchieri di tutti e poi fa il brindisi successivo.

Poi, tocca ad Alex.

Quando arriva il mio turno, anziché brindare alla salute dei nostri cani, nello specifico, dico che dovremmo brindare alla salute degli animali domestici di tutti, "qualunque essi siano".

Fastidiosamente, Dragomir non sembra ancora ubriaco (o io sono troppo stordita per accorgermene).

Questo sarebbe un buon momento per ballare, e sto per proporlo, ma poi le luci si abbassano.

Merda!

Come ho potuto dimenticare lo spettacolo, quando ce n'è uno ad ogni celebrazione? E quando sono stata costretta ad esibirmi, da bambina?

Sì, il ventriloquismo non è stato esattamente un passatempo che ho acquisito spontaneamente (anche se è un'abilità che, ora, sono grata di avere).

Questi spettacoli si svolgono ad ogni grande celebrazione, qui, e sono coreografati da mia madre (non qualificata per questo). In quanto tali, sono un miscuglio di cose che piacciono a lei, tra cui (ma non solo) il balletto, le fiabe, il Cirque du Soleil e le Rockettes.

Fedeli alla forma, le soubrettes vestite da alberi scalciano sul palco, fino a quando il nostro anfitrione, Boris (ora travestito da Baba Yaga) fa del suo meglio per danzare un balletto tra di loro, assomigliando più a un ippopotamo che a una strega.

Fanny sgrana sempre di più gli occhi, man mano

che lo spettacolo va avanti, ma Dragomir si comporta come se vedesse tutti i giorni streghe cannibali con i baffi che piroettano in giro.

Da lì, si passa a una delle storie su Baba Yaga più comuni, molto simile a *Hansel e Gretel*. Naturalmente, nella versione della mamma, è sotto forma di un balletto e (a mio parere) Hansel allunga troppo le mani, quando lancia in aria Gretel. Dirò a me stessa che sono fratellastri, in questo adattamento.

Beatamente, lo spettacolo termina con Baba Yaga che viene bruciata in una stufa, rappresentata da showgirls vestite di arancione.

"Signore e signori" annuncia Boris. "La pista da ballo è tutta vostra."

Con questo, inizia a cantare "A Million Scarlet Roses", un classico lento russo.

Ci siamo.

Ho voglia di ballare.

Con una dimostrazione di autentici poteri telepatici, Dragomir si alza in piedi e mi porge la mano con gesto inequivocabile.

Con la coda dell'occhio, vedo i miei genitori annuire con approvazione, e la mamma lancia a Vlad un'occhiata significativa, prima d'indicare Fanny.

"Posso avere l'onore di questo ballo?" mormora Dragomir.

Afferrandogli la mano, balzo in piedi, e il mio battito accelera alla sensazione delle sue dita forti, che circondano le mie.

Assume una posizione da ballo.

Io metto anche l'altra mano nella sua.

Wow!

Il suo tocco accende ogni mia terminazione nervosa, e la sua vicinanza mi rende difficile respirare.

Cominciamo a ondeggiare al ritmo della musica.

Doppio wow!

I suoi occhi cangianti sono ipnotici. Rivendicanti.

Il pavimento è un tantino traballante, oggi?

Mi sento un po' sul punto di svenire.

Senza fiato.

Fluttuante.

Mi appoggio a lui.

Le sue parti dure premono contro le mie parti morbide, e mi manca il respiro.

Se il ballo lento vuole essere una seduzione, missione compiuta. Se si tratta di preliminari, portate pure il piatto principale!

Lui mi tira più vicino.

Sento l'Everest premere contro il mio ventre.

China la testa.

Grazie ai miei tacchi alti, siamo faccia a faccia, quindi è solo questione di un battito, prima che le nostre bocche si aggancino.

Triplo wow!

La stanza intorno a noi sembra scomparire.

Sono pura sensazione: consapevole solo delle sue labbra morbide, della sua lingua, del suo corpo grande e duro.

A proposito di duro... faccio scendere la mano, e sento l'Everest sopra i suoi pantaloni.

A quanti wow sono arrivata, ormai?

Lui stacca le labbra dalle mie e sussurra con voce roca: "Non qui".

Dannazione!

Ho dimenticato di nuovo dove mi trovo. Oppure non mi importava.

In un certo senso, non mi importa *realmente* tuttora: lo voglio così tanto!

Improvvisamente, la musica cambia. La melodia lenta viene sostituita dalle note allegre di uno dei balli preferiti dalla mamma: la Lambada.

Basata su una canzone popolare boliviana intitolata "Llorando se fue", questa melodia è finita nei repertori di moltissimi cantanti, nel corso degli anni, e dal primo verso che Boris canta, riconosco "On the Floor" di Jennifer Lopez.

Con un sorrisetto presuntuoso, Dragomir fa scivolare la mano sulla parte bassa della mia schiena e mi tira vicino: la posizione della Lambada.

Un altro wow!

Inarcando le gambe, facciamo passi veloci da un lato all'altro, a volte girando, a volte ondeggiando, e tutto mentre dimeniamo i fianchi il più possibile.

O, in altre parole: ci strusciamo in pubblico.

L'ispirazione originale di questa canzone non è stata definita "il ballo proibito" per scherzo. *Dovrebbe* essere proibito (almeno, sulla pista da ballo del ristorante dei tuoi genitori).

Soprattutto, se i suddetti genitori pensano già che tu sia una ninfomane allupata.

"If you go hard, you gotta get on the floor" canta Boris nella sua migliore imitazione di JLo, che non è affatto buona.

Tuttavia, Dragomir è duro. Questo è il problema. Riesco a percepire ogni centimetro di lui strofinarsi contro di me, e una pressione di risposta si accumula nel mio ventre.

Wow numero tremila!

Sto per venire. Nessun sex toy, nemmeno una vera e propria toccata.

Dimenticate che lui sia "quello giusto". È più che altro il mio innesco personale dell'orgasmo… perché sto per averne uno proprio qui e ora, nel bel mezzo della festa della mamma.

Le pupille di Dragomir si dilatano, e i suoi occhi diventano di un color ambra scuro e profondo. Credo che lo sappia.

"Grab somebody, drink a little more" canta Boris.

Ignoro il testo e mi concentro sul mio climax crescente.

Ci sono quasi.

Ho soltanto bisogno di qualche altro sfregamento… cioè, ondeggiamento a ritmo di musica.

Solo un altro po'.

Ci sono quasi.

Quasi…

La canzone si ferma.

No!

Dragomir si ritrae, e posso capire perché. Siamo

stati talmente bravi a ballare, che la gente sta applaudendo.

Merda! Merda! Merda!

Incontro lo sguardo di Fanny. Arrossendo, mi fa l'occhiolino.

Dannazione!

Sarà meglio che la prossima canzone mi dia un pretesto per strusciarmi ancora un po' contro Dragomir.

No. Non è la mia giornata.

Riconosco il brano dalle prime note. Come tutti. Boris è chiaramente in vena di latino, in questo momento. Col suo accento russo più marcato fino ad ora, canta: "When I dance, they call me Macarena."

All'unisono, gli amici di mamma e tutti i miei lontani parenti allungano le braccia come un'orda di zombie.

Con un sospiro, faccio altrettanto, così come Dragomir. Poi, giriamo i palmi all'insù insieme a tutti gli altri.

"They all want me." A Boris sembra piacere molto questo verso e, ehi, perché *non* mantenere viva la speranza?

Ciascuno mette la mano destra sulla spalla sinistra, poi ripete l'azione con l'altra mano.

Il mio quasi-orgasmo non è altro che un lontano ricordo. Questo è quanto di più una danza possa avvicinarsi a una doccia fredda.

Ci mettiamo le mani dietro la testa.

Sparatemi adesso!

Le mani finiscono sui fianchi, e tutti iniziano a roteare il bacino.

Ok, questo è già più interessante. Con i suoi fianchi che si muovono così, Dragomir riesce nell'impossibile: rendere effettivamente sexy la Macarena.

Purtroppo, presto si unisce a tutti gli altri in un salto di lato di novanta gradi, come me.

Alcune persone fanno una mossa di danza, mentre altre applaudono. Poi, la sequenza si ripete di nuovo. E ancora. E ancora.

Quando la canzone finalmente finisce, tiro Dragomir verso di me e gli sussurro: "Andiamo a casa tua."

Lui sgrana gli occhi, che passano al verde-oro, e il suo viso diventa teso. "Vuoi dire ora?"

Uff, ha ragione. Non possiamo andarcene proprio adesso. Non hanno nemmeno servito il secondo piatto, ancora. Se ce la svignassimo, la mamma se ne accorgerebbe e salterebbe sul palco, cantando: "È la mia festa, e piangerò, se voglio."

D'accordo.

Continueremo a ballare e basta.

"Signore e signori" annuncia Boris, anziché lanciarsi in un'altra canzone. "È giunta la vostra occasione di prendere questo microfono e fare un brindisi per la nostra cara Natashen'ka."

Fantastico. Ci sarà anche questa parte? Di solito, è noiosissima.

Torniamo al tavolo, e papà versa un giro di shottini.

La mia prozia recita un poema, che ha composto in onore della mamma.

Dopo che la poesia è (grazie al cielo!) finita, beviamo.

I camerieri portano fuori il piatto di shish kebab, quindi brindiamo a questo.

Un membro del club del libro della mamma le augura "una prole vigorosa", e leviamo i bicchieri anche a questo.

Poi, uno dei soliti compagni di bevute di papà prende il microfono. "Amici, non sta bene bere individualmente, è molto meglio farlo tutti insieme." Solleva il suo bicchiere di vodka. "Al potere della collettività."

"Sembra uno slogan comunista" mormoro, mentre tracanno il mio prossimo shottino.

"Compagni" esordisce la persona successiva. "Che possiamo avere tanto dolore, quante sono le gocce rimaste nei nostri bicchieri."

Cin cin! Beviamo a questo.

Il prossimo brindisi è: "Che nella tua vita ci siano persone a cui vorresti brindare, non persone che ti fanno venire voglia di ubriacarti!"

Un altro shottino.

Poi un altro.

Comincio a perdere il conto sia dei brindisi sia degli shottini; tutto quello che vedo è che Dragomir, in qualche modo, sta tenendo il passo.

Impressionante.

"Qualcuno può raccontarmi una barzelletta su

Vovochka?" chiede Fanny, quando i brindisi sono finalmente terminati. "Mi piacciono molto, e Vlad le ha finite."

Mi sporgo verso Dragomir e gli sussurro all'orecchio: "Vovochka è l'equivalente russo di Pierino."

"Lo so" dice lui. "Conosco persino alcune di quelle barzellette."

Quest'uomo non smette mai di impressionare?

"Comincio io" dice Alex, e riempie i bicchierini di tutti. "'I tuoi genitori stanno litigando di nuovo?' domanda la nonna a Vovochka. 'Sì' risponde lui. 'Quando la mamma è tornata dalle vacanze, si è portata dietro un souvenir chiamato *gonorrea*. Prima, l'ha regalata a papà, poi allo zio Sergey, poi al vicino che abita qui di fronte. Ora tutti urlano e litigano, ma non so se sia perché non ne ha portata abbastanza, o perché non l'abbia distribuita equamente'."

Fanny arrossisce e ride, come tutti gli altri.

Beviamo un altro shottino.

"Ne so una io" dice Dragomir, e i miei genitori si scambiano uno sguardo impressionato. "La nonna chiede a Vovochka perché stia piangendo. 'Mamma ha detto a papà che è un asino, e lui le ha dato della vacca in risposta'. La nonna gli dà una pacca sulla testa. 'E con ciò?' Lui piange più forte. 'Allora, che animale sarei *io*?'."

Risatine dappertutto e un altro giro di shottini.

So che non dovrei, ma non riesco a trattenermi. "Ne so una anch'io. Ma è sconcia."

"Raccontala comunque" mi concede la mamma magnanimamente.

Gli occhi di tutti sono puntati su di me, ora, perciò comincio: "La maestra di matematica dice 'Vovochka, ti darò 300 rubli. Se ne dai 50 a Vera, 50 a Dasha e 50 a Elena, che cosa ottieni?' Gli occhi di Vovochka brillano di eccitazione. 'Un'orgia?'"

Seguono altre risate e altra vodka.

"Ne ho una io", annuncia mia madre. "'Mamma, dammi la foto di papà' chiede Vovochka. 'Perché?' risponde lei. 'Perché la maestra vuole vedere l'idiota che mi ha fatto i compiti'."

Un giro di shottini più tardi, anche papà ne racconta una: "Quando Vovochka, a sei anni, torna a casa da scuola, suo padre gli chiede: 'Che cosa ne pensi della nuova maestra?' Vovochka si strofina il mento. 'Mi è piaciuta molto. Peccato che abbiamo una differenza d'età così grande'."

Ancora un altro giro di shottini.

Prima che qualcuno possa raccontare altre barzellette, arrivano i camerieri. Ci stanno portando il dessert. In particolare, la torta che ha lo stesso nome del mio cane: Napoleone.

Bingo! Ora, è socialmente accettabile andarsene.

L'operazione "casa di Dragomir" è di nuovo attiva.

Capitolo Ventitré

*M*i alzo per salutare, ma Boris parla dal palco. "Signore e signori, è l'ora dei giochi."

La mamma batte le mani, gesticola in direzione di Boris e indica me e Dragomir.

Boris sorride. "Sembra che abbiamo i nostri primi volontari."

Tanti saluti alla nostra fuga!

Tutti applaudono, mentre io e Dragomir ci dirigiamo verso la pista da ballo, ormai sgombra.

Porgendomi una giarrettiera fosforescente, Boris ci spiega il gioco.

È la versione russa di quello che gli americani fanno, talvolta, ai matrimoni: io devo indossare la giarrettiera sulla coscia, e il compito di Dragomir è quello di togliermela.

Sì!

La vodka è un prerequisito importante per questo gioco.

Prima che uno di noi possa tirarsi indietro, le ballerine mi circondano, fornendomi la privacy necessaria per indossare la giarrettiera sotto il vestito.

Infilando la gamba nel tessuto elastico, sorrido maliziosamente e tiro su la giarrettiera fino a dove può arrivare. Non c'è motivo di rendere il compito di Dragomir *troppo* facile.

Le ballerine mi guidano a sedermi su una sedia.

Boris benda Dragomir. Bella trovata! L'anfitrione, poi, conduce Dragomir alla mia sedia e lo aiuta a mettersi a carponi.

Gnam! Quando finalmente arriveremo a casa sua, penso che vorrò ricreare questo intero scenario. Farmi assaggiare da lui, bendato, potrebbe essere eccitante.

Dragomir tasta alla cieca, all'inizio, ma presto trova la mia caviglia.

Oh mio Dio! Il suo tocco mi fa salire il calore lungo la gamba. Poi, le sue dita scivolano su… e ancora più in alto, fino ad arrivare lassù, sotto la mia gonna.

Adoro questo gioco!

Vorrei giocarci per ore.

Tutti intorno a noi applaudono e fischiano, ricordandomi che questo è un luogo pubblico, quindi nessuna delle mie fantasie sta per diventare realtà.

Le dita di Dragomir sfiorano il mio interno coscia. Poi, forse di proposito, manca la giarrettiera e finisce per afferrarmi il perizoma.

D'accordo. Un po' più in alto e a sinistra e…

Uff! Si accorge dell'errore e, alla fin fine, afferra la giarrettiera.

"No! Prendila con i denti!"

Mia madre ha appena urlato questo?

"Con i denti" ripetono tutti, in coro. "Denti, denti!"

Sorridendo, Dragomir si tuffa sotto la mia gonna.

Trattengo il fiato.

La sua bocca è quasi dove ho sognato che fosse. Riesco a percepire il suo fiato caldo attraverso il perizoma, che mi si sta sciogliendo rapidamente.

Mi è appena sfuggito dalle labbra un gemito sommesso?

Con mia grande delusione, Dragomir si allontana dal mio clitoride voglioso, e afferra la stupida giarrettiera con i denti.

La tira.

Quella si strappa sulla mia coscia.

Emergendo da sotto la mia gonna, Dragomir si alza in piedi.

Alla vista della giarrettiera tra i suoi denti, gli spettatori applaudono selvaggiamente.

Lui si toglie la benda e mi dà un bacio sulla guancia.

Il tifo è così assordante, che comincia a girarmi la testa.

Esalando un respiro tremolante, ritorno al tavolo su gambe instabili.

"Arrivederci, gente" saluta Alex, alzandosi in piedi. "Domani ho una giornata importante, quindi scappo."

Ah-ah! Il dessert è stato servito, e ora Alex se la sta filando. Questo significa che è completamente e totalmente accettabile procedere con l'operazione "Casa di Dragomir" (il che è un bene, perché non potrei essere più vicina a scoppiare dall'eccitazione!).

"Gente" esordisco. "Anche io e Dragomir dobbiamo andare."

Vlad mi bacia sulle guance, mentre Fanny sorride vivacemente e saluta con la mano.

La mamma viene da me e mi dà un abbraccio.

Aspettate, che cosa?

Non lo faceva da anni!

Prima che io possa riprendermi, ricevo una sorpresa ancora più grande. Mio padre non solo mi abbraccia, ma mi dice anche: "È stato bello vederti".

Deve fare freddo all'inferno ai livelli di *The Day After Tomorrow*!

Poi, il comportamento dei miei genitori diventa più comprensibile.

La mamma abbraccia Dragomir abbastanza forte, da fargli sentire alcune parti di sé che lui non dovrebbe percepire, poi gli sbava sulle guance (in stile Winnie).

Non appena lei ha terminato, papà riserva al mio accompagnatore un trattamento simile.

Quando finalmente scappiamo, sono così stordita, che i miei passi sono irregolari.

Quando oltrepassiamo Boris, frugo nella mia borsetta in cerca di contanti, trovo cento dollari e glieli infilo nella mano grassoccia. "Scegli Vlad e la sua accompagnatrice per il prossimo gioco" gli sussurro. "Fai di nuovo quello della giarrettiera."

Boris annuisce.

Lancio un'occhiata divertita a mio fratello. Sono convinta che il mio ruolo nella sua vita sia quello di spingerlo a divertirsi di più. E, per oggi, quella missione è compiuta! Spero solo che non sia fisicamente possibile morire arrossendo. Altrimenti, quando Fanny proverà quello che ho vissuto io su quella sedia, potrebbe restarci secca sul posto.

Ehi, potrebbero dare il suo nome a quel tipo di decesso: la sindrome di Fanny Pack. Poverina! Non riesco ancora a credere che i suoi genitori l'abbiano chiamata Fanny, quando il cognome è Pack.

Forse, i miei *non* sono i peggiori.

"I tuoi genitori sono adorabili" mi dice Dragomir, mentre sgomberiamo la pista da ballo.

È pazzo?

Mi viene il singhiozzo. Adorabili di fronte a lui, forse. "Mia madre venderebbe l'anima al diavolo, per un nipote bello come te."

Aspettate! L'ho appena detto ad alta voce?

Merda! Come la maggior parte dei ragazzi, probabilmente scapperà al sentir menzionare i bambini... e io non posso lasciarlo scappare. Voglio divertirmi con lui!

Con mio stupore, si limita a sorridere. "Tutte scuse. Perderai la nostra scommessa. I miei genitori sono altrettanto ossessionati dai nipoti, ma i tuoi sono ancora degli angeli, in confronto a loro."

Grrr. Continuo a perdere le competizioni. Non sono riuscita a ubriacarlo fino a farlo finire sotto il tavolo. Non l'ho battuto a *Beat Saber* (a meno che un occhio nero non conti). E ora, non sono nemmeno riuscita a dimostrare che i miei genitori sono peggiori dei suoi (anche se, in questo caso, immagino di non essermi impegnata più di tanto).

Mentre usciamo dal ristorante, sento una strana e sgradevole sensazione allo stomaco. Se non sapessi quanto è scrupolosa mia madre a proposito della freschezza degli ingredienti, penserei di aver mangiato qualcosa di scaduto.

Dragomir agita il suo cellulare davanti a me. "Fyodor dice che è bloccato nel traffico. Pensa di poter arrivare tra dieci minuti."

"No, andiamocene subito." Indico un taxi che sta già aspettando lungo il marciapiede.

Dragomir è d'accordo, perciò saliamo. Lui pronuncia in fretta l'indirizzo, tira fuori una mazzetta di contanti e ne consegna la metà al tassista. "Portaci lì alla svelta, e avrai l'altra metà" gli promette.

Il tassista annuisce solennemente e preme sull'acceleratore.

Mentre il veicolo scatta in avanti, sento un piccolo attacco di mal d'auto, ma non dico nulla. Vale la pena sopportare il disagio, pur di arrivare rapidamente a casa di Dragomir.

Inoltre, conosco la soluzione giusta per tenere la mia mente occupata.

Saltando addosso a Dragomir, lo bacio. Selvaggiamente.

Lui ricambia con un bacio ardente.

Il taxi e il mondo intero svaniscono. Rimangono

soltanto quelle labbra sensuali e quelle mani forti, calde e leggermente callose, che vagano sul mio corpo.

Dopo quello che sembra un minuto di beatitudine, l'auto si ferma di colpo.

Siamo già arrivati?

Il tempo vola, quando sei sull'orlo di un orgasmo!

Dragomir dà il resto dei contanti all'autista e mi conduce dentro un grattacielo elegante. Durante la corsa in ascensore, ci baciamo di nuovo (ma solo per un battito di ciglia, prima di dover uscire).

"Benvenuta a casa mia" mi dice, mentre entriamo in un attico gigante. Prima che io possa anche solo guardarmi intorno, una creatura simile a un orso mi attacca… e mi sbava sulla faccia. Di nuovo.

Bleah! L'alito da cane di Winnie è potente, oggi. Mi fa venire un conato di vomito.

Devo darmi una ripulita al più presto. Non solo il mio stomaco si sta ribellando all'odore, ma Dragomir non vorrà baciarmi, così.

Dopo aver finito con me, l'orsa scaccia-cazzi sbava sul suo padrone.

Lui tira fuori le salviette umide e me ne offre una, ma io scuoto la testa. "Posso usare un lavandino?"

Con Winnie alle calcagna, mi conduce attraverso un salotto, dove ogni scaffale è coperto di trofei.

Mmm. Ogni statuetta dorata tiene in mano qualcosa di vagamente fallico. Si può ottenere un trofeo di masturbazione?

No, ne dubito. Se si potesse, io avrei già l'oro olimpico.

"Pratico la scherma" dice lui, seguendo il mio sguardo.

La scherma. Ma certo! Questo ha più senso.

"Ehi" esclamo, facendo del mio meglio per non farmi entrare troppa bava di cane in bocca, mentre parlo. "Hai barato."

Aggrotta un sopracciglio, mentre entriamo in cucina.

"Eri avvantaggiato in *Beat Saber*, perché sei bravo con la spada. O con la sciabola o qualunque altra cosa" dico, mentre mi avvicino al lavandino per sciacquare via i germi del cane. Il fondotinta e il fard sono già spacciati, ma faccio del mio meglio per non lavare via il mascara. Se sembrassi un procione, Winnie potrebbe cercare di mangiarmi.

Mi sta già guardando con quella che potrebbe facilmente passare per fame.

Mentre finisco di lavarmi la faccia, lui mi porge un asciugamano.

"Da quando essere bravi in qualcosa è considerato barare?" chiede, mentre mi asciugo.

"Mi sembra semplicemente poco sportivo, per un professionista, giocare contro una principiante in quel modo. In pratica, sei un imbroglione di *Beat Saber*."

Con un sorrisino, si china sul lavandino e si spruzza anche lui un po' d'acqua sul viso.

Ne approfitto per guardarmi intorno nella cucina, alla ricerca di eventuali fotografie di una moglie o di una fidanzata. Per fortuna, non ce ne sono. Tuttavia, c'è una foto di lui, vestito da schermidore di tutto punto.

Oh, caspita!

Non me n'ero accorta, prima, ma quelle tute protettive sono attillate. E quel che è peggio, assomigliano sospettosamente a dei dolcevita.

Non appena faccio il collegamento, le mie ovaie si mettono in moto. Mi schiarisco la gola, improvvisamente secca. "Ho bisogno che tu tenga occupata Winnie per le prossime ore."

Lui si raddrizza per asciugarsi il viso e i suoi occhi si oscurano, quando gli cade lo sguardo sulle mie labbra. "Ci penso io" dice con voce roca.

Va verso la credenza e tira fuori quello che sembra un femore di T-rex. Lo porge a Winnie, mormorando qualcosa in ruskoviano, e lei comincia a rosicchiare l'osso.

Poi, m'indica l'uscita della cucina con un cenno del capo.

In punta di piedi, oltrepasso Winnie per andare in salotto, e lui mi segue.

Finalmente soli!

Muovendosi con eleganza predatoria, chiude la distanza tra di noi e mi bacia ancora una volta.

Mi sembra che la stanza inizi a girare.

Prima di rendermene conto, gli sto strappando i vestiti e lui mi sta togliendo i miei.

Finalmente!

Sta succedendo!

Senza interrompere il bacio, mi solleva. Un momento dopo, la mia schiena nuda è contro il divano, mentre i suoi occhi vagano sulla mia pelle esposta.

Ehi, non è giusto! Lui ha ancora i pantaloni addosso, ma il suo torso muscoloso compensa questo peccato, per ora.

Mentre osservo quella splendida pelle leggermente abbronzata, cosparsa di peli scuri virili, mi viene l'acquolina in bocca.

Si china su di me. "Sei d'accordo a farlo?" La sua voce è roca, e il suo sguardo pieno di così tanto calore, che rabbrividisco.

"Oh, sì. Più che d'accordo."

Il suo viso, improvvisamente, diventa teso. "Dobbiamo stare attenti. Non vogliamo seguire le orme dei nostri cani."

Mi inumidisco le labbra. "Prendo la pillola."

La sua espressione diventa famelica. "Io sono sano."

"Anch'io" affermo, e lo bacio, prima che possa perdere altro tempo in quisquilie.

Balliamo la Lambada con la lingua.

Lui mi morde il labbro inferiore.

Io gli apro i pantaloni e infilo dentro la mano.

L'Everest è liscio come la seta al tatto, e duro come... beh, una montagna!

Dragomir mi bacia il collo, poi ci dà un piccolo morso.

Mi viene la pelle d'oca.

La sua lingua scorre lungo la mia clavicola e giù, fino al capezzolo destro.

Mentre ansimo, la mia mano stringe la presa intorno all'Everest, e comincio ad accarezzarlo su e giù.

Lui geme di piacere, ma allontana l'Everest, mentre

passa a leccare tutto il percorso fino al mio ombelico, scendendo sempre più giù, fino a quando è esattamente dove lo voglio.

Dove ho bisogno di lui.

"Sdraiati" mi ordina con voce roca.

Sono fin troppo felice di obbedire. Qui e ora, scoprirò se lui è quello giusto.

Quando il suo fiato caldo tocca il mio clitoride, so senza ombra di dubbio che lo è.

Sarà fantastico. Meglio del cioccolato e dei cuccioli.

Lui dà al mio clitoride bramoso la più lieve delle leccate.

Gemo di piacere.

Appiattisce la lingua e fa un altro contatto.

Il piacere comincia ad avvolgersi come una spirale nel mio intimo, mentre dalle labbra mi sfugge un altro gemito.

Le sue leccate si trasformano in baci.

Le mie mani impugnano i suoi capelli. Di questo passo, potrei fare lo scalpo al pover'uomo!

I suoi baci si trasformano nuovamente in leccate.

Lasciandogli andare i capelli, vengo con un grido. Il piacere è così intenso, che le dita dei piedi mi si arricciano spasmodicamente, e ogni muscolo del mio corpo si contrae e trema.

È ufficiale: i miei tre anni di orgasmi raggiunti solamente tramite sex toys sono finiti.

Lui mi guarda con pura soddisfazione maschile, e i suoi occhi sono come oro fuso.

Il mio battito cardiaco rallenta un po', e mi divincolo da sotto di lui. "Adesso, sdraiati tu."

Prende il mio posto.

La stanza intorno a noi gira come le montagne russe.

Strano. Deve trattarsi dei postumi dell'orgasmo.

Stabilizzando le mie mani, sbarazzo Dragomir dei suoi stupidi pantaloni, poi libero l'Everest dai boxer.

Cazzooo! Nonostante l'avvertimento di Xenia sul fatto che i ruskoviani sono ben dotati, e nonostante io l'avessi tastato con le mie mani, non mi aspettavo che l'Everest fosse così enorme… e così bello.

Mi attira nel modo in cui l'omonima montagna deve attirare gli amanti del brivido da tutto il mondo. Capisco perché rischino la vita per quella scalata. Scalare *questo* Everest è sulla mia lista delle cose da fare, ora, e ci riuscirò, fosse l'ultima cosa che faccio.

Ma, prima, vediamo se riesce a entrare nella mia bocca. Potrebbe essere difficile, ma non mi sono mai tirata indietro di fronte a una sfida.

Inizio con un leccata da lecca-lecca.

Dragomir geme, e l'Everest ha uno spasmo sotto la mia lingua, esortandomi a continuare.

Ecco, ci siamo.

Spalancando la bocca, lo faccio entrare il più possibile.

Aspettate un secondo. Solitamente, non mi viene un forte riflesso faringeo, ma c'è qualcosa che non va.

Qualcosa si attiva.

Oh-oh.

È come se tutti i piccoli fastidi precedenti (il cibo forse scaduto, la corsa burrascosa in taxi, l'alito del cane e la stanza che gira) decidessero di affiorare in superficie all'unisono.

Oh, dèi della vodka! Non volevo accettare di aver perso l'ennesima gara contro Dragomir.

Quella di bevute.

In preda alle vertigini, mi libero dall'Everest e mi alzo in piedi su gambe traballanti.

Sì. Sono ubriaca. E quel che è peggio, il contenuto del mio stomaco sta risalendo.

"Che cosa c'è che non va?" Il volto di Dragomir è teso per la preoccupazione.

"Bagno" boccheggio. "Bagno! Dove è?"

Lui balza in piedi, ma io sono troppo preoccupata, per poter ammirare la sua gloriosa nudità.

"Da questa parte." Si affretta lungo un corridoio e spinge una porta, prima di girarsi a guardarmi. "Ti senti bene?"

Non posso rispondere, perché questo richiederebbe di aprire la bocca.

Invece, conservo tutte le mie forze e tutta la mia concentrazione per raggiungere la terra promessa, che è quel bagno.

Faccio del mio meglio per correre.

Dato che la vodka ha da tempo ridotto il consumo di energia del mio cervelletto a una lumaca strisciante, il mio scatto finisce andando a sbattere contro il muro. Duro.

No. No. No.

Il colpo mi fa quasi gridare e, quindi, aprire la bocca.

Ma non lo faccio. Come una vera eroina.

Devo completare la mia epica missione di raggiungere quel bagno. La posta in gioco non potrebbe essere più alta.

Utilizzando ogni briciolo della mia forza di volontà, cammino il più velocemente e dritta possibile, date le circostanze. Se, oltre alla masturbazione, conferissero l'oro olimpico per la camminata sotto la forte influenza dell'alcol, sarebbe già nelle mie tasche.

Riuscendo abilmente a non sbattere contro Dragomir né contro la porta, che lui sta ancora tenendo aperta, mi tuffo in bagno, mi inginocchio e prego violentemente gli dèi della vodka davanti all'altare di porcellana improvvisato.

Delle mani forti mi tengono indietro i capelli, mentre delle parole calmanti vengono mormorate sopra di me.

Sono così imbarazzata che, se potessi cadere attraverso le piastrelle dentro un altro appartamento, lo farei.

La mia non è solo una preghiera, è anche un'offerta di cibo, e spero proprio che gli dèi della vodka gradiscano le barbabietole bollite, le patate, le carote, le cipolle, i crauti, i piselli e i sottaceti.

Beh, tutti sanno che gradiscono i sottaceti, ma sono meno sicura riguardo al resto.

Guardare dentro l'altare è un grave errore.

Un'altra preghiera fuoriesce dalla mia bocca, in stile esorcista.

Poi, un'altra ancora.

A un certo punto, esaurisco il mio fervore spirituale. Tremando, tiro lo sciacquone e mi allontano dall'altare.

Incapace d'incontrare lo sguardo di Dragomir, mi lavo la faccia, poi prendo il flacone di Listerine dal lavandino e me lo scolo. Dopo, prendo il tubetto di dentifricio, me ne spremo un po' in bocca, lo faccio girare tutt'intorno e lo ingoio.

"Non puoi raccontare questa storia a nessun russo." Le mie parole risuonano biascicate persino alle mie stesse orecchie. "Mi revocherebbero l'iscrizione."

Lui mi avvolge delicatamente in un accappatoio. "Andiamo a vestirti."

Lascio che mi conduca in salotto, dove mi aiuta a rimettermi i vestiti.

Winnie è qui e, come Dragomir, anche lei mi guarda con aria preoccupata.

"Sto bene" mento, ma le mie parole sono ancora più inarticolate, ora.

"Perché non ti stendi?" propone lui.

"Voglio…" mi viene il singhiozzo. "Voglio andare a casa. Ho bisogno di fare un pisolino."

Aggrotta la fronte. "Non sarebbe meglio, se rimanessi qui?"

Scuoto violentemente la testa, e sento arrivare un'altra preghiera. "Prenderò un taxi."

"Non se ne parla."

Questa sembra una dichiarazione di fatto, perciò non discuto; lascio che mi conduca di sotto e mi faccia salire nella limousine/camper, già in attesa.

"Sdraiati" mi ordina, non appena entriamo.

Obbedisco, grata di sollevare le gambe tremanti, mentre lui si siede accanto a me e mi accarezza i capelli.

"Questo è piacevole" borbotto, mentre mi si chiudono le palpebre.

"Bene. Rilassati."

Obbedisco e, un momento dopo, sto dormendo.

Capitolo Ventiquattro

*M*i risveglio nel mio letto, e vorrei non averlo fatto.

Non. Berrò. Mai. Più.

Persino il mio mal di testa ha l'emicrania, e il sapore che ho in bocca va contro la Convenzione di Ginevra.

Come sono arrivata qui?

Ieri sera è stata reale, o si è trattato di un incubo crudele?

Dato l'odore di vodka nell'aria, era reale. Devo essermi addormentata nel camper. Ma, poi?

Dragomir mi ha portata dentro casa in braccio come una sposina?

L'idea, in effetti, sembra piacevole. Spero che sia andata così, e non (diciamo) che lui e Fyodor mi abbiano trasportata insieme, uno per le braccia e uno per le gambe, come un sacco di patate fermentate.

Sbircio sotto le coperte.

Niente vestiti.

Interessante. Mi ha anche spogliata?

Se è così, non è grave. Mi aveva vista nuda a casa sua, comunque. È anche possibile che mi sia spogliata da sola, ma non me lo ricordi a causa dell'amnesia indotta dall'alcol.

Mmm. Se mi sono spogliata, forse ho anche fatto sesso con Dragomir?

Ma no! Sono abbastanza sicura che mi ricorderei di un'occasione così importante. Inoltre, data la circonferenza dell'Everest, mi sentirei un po' indolenzita… e non è così. Quasi il contrario. C'è un vuoto lancinante nelle mie parti intime, che probabilmente non sparirà, *finché* non ci avrò fatto entrare l'Everest (supponendo che sia possibile, dopo la mia figuraccia di ieri sera).

Con un gemito, mi tiro su a sedere e infilo i piedi nelle pantofole, che qualcuno ha lasciato accanto al letto.

Boner si precipita nella stanza, scodinzolando troppo in fretta, perché il mio cervello possa elaborarlo.

"*Ma chérie*, puzzi come il sedere di un cane che ha mangiato escargot fermentate in salsa di vodka. *Délicieux*."

Mi alzo in piedi a fatica.

Mmm. Il mio controllo motorio sembra essere tornato. Questo è un inizio.

Quando raggiungo il salotto, il divano attira la mia attenzione. I cuscini non sono dove li lascia solitamente la mia donna delle pulizie.

Che Dragomir abbia dormito qui?

È possibile. Se i ruoli fossero invertiti, io rimarrei per assicurarmi che non si soffochi con la sua stessa preghiera.

"Dragomir?"

Nessuna risposta, ma, quando mi trascino in cucina, la mia teoria viene confermata.

C'è una pentola di porridge sui fornelli, un bicchiere di qualche strano liquido sopra il tavolo, e la mia caffettiera è carica e pronta.

Sopra il tavolo, c'è anche un biglietto:

Vado al lavoro. Nella tazza, c'è una cura ruskoviana per i postumi della sbornia. Bevila e tornerai come nuova.

Tracanno la cura miracolosa. Sa di Pedialyte con succo di cetriolo, latte e Coca-Cola alla ciliegia. Non so quanto sia efficace come cura per i postumi della sbornia, ma, se qualcuno mi costringesse a ingoiarla ogni volta, sarebbe un deterrente dal bere migliore dei postumi di per sé.

Quando ho finito di riempire a forza il mio stomaco con il porridge, mi ricordo cosa si provi ad essere di nuovo umana.

Dopo essermi versata una tazza di caffè, scrivo un messaggio a Dragomir:

Grazie per la colazione. E per avermi riportata a casa.

La sua risposta è immediata:

È stato un piacere. Hai un secondo per una videochiamata?

Lasciando il caffè sul tavolo, mi fiondo in bagno, mi trucco ed esamino la mia faccia.

Non ho il mio aspetto migliore, ma nemmeno il peggiore.

Certo, rispondo, e torno a sedermi sulla sedia della cucina.

Appare subito una videochiamata di Dragomir.

Accetto.

Quello alle sue spalle dev'essere il suo ufficio: è grande quanto gli appartamenti di certa gente, con diversi computer sopra una scrivania bianca scintillante e una parete ricoperta di librerie che esibiscono di tutto, dai libri di economia ai trofei di scherma.

Degli occhi penetranti color nocciola scrutano il mio viso. "Il *barabul'ka* deve aver funzionato. Hai già un aspetto migliore."

"*Barabul'ka?*" In russo, quella parola significa "triglia di scoglio" (che in inglese suonerebbe come l'acconciatura di una spogliarellista dai capelli rossi degli anni '80, ma in realtà indica un tipo di pesce).

"*Barabul'ka* è il nome della cura" mi spiega lui.

Era davvero brodo di pesce, allora, o pesce crudo frullato? Ripensandoci, non credo di volerlo sapere.

"Grazie ancora." Bevo un sorso di caffè. "E scusami per ieri sera."

Si appoggia allo schienale della sua sedia da ufficio, simile a un trono. "Figurati."

Aggrotto un sopracciglio. "Stento a credere che tu non stia gongolando per la vittoria. Vorrei averlo io, questo autocontrollo."

I suoi occhi brillano. "Vantarmi di averti battuta in

una gara di bevute sarebbe come se una cantante lirica si vantasse di essersi schiarita la voce."

Era una frecciatina? Se è così, lascerò correre. "Devi permettermi di fare qualcosa per te, come ringraziamento per esserti preso cura di me."

Mi passo la lingua sulle labbra, nel caso il mio significato non fosse chiaro.

Missione compiuta. Il suo sguardo diventa famelico e il suo corpo si irrigidisce, come se stesse per saltarmi addosso. "Che cosa avevi in mente?"

"Che ne dici di venire da me stasera?" La domanda è intrisa di lascivia al massimo. "Ti farò… la cena. Spero che tu venga."

La sua voce diventa roca. "Ci sarò."

"Bene" dico, poi gli mando un bacio e riattacco.

Sta finalmente per succedere e, stavolta, nessuna vodka potrà fermarci.

Euforica per l'eccitazione, bevo il resto del caffè e corro in camera da letto ad organizzare le cose per stasera. Lenzuola pulite: fatto. Musica romantica pronta a partire: fatto. Sex toys? Li salterò, per il momento.

Ho persino messo delle candele a LED intorno al letto.

Ora, devo andare fino in fondo con il mio pretesto: prepararc la cena.

Che cosa dovrei cucinare? Non ne ho idea, ma so a chi chiedere. È vero, lei cucina per i cani, ora, ma prima era una chef per gli umani.

Chiamo Xenia e la aggiorno sulle mie recenti avventure, poi le spiego del mio dilemma culinario.

"So io cosa fa al caso tuo!" esclama, entusiasta. "Ecco gli ingredienti da incorporare in tutte le portate: carciofi, asparagi, avocado, cocco, datteri, banane, uova, mango, funghi, okra, pistacchi, semi di sesamo, prezzemolo e sedano. Per il dessert, basta mescolare le noci con il miele."

Sarebbero quattro portate, se si conta il dolce? Comincio a capire perché Toy Boy abbia un aspetto così gioviale.

"Tesoro, è una lista lunga" le faccio notare. "Inoltre, quale piatto potranno mai condividere le banane e l'okra?"

"Chi ha mai detto che debbano stare nello stesso piatto? Questi ingredienti sono noti afrodisiaci provenienti da tutto il mondo. Per esempio, i francesi credono che i carciofi riscaldino i genitali."

"Lo fanno anche certe malattie veneree."

"Riscaldino, non brucino" precisa lei, e mi sembra di riuscire a sentirla roteare gli occhi attraverso il telefono. "Essendo russa, dovresti sapere quanto possono essere potenti le noci con il miele. Mangiane un cucchiaino mezz'ora dopo cena, e fai fare altrettanto a lui."

Dovrei anche schiacciare un po' di Viagra in quel dessert, già che ci sono?

"D'accordo, Dottoressa Xenia. Ora, se mi procurassi qualche ricetta per realizzare tutte queste cose, sarebbe perfetto."

Promette di farlo e di ricontattarmi tra un'ora.

Ordino la spesa online e, mentre aspetto la consegna, porto a passeggio Boner e poi lavoro ad alcuni progetti. Quando arriva la spesa, mi metto a cucinare, anche se è troppo presto per la cena.

Se mi ritroverò con due sole portate di cibo commestibile entro la fine del pomeriggio, considererò lo sforzo un successo.

Sto preparando una salsa con mango, avocado e prezzemolo, quando Dragomir mi scrive:

Posso farti una videochiamata?

Accetto e corro fuori dalla cucina per andare a rendermi presentabile. Ce la faccio appena in tempo, perché lui mi chiama un minuto dopo.

Nel momento in cui il suo viso appare sul mio schermo, noto la sua espressione tetra e mi sento sprofondare.

"Mi dispiace tantissimo, ma sono costretto a darti buca per cena" dice rigidamente. "Mio fratello ha avuto un incidente."

Capitolo Venticinque

"Oh, no! Che cos'è successo?"

Si mette degli auricolari wireless. "Fammi passare alla modalità vivavoce, così posso fare le valigie."

Valigie?

Prosegue spiegandomi che uno dei suoi fratelli è un iper-drogato di adrenalina, che fa surf nelle acque più pericolose, snowboard sulle scogliere più ripide, e così via. Stavolta, stava facendo base-jumping, lanciandosi dal grattacielo più alto di Mosca. Qualcosa è andato storto, e lui ha sbattuto la testa; a quel punto, è stato portato in elicottero in Ruskovia dalla loro famiglia.

"È in coma." La voce di Dragomir è talmente piena di dolore, che vorrei poterlo raggiungere attraverso i segnali elettromagnetici per abbracciarlo. "Volerò in Ruskovia stasera."

Stasera? Ero così presa dalla sua storia, che ho momentaneamente dimenticato i nostri piani.

Mi precipito in cucina e spengo i fornelli, prima che scoppi un incendio.

"Che ne sarà di Winnie?" gli chiedo. "La lascerai con Fyodor?"

"No. Lui verrà con me, e anche lei."

"Come? Voglio dire, alla compagnia aerea non verrà un colpo?"

Li ha forse convinti che lei sia un'orsa da assistenza?

"Volerò con un jet privato" m'informa. "Farò del mio meglio per metterla a suo agio, anche se, lo ammetto, non le piace molto volare."

"Se vuoi, puoi lasciarla qui con me" sento la mia voce dire.

"Grazie, ma non potrei mai darti un tale disturbo."

Non sembra del tutto convinto, quindi insisto. "È sicuro, almeno, farla volare nelle sue condizioni?" Non ho idea del perché stia cercando di convincerlo a lasciare Winnie con me. Voglio dire, un'orsa nel mio piccolo appartamento? Davvero?

Forse, voglio solo che abbia un motivo per rimanere in contatto… alias, trattenere un ostaggio.

"Lo stress non è l'ideale, durante la gravidanza" ammette. "Comunque, non posso chiederti di farlo."

"Non me lo stai chiedendo. Mi sto offrendo volontaria."

Rimane in silenzio per un momento. "Non sai che cosa comporterebbe."

Sono abbastanza certa di saperlo (e spalare merda di orso ne fa probabilmente parte).

"Se lo facciamo, devi lasciarmi pagare per tutto il

suo cibo" dichiara. "È grande e grossa, e le spese per nutrirla potrebbero essere..."

"D'accordo" dico, reprimendo l'impulso di commentare l'eufemismo del "grande e grossa". Posso permettermi il suo cibo senza problemi, ma se provvedere a nutrirla lo farà sentire meglio, non mi metterò a discutere.

"Pagherò anche una parte del tuo affitto, perché..."

"Adesso stai dicendo assurdità. Basta che porti un sacchetto di cibo o quello che le serve. Se finisco le scorte, ne comprerò altre e ti farò avere la fattura, al tuo ritorno."

"Grazie" dice con sentimento. "Non sai quanto significhi questo per me."

Fantastico! Ora, mi sento in colpa per il secondo fine del mio bel gesto.

"Quando la porterai qui?" gli chiedo.

"Tra un'ora?"

Entro nella mia cabina armadio e cerco una borsa o uno zaino che io non abbia decorato artisticamente con dei peni. "Per me va bene."

"A tra poco" dice, e riattacca.

Ficcandomi il cellulare in tasca, prendo uno zaino JanSport non decorato e lo riempio con alcuni sex toys, scelti dalla linea di teledildonica che Fanny e Vlad hanno testato per me. Questi toys sono pensati per l'utilizzo maschile, e permetterebbero a me e Dragomir di entrare in intimità a distanza (sempre che io gli dia lo zaino, cosa che non sono sicura sia opportuno fare).

Da un lato, potremmo farci venire a vicenda,

nonostante l'improvvisa separazione. Ovviamente, non sarà divertente come quello che avremmo fatto stasera, ma sempre meglio di niente. D'altro canto, che cosa accadrebbe, se lui scoprisse in qualche modo che la mia azienda produce questi sex toys?

Ripensandoci, come potrebbe accadere? Come ha detto Vlad, la Belka è impostata in un modo tale, da rendere impossibile capire che la possiedo io.

Forse, prenderò la decisione quando lui arriverà.

Per ora, lascio lo zaino vicino alla porta d'ingresso, e impacchetto alcune delle cose che ho preparato per cena in una scatola da asporto, per il suo viaggio in aereo.

Trascorro l'ora successiva a leggere le mie email. A quanto pare, i plug anali a forma di Woody Harrelson vanno di moda. Ha un nuovo film in uscita o qualcosa del genere? Beh, almeno non è Liam Neeson. Non so come avrei fatto a comunicare questa notizia a Xenia.

Il mio campanello suona.

Boner si precipita lì così velocemente, che quasi sbatte la testa contro la porta.

Quando la apro, la vista di Dragomir con indosso un maglione aderente e dei jeans scuri mi fa sentire le farfalle nello stomaco; poi, però, un'orsa mi assale la faccia con una secchiata di saliva, mettendo un freno alla mia libido iperattiva.

"Smettila, Winnie." Dragomir la trascina via da me. "Resterai con Bella, quindi devi comportarti bene, da brava cagnolona."

Mi porge una salvietta umida.

"Non fa niente" dico, dopo essermi ripulita dalla bava. "Lei è una brava cagnolona."

Ignara di noi, Winnie passa a leccare Boner.

"*Bonjour, ma petite.* La tua lingua è come una perfetta striscia di pancetta, e la tua bava come un midollo paradisiaco."

"*Zdrastvuyte*, Napoleone Carlovich. Tu sei il mio tipo preferito di muffin al cane/macho. Mandi in estasi le mie ovaie piene di cuccioli e i miei dieci capezzoli duri di desiderio."

Mmm. Questa sessione di ventriloquismo mentale si è sviluppata rapidamente. Potrebbe esserci anche un tantino di proiezione.

"Le cose di Winnie sono qui dentro" m'informa Dragomir, portando all'interno un'enorme valigia.

La fisso, sbattendo gli occhi, mentre lui esce di nuovo e ne porta dentro un'altra.

Due valigie? Per un cane?

Quando *io* vado in vacanza, ne porto solo una (e più piccola di queste due).

Fraintendendo la mia espressione, Dragomir apre le valigie e mi mostra che una è piena di giocattoli per cani, mentre l'altra contiene una coperta, una cuccia e alcune ciotole delle dimensioni adeguate, insieme ad altri oggetti destinati a rendere felice un orso.

Inarco le sopracciglia. "È tutto?"

"Certo che no" risponde Dragomir. Esce di nuovo e trascina dentro un sacchetto di cibo per cani (che potrebbe facilmente contenere una persona della mia taglia, senza che questa debba fare alcuna contorsione).

Prima che io possa commentare, lui porta il sacco in cucina, riempie una ciotola gigante con il suo contenuto e versa dell'acqua in un'altra ciotola di uguali dimensioni.

Come se fosse affamata da anni, Winnie attacca la pappa.

E, ehi, potrebbe mangiare per dieci, forse addirittura per quindici.

"Forse sarebbe meglio dare da mangiare anche a Boner" mi dice Dragomir. "Non vogliamo che diventino gelosi l'uno dell'altra."

Mostrandomi d'accordo, riempio le ciotole di Boner (che sembrano comicamente piccole, in confronto a quelle di Winnie). Non appena Boner inizia a sgranocchiare, io e Dragomir sgattaioliamo via. Portiamo le valigie di Winnie in salotto e sparpagliamo le sue cose in modo che, per citare Dragomir: "Lei si senta a casa."

Quando ha finito con l'ultimo dei giocattoli, la tristezza balugina nei suoi occhi, come se Winnie gli mancasse già.

"Starà bene" gli dico. "Me ne assicurerò."

Si avvicina a me, e la sua espressione si trasforma in qualcosa di molto più intenso. "Sono ufficialmente in debito con te."

Il mio sguardo devia verso la camera da letto, dove tutto è pronto per un incontro epico. "Dovremo escogitare un modo perché tu ti faccia perdonare."

Chiude la distanza tra di noi con un passo. "Devo scappare."

"Certo." Lo guardo, con il cuore che mi martella nel petto, mentre lui posa le mani sulle mie spalle e china la testa.

Mi sollevo in punta di piedi.

Il bacio è meno famelico di quelli precedenti. Invece, è pieno di tenerezza... e sembra contenere una promessa.

Una promessa di altri baci a venire.

Lui si ritrae con riluttanza. "Mi dispiace. Devo scappare."

"Certo. Va' da tuo fratello." La mia voce ha appena avuto un cedimento?

Annuendo solennemente, lui si dirige verso la porta.

Ricordandomi degli oggetti che avevo preparato, gli corro dietro. "Prendi questa." Gli porgo la confezione da asporto. "Questa sarebbe stata la nostra cena di stasera."

I suoi occhi assumono un bagliore caldo. "Grazie. Mi farò sentire, non appena sarò atterrato e avrò fatto il punto della situazione."

Incoraggiata, spingo tra le sue mani lo zaino con i sex toys. "Prendi anche questo. Ma non aprirlo, finché non avrai un momento di privacy."

"D'accordo." Mi bacia di nuovo (stavolta delicatamente, sulla fronte) e si allontana.

Chiudo la porta con un sospiro. In automatico, i miei piedi mi conducono in salotto, dove mi butto sul divano, mi stringo le ginocchia al petto e metto su *Frozen* per la millesima volta.

A un certo punto, Winnie e Boner entrano in salotto.

Winnie prende una ciambella di gomma giocattolo grande quanto lo pneumatico di un camion, e si accoccola accanto a me, occupando il resto del divano. Boner si unisce a noi sulle mie ginocchia e, quando i titoli di coda iniziano a scorrere, mi sento meglio.

Dato che non sono sicura che Dragomir abbia fatto fare una passeggiatina a Winnie, prima di lasciarla qui, porto a spasso entrambi i cani e (anche se di solito non lo farei) mi porto dietro il cellulare, nel caso in cui lui chiami dall'aereo.

Quando entriamo nel parco, un barboncino familiare viene verso di noi. Me lo ricordo per via dell'acconciatura leonina. Questo cane si è comportato da stronzetto con Boner, l'altro giorno.

Sì.

Poiché la sua memoria non è buona come la mia, Boner cerca di essere di nuovo amichevole con il barboncino.

Quello gli mostra i denti e ringhia.

Winnie, pur essendo tre volte più grande, si nasconde dietro di me con un guaito.

"Pom-Pom, non ti stai comportando da brava cagnolina" dice la proprietaria al suo animale, dopo che ho lanciato un'occhiataccia a entrambi.

La reazione di Boner, oggi, è quasi identica all'ultima volta. Fermandosi sui suoi passi, mi guarda con un'aria perplessa, che sembra dire: *"Ma chérie,* pensavo che io, il Macho, fossi *irrésistible* per le cagnette."

Lo tiro indietro, prima che Pom-Pom possa spiccare un balzo. Quella creatura ringhiosa ha chiaramente la rabbia.

Quando la barboncina non è più in vista, riprendiamo a camminare e, dato che ho il cellulare con me, chiamo Xenia e le racconto la mia giornata.

"Mmm" mormora, quando ho finito.

"Mmm cosa?"

"Dirai di nuovo che sono una russa cinica."

"Ti definirò in un modo peggiore, se non vuoti il sacco."

"D'accordo" sbuffa. "Come facciamo a sapere che c'è davvero un fratello ferito in Ruskovia? E se stesse andando a trovare la moglie o la fidanzata perfettamente sana?"

Stringo i guinzagli dei cani nella mia mano.

Sta descrivendo uno scenario alla Marco, e stento a credere che non mi sia venuto in mente prima.

"Non avrebbe senso" affermo, senza sapere con esattezza chi io stia cercando di convincere. "Ha avuto la possibilità di venire a letto con me. Non è quello che vogliono i traditori? Se avessimo compiuto l'atto e *poi* lui se ne fosse dovuto andare, sarebbe tutta un'altra storia.

"Forse è un tipo raro, con un barlume di coscienza" replica lei, sembrando meno sicura, ora. "Quando si è avvicinata la possibilità di tradire, si è sentito in colpa ed è saltato sul primo aereo per raggiungere la sua compagna."

"E mi ha lasciato il suo cane? I conti non tornano."

Almeno, spero. Vorrei esserne così sicura, come fingo di essere.

Xenia sospira. "Forse, sono *davvero* soltanto cinica. Però, se fossi in te, terrei gli occhi e le orecchie bene aperti, quando parli con lui."

Ho una sensazione di freddo e di stretta allo stomaco. "Possiamo parlare di qualcos'altro? Che cosa si prova ad essere fidanzata?"

Xenia è felice di raccontarmi tutte le sue recenti conversazioni con le persone della sua vita, e come tutti i russi fossero sorpresi del fatto che "una donna della sua età" avesse trovato qualcuno.

Quando finiamo di parlare, sono già arrivata a casa.

Una volta entrata, tolgo il guinzaglio ai cani e mi occupo del design della tuta VR, poi di alcune email dell'ufficio marketing: qualsiasi cosa, pur di evitare che la mia mente ripensi allo spettro che Xenia ha sollevato.

Il problema è che quei pensieri subdoli mi tendono un'imboscata, quando finalmente mi metto a letto. L'assetto sexy di questa camera è un enorme promemoria di Dragomir.

La tensione fredda nel mio stomaco torna alla riscossa e, mentre mi giro e mi rigiro, mi rendo conto di una cosa.

Non sono stata prudente.

In qualche modo, ho abbassato la guardia e ho

permesso a Dragomir di insinuarsi nel mio cuore e avvinghiarsi intorno ad esso. Non che sia innamorata di lui (è troppo presto, per questo), ma sicuramente provo *qualcosa*.

Dannazione! Sono proprio un'idiota.

Aveva ragione Xenia? Lui potrebbe aver intuito la mia cotta nascente, essersi sentito in colpa e aver deciso di filarsela, prima che le cose progredissero ulteriormente? Forse, è una di quelle persone che ritengono che il sesso non conti nulla, ma se ci sono sentimenti coinvolti, allora sia un vero tradimento.

In qualunque modo la si consideri, sono contenta di avere lo spazio per rifletterci su. È una pessima idea provare per lui qualcosa di più del desiderio. Ricusatosi o meno, è ancora un potenziale investitore nel progetto dei miei sogni e, come ha detto lui stesso, affari ed emozioni non dovrebbero mescolarsi. Anche il sesso e gli affari non sono una buona combinazione, ma almeno questo è più giustificabile.

Quell'uomo indossava un dolcevita, la prima volta che ci siamo incontrati, per la miseria!

Quindi, Xenia ha ragione? O è soltanto paranoica, perché sa che tendo ad attirare gli stronzi? E poi, fa differenza? Anche se Dragomir fosse single, sta chiaramente nascondendo qualcosa del suo passato.

Questo dovrebbe essere un motivo di rottura di per sé.

Forse, ora che l'ho capito, riuscirò a dormire.

Macché! Non se ne parla, almeno non senza un aiutino.

Mi alzo e arranco verso la cucina, rischiando d'inciampare su Winnie lungo il percorso. È rannicchiata intorno a Boner, che sembra essere al settimo cielo.

Quando finalmente raggiungo il frigorifero, tracanno un bicchiere di latte, nella speranza che avere la pancia piena possa aiutarmi ad addormentarmi.

Non funziona. Invece di dormire, mi viene il bruciore di stomaco.

D'accordo. Prendo un sex toy a caso, mi rimetto a letto e cerco di sfinirmi, raggiungendo un orgasmo. Sfortunatamente, la mia mente infida visualizza puntualmente Dragomir nudo, ogni volta che arrivo al climax. Stupida mente!

Solo quando comincia a lampeggiare l'indicatore di batteria scarica del sex toy, riesco a prendere sonno.

Capitolo Ventisei

Mentre mangio i fiocchi d'avena, la mattina seguente, osservo il mio cane fare una cosa particolare. Se dovessi tirare a indovinare, direi che vuole scoparsi Winnie. Ha quello sguardo che conosco bene, quello che gli viene appena prima di assalire il suo sex toy, Remy. Tuttavia, a causa della loro differenza di dimensioni, non riesce nemmeno ad avvicinarsi a montare l'orsa.

Si limita a guardarle il sedere con desiderio e a guaire.

Da parte sua, Winnie o non capisce ciò che lui vuole, o finge di non capirlo.

"L'hai già messa incinta" gli ricordo.

"*Ma chérie*, che cosa c'entra questo, con il tempo del *sexe?*"

"Touché." Riprendo a mangiare.

Mentre la colazione continua, la mia teoria viene

confermata. Anziché papparsi le crocchette che gli ho preparato, Boner segue Winnie.

Ignorandolo, lei sgranocchia il proprio cibo.

Con uno sforzo enorme, lui salta sulla sedia della cucina. Questo lo pone quasi all'altezza giusta, tranne per il fatto che la sedia si trova a una sessantina di centimetri di distanza dal sedere dell'orsa, la quale non sembra disposta ad indietreggiare.

Boner guarda in basso, poi verso il suo obiettivo, con occhi calcolatori.

"Non farlo" gli dico. "Ti romperai il collo."

Ignorandomi, lui spicca un salto... ma si spinge troppo in là e atterra sulla schiena di Winnie.

Lei non smette nemmeno di mangiare.

Lui guarda giù, poi verso di me.

"*Ma chérie*, aiutami. *S'il vous plaît.*"

Lo afferro e lo poso a terra.

Se spera di ottenere qualsiasi altro tipo di aiuto, non succederà.

Arranca verso la sua ciotola, per annegare i dispiaceri nel cibo. Dopodiché, comincia a ingroppare Remy, ma (forse è soltanto la mia immaginazione) gli manca il suo solito entusiasmo.

Lancio un'occhiata al cellulare.

Nessuna notizia di Dragomir.

Aspettate, perché sto controllando?

Mi immergo nel lavoro e riesco a non pensare troppo a lui per il resto della giornata. Di sera, però, non riesco ad addormentarmi. Mi scoccia non aver ricevuto alcuna chiamata né alcun messaggio da parte sua.

Dovrebbe essere atterrato, ormai, suppongo.

———

Quando mi sveglio, dopo un altro sonno agitato, ancora niente.

Finisce qui? Mi sta evitando?

No, non sarebbe logico. Ho il suo cane. Ma, allora, perché non mi chiama né mi manda un messaggio?

Finalmente, dopo pranzo, sul mio cellulare appare una videochiamata di Dragomir, che mi distoglie dal progetto di un dildo.

Faccio scivolare il dito sullo schermo per accettare la chiamata, e posiziono rapidamente il telefono in modo tale, che lui non riesca a vedere a cosa sto lavorando.

Dei familiari occhi nocciola mi scrutano dallo schermo. Occhi bellissimi, nonostante l'aria stanca e triste.

"Ciao" mi saluta. "Scusa se non ho avuto la possibilità di contattarti prima."

Guardo dietro di lui. Sembra si trovi in un salotto, con un grande arazzo dall'aspetto costoso su una parete alle sue spalle (il che fa degli arazzi un'altra piccola somiglianza tra la Ruskovia e la Russia).

"Come sta tuo fratello?" gli chiedo, mentre la mia mente cerca freneticamente di capire che cosa farsene dei sospetti ispirati da Xenia.

Sembra addolorato. "È in coma. I medici non sanno quando si sveglierà."

Merda!

Sembra così sincero.

"Dove si trova?" gli chiedo.

"Qui, all'ospedale" risponde Dragomir.

Ospedale? Lo sfondo non sembra quello di un ospedale.

Wow. Se sta *davvero* mentendo, questo è un pessimo karma. Ma come posso stabilirlo?

Lui aggrotta la fronte, scrutandomi.

La mia espressione tradisce forse qualcuno dei miei dubbi?

"Come si chiama tuo fratello?" domando di botto.

Non molto sottile, ma ehi! Se si sta inventando tutto, farà un passo falso e io lo beccherò. Oppure, se mi dà un nome, potrò passarlo a Vlad per aiutarlo nel suo spionaggio: una vittoria in ogni caso.

Il suo cipiglio diventa più profondo. "C'è qualcosa che non va?"

Sì, non è stata una buona idea da parte mia.

"Sei all'ospedale ora?" gli chiedo, decidendo di proseguire. "Proprio adesso?"

I suoi occhi si stringono. "È quello che ho detto un momento fa."

"Allora, come mai sembra un salotto?"

Qualcuno ha forse alzato il termostato nel mio appartamento? Sto iniziando a sudare come un maiale a un allenamento di Bikram Yoga.

Lui guarda il soffice arazzo alle sue spalle, poi

torna a voltarsi verso la fotocamera. "È un ospedale privato. Perché non mettere i pazienti a proprio agio?"

"Suppongo…"

Le sue labbra baciabili si appiattiscono. "Stai cercando di insinuare che non sono in un ospedale, anche se ti sto dicendo il contrario?"

Ingoio l'improvviso nodo che ho in gola. "Un arazzo non mi sembra molto igienico."

Se potessi riavvolgere il tempo, ricomincerei questa conversazione daccapo e prenderei una strada diversa.

Il suo sguardo si indurisce. "Stai dicendo che ti sto ingannando?"

Il mio stomaco si attorciglia e le parole mi escono dalle labbra spontaneamente. "Senti, non so molto di te. Quando te ne sei andato così all'improvviso, ho iniziato a domandarmi se…"

"Basta." Prende il telefono e gira la fotocamera per fare una panoramica della stanza.

All'inizio, la mia impressione sul salotto s'intensifica. Vedo un grande televisore, dei mobili eleganti e un tavolino decorato, che in un ospedale sembrerebbe ancora meno azzeccato di un arazzo. Poi, però, appare un letto, e provo una dolorosa stretta al petto a quella vista.

È un letto d'ospedale, sebbene sia il più elegante che io abbia mai visto. È circondato da supporti che contengono quelli che devono essere fluidi e sostanze nutritive per via endovenosa, un respiratore, un monitor che mostra la pressione sanguigna e la frequenza cardiaca, e altre attrezzature mediche che incutono timore.

Il mio stomaco è rigido e freddo, come la tundra siberiana.

Tutto questo equipaggiamento è attaccato a un Dragomir privo di sensi.

Traggo un respiro in preda al panico e ricordo a me stessa che non può trattarsi di Dragomir. L'ho visto appena un secondo fa. Quel sosia dev'essere suo fratello.

Oh, Dio! Suo *fratello*.

Sono proprio una stronza. Ho dubitato di lui in uno dei momenti peggiori della sua vita. Se uno dei miei fratelli…

No. Non riesco nemmeno a finire quel pensiero.

Con un movimento scattoso, il telefono torna sul volto di Dragomir.

Provo un irrazionale momento di sollievo, ad avere la prova che non ci sia lui in quel letto, ma è di breve durata.

Il cipiglio sul suo volto è inconfondibile. È deluso da me quanto lo sono io.

La sua voce è bassa e dura. "Soddisfatta, adesso?"

"Mi dispiace tanto. Non avrei dovuto…"

"Infatti" dice. "Adesso, se vuoi scusarmi…"

Riattacca.

Fisso a bocca aperta lo schermo nero del mio telefono per un po'.

Poi, a un certo punto, mi do un pizzicotto. Ahia!

No. Non è stato un brutto sogno. Purtroppo.

Quindi… è finita qui? Qualsiasi cosa stesse succedendo tra di noi si è conclusa?

Mi sento una cacca di cane… il che mi ricorda le due creature pelose.

Ignorando la pesantezza nel mio petto, preparo un panino, metto il guinzaglio ai cani e vado al parco.

———

"A voi russi piacciono proprio gli orsi" mormora John, mentre osserva Winnie in tutta la sua soffice enormità.

Faccio spallucce e mi lancio in una nuova storiella sul perché lui debba farmi il favore di togliermi il panino dalle mani.

Guardandomi in modo strano, John prende il cibo. "Va tutto bene?" mi chiede burberamente.

Quanto male sembra che stia, perché lui abbia evitato i suoi soliti insulti sui comunisti?

"Tutto a posto, grazie."

"Bene." Dà un morso al panino e lo inghiotte senza masticare: "Grazie."

Grazie?

Wow.

Forse, dovrei giocare alla lotteria per ottenere i fondi necessari per la mia impresa. Tra questo, l'abbraccio della mamma e quel "è stato bello vederti" di papà, potrei proprio vincere il primo premio!

"Arrivederci, John" borbotto, quando parto per tornare a casa.

Sulla via del ritorno, i pensieri sulla lotteria mi

conducono in una catena di elucubrazioni che volevo evitare.

Quanto ho incasinato le cose con Dragomir? Oltre a non avere mai il suo corpo, ho anche condannato le mie possibilità di ottenere i fondi per la mia impresa?

Suppongo che sarà il tempo a dirlo.

Quando arrivo al mio appartamento, sento squillare una videochiamata sul mio telefono.

Con i cani al seguito, mi precipito dentro.

Mentre afferro il cellulare, desidero che sia lui, che mi richiama.

Vedendo il nome sullo schermo, mi butto sul divano con sollievo.

L'universo deve avermi sentita.

È Dragomir.

Capitolo Ventisette

Con il cuore che martella, rispondo.

Lui sembra stanco, ma non per questo meno bello.

Trattengo la mia eccitazione. Molto probabilmente, sta per darmi le disposizioni per Winnie o qualcosa del genere.

"Mi dispiace di aver riattaccato, prima" dice.

Tolto il guinzaglio ai cani, lo fisso sbattendo le palpebre.

"Un medico è entrato nella stanza" continua. "Spero che tu capisca."

Non ha riattaccato per rabbia? Sta forse mirando alla santità?

"Sono io ad essere dispiaciuta" blatero. "Tu stai affrontando una tragedia. Ovviamente, non hai spazio nella tua vita per le mie paranoie."

Sospira. "Avevi ragione su una cosa. Non ci conosciamo poi così bene e mi rendo conto che, in parte, è colpa mia. Il mio passato qui in Ruskovia è… beh, non mi piace parlarne."

"Non è che stiamo ufficialmente insieme, per giustificare eventuali paranoie da parte mia" affermo; poi, vorrei non averlo fatto, perché lui si irrigidisce per qualcosa in quella dichiarazione.

Riprendendosi, scaccia visibilmente la tensione e avvicina un po' di più il telefono al viso. "Dimmi una cosa… C'è qualcosa di più sotto la tua mancanza di fiducia? Qualcuno ti ha ferita?"

Deglutisco, per scacciare l'improvviso nodo nella mia gola. "L'ultimo uomo con cui ho avuto una relazione. Era sposato, e io non l'ho saputo per l'intero anno in cui ci siamo frequentati."

Dragomir sgrana gli occhi, poi li stringe pericolosamente, mentre una vena inizia a pulsargli sulla fronte. "Ti ha mentito su questo?"

Annuisco, sentendo sulle guance il caldo bruciore della vergogna. Ancora oggi, mi sento una tale idiota. "Faceva il consulente finanziario alla Goldman Sachs, era il vicepresidente del loro dipartimento di fusioni e acquisizioni, quindi lavorava una quantità di ore pazzesca, o almeno così diceva. Io, invece, ero appena uscita dal college e impegnata ad avviare la mia carriera." O meglio, la mia azienda di sex toys, ma non sono ancora pronta ad approfondire questo argomento con Dragomir. "Ci vedevamo solo una, due volte a settimana al massimo" continuo, facendo del mio meglio per tenere l'amarezza fuori dalla mia voce, "e quasi mai nei weekend. Lui diceva sempre di avere qualche incontro urgente con un cliente per il quale doveva prepararsi, e sono sicura che sua moglie pensasse che le serate e le notti infrasettimanali che passava con me fossero solo le tipiche nottate in ufficio."

Dragomir sbraita qualcosa con rabbia in ruskoviano. Dev'essere una parolaccia che il mio ex si merita giustamente, ma si dà il caso che assomigli molto a un termine innocuo in russo: *crapulenza*, la sensazione di malessere che si prova dopo aver bevuto o mangiato troppo.

Confermando il mio sospetto, mormora "bastardo" sottovoce in inglese, prima di guardare di nuovo nella fotocamera. "Giuro sulla vita di mio fratello che non ho un'altra donna" dichiara seriamente. "Questo è d'aiuto?"

Un'altra donna? Questo farebbe di me *la* donna della sua vita?

Dev'essere così. Non credo che giurerebbe sulla vita di suo fratello, se stesse mentendo. Soprattutto, non in queste circostanze.

"Lui come sta? Il dottore ha detto qualcosa?" gli chiedo, lieta di abbandonare l'argomento del mio ex.

L'espressione di Dragomir si incupisce. "Ci ha spiegato che si è trattato di un coma farmacologico. Si spera che protegga il suo cervello dal gonfiarsi ulteriormente."

Il mio petto si riempie di un dolore lancinante. "Mi dispiace tanto. Non so nemmeno cosa dire."

"Non posso biasimarti. Nemmeno io so cosa dire al

riguardo." I suoi occhi sembrano più marroni che nocciola, con questa luce. "La cosa peggiore è che sono davvero furioso con Tigger. Che razza di fratello sono?"

Suo fratello si chiama Tigger? Sembra più un soprannome, ma lo archivio comunque nella memoria, prima di rivolgere a Dragomir un sorriso rassicurante. "Un essere umano. Se i miei fratelli avessero anche solo pensato di fare base-jumping da un grattacielo, per non parlare di farlo davvero, sarei furibonda. E se si fossero feriti, probabilmente li avrei finiti io stessa."

Il minimo accenno di un sorriso gli sfiora gli occhi. "Posso immaginarlo."

"E anche loro, scommetto: ecco perché non ci sarà nessun Chortsky a fare base-jumping nel prossimo futuro."

Dragomir annuisce, poi dice a bassa voce: "Tigger è sempre stato uno spericolato, persino quando eravamo bambini. Ogni volta che succedeva qualche marachella in casa, i nostri genitori lo interrogavano per primo." Il suo sguardo diventa distante. "C'è stata una volta in cui ha rubato una granata della Seconda Guerra Mondiale da un museo e l'ha gettata in un falò, che aveva acceso vicino al gazebo preferito della mamma. Non so come sia riuscito a sopravvivere, ma il gazebo e metà dei giardini non ce l'hanno fatta. Dopo quell'incidente, i nostri genitori gli hanno assunto una tata personale, ma lui l'ha spinta a licenziarsi… come altre cinque tate dopo di lei."

Wow. E i miei genitori si lamentano che i *miei* fratelli fossero dei piantagrane, da bambini.

"I fratelli possono dare problemi" dico. "Quando avevo sei anni, i miei mi hanno portato con loro a Coney Island. Ero alta per la mia età, così mi hanno fatta salire sul Cyclone: una montagna russa pericolante ed estremamente spaventosa. Quando siamo andati a nuotare, subito dopo, ero così stordita, che ho rischiato di annegare e ho avuto bisogno della respirazione bocca a bocca da un bagnino."

Lui si acciglia, come se fosse preoccupato per la bambina che ero, poi scuote la testa con disapprovazione. "Almeno, sembrano protettivi nei tuoi confronti *adesso*."

"Sono sempre stati protettivi nei miei confronti. È solo che, quando è successo quell'incidente, erano troppo giovani per prendere decisioni sagge... il che significa fondamentalmente che la loro protettività si è manifestata nel picchiare tutti i bulli che osavano tirarmi i codini."

"Continuo a sostenere che tu abbia avuto vita facile, con solo due fratelli maschi di cui preoccuparti. Immagina averne nove."

"Aspetta." Lo guardo per vedere se stia scherzando. "Tutti i tuoi fratelli sono maschi?"

"Esatto. È un motivo di grande orgoglio per nostro padre aver generato così tanti figli maschi." Quest'ultima parte è detta con disgusto.

Fischio. "Dev'essere un'anomalia statistica. Povera

tua madre! Come avrà fatto a gestire così tanto testosterone sotto lo stesso tetto?"

Alza gli occhi al cielo. "La mamma non si è mai sporcata le mani... per questo, c'erano i servitori."

Servitori? Ricordo il suo accenno al gazebo preferito di sua madre e ai giardini. La sua famiglia sembra più che semplicemente benestante. Questo dimostra quanto sia vero il cliché secondo cui "i soldi non comprano la felicità". Lui sembra decisamente infelice, nel ricordare tutto questo.

"Una tata probabilmente sarebbe stata meglio della maternità di mia madre" affermo, incerta se questo avrà un effetto consolatorio o meno.

Lui mi schernisce. "I tuoi genitori sono angeli, in confronto ai miei."

Ancora quella competizione? Non molla mai? "Si sono soltanto comportati bene davanti a te. Non sono degli angeli."

I suoi occhi si stringono. "I miei mi hanno ufficialmente diseredato. E anche Tigger. I tuoi l'hanno forse fatto a qualcuno dei loro figli?"

Sposto il peso sulla sedia, a disagio. "No."

"Lo farebbero?"

Mi stringo nelle spalle. "Disapprovano le decisioni che ho preso e me lo hanno fatto sapere. Non sono sicura che abbiano intenzione di rendere il loro disappunto *così* ufficiale, però."

Sulle sue labbra, appare un sorrisino. "Insomma, ammetti la sconfitta, una volta tanto."

"Non ammetto niente del genere. Finché, e a meno che, io non incontri i tuoi genitori presuntamente diabolici, non crederò che siano pessimi come sostieni."

Ripensandoci, voglio davvero incontrarli? Forse, è meglio concedergli questa vittoria e basta.

Il sorriso scompare. "Sono *davvero* pessimi come sostengo."

Vorrei che lui fosse qui, per poterlo abbracciare e togliergli almeno un po' di dolore. "Che cosa hai combinato per farli incazzare?"

"Volevo essere indipendente." Non ho mai sentito nessuno incanalare così tanta amarezza in tre parole. "Dopo l'università, ho gestito i loro investimenti, ma quando ho guadagnato abbastanza capitale per mettermi in proprio, l'ho fatto, e loro disapprovavano."

"Tutto qui?"

Persino il suo sospiro ha un suono amaro. "Non c'è niente che amino di più dell'averla vinta."

Quindi, lo disapprovano essenzialmente perché ha avviato un'attività. È una cosa che abbiamo in comune (anche se non ne farò parola, perché non sono pronta per la conversazione sull'azienda di sex toys).

"E Tigger, invece?" gli chiedo. "Che problema hanno con lui? Le sue avventure?"

Le narici di Dragomir si dilatano. "Loro lo definiscono il suo 'comportamento sconveniente'. Ho il sospetto che, non appena uscirà dal coma, le loro prime parole saranno 'te l'avevamo detto'."

Mmm. Forse, i suoi genitori sono *davvero* peggiori dei miei.

Lui sbadiglia, ricordandomi quanto sembrasse stanco, quando ha chiamato.

"Quand'è stata l'ultima volta che hai dormito?" La domanda mi esce più esigente di quanto avessi voluto.

"A New York" risponde, reprimendo un altro sbadiglio.

"Dovresti andare a letto. Sei in carenza di sonno e con gli effetti del jet lag. Se Tigger dovesse svegliarsi, non gli saresti utile in questo stato."

Il suo lieve sorriso ritorna. "Sei più saggia della tua età. Te l'ho già detto?"

"Non era necessario. Ora, vai."

"Grazie" mi dice, e mi fissa con un'espressione stranamente intensa.

Deglutisco rumorosamente. Perché, all'improvviso, mi sento come una mosca che è rimasta bloccata nell'ambra?

"Mi chiami, quando ti svegli?" riesco a dire.

"È un appuntamento" dice, e riattacca.

Mi alzo dal divano e arranco verso il computer.

I plug anali di Woody sono ancora di tendenza.

D'accordo, allora.

Per un po', mi occupo di progettare un dispositivo di succhiamento del clitoride.

Se l'obiettivo era quello di dimenticare Dragomir, non sono sicura di poter vantare un gran successo. Ora che ho finito, mi rendo conto che il modello assomiglia sospettosamente alle sue labbra.

Xenia mi chiama, perciò la aggiorno su tutto.

"Sembra proprio che non abbia una compagna"

dichiara, quando ho finito. "Mi dispiace di averti fatto venire le paranoie."

"Non c'è bisogno che ti scusi. Ho la mia testa, sulle spalle." E il mio bagaglio personale, che mi predispone a diffidare degli uomini.

Chiacchieriamo ancora un po', poi lei mi chiede di tenerla aggiornata sulla guarigione di Tigger e riattacca.

Controllo i miei amici pelosi e becco di nuovo Boner sopra la sedia della cucina. Penso stia aspettando che Winnie venga a bere, per cercare d'ingropparla dall'altezza giusta.

"Se fossi in te, mi monterei Remy" gli consiglio.

"*Ma chérie*, come puoi paragonare la mia piccola *maman* a una semplice *maîtresse?*"

Mi preparo un panino al tacchino, mentre lo tengo d'occhio. Come previsto, Winnie viene a bere, ma posiziona il proprio sedere in modo che Boner non possa nemmeno sperare di spiccare il balzo.

Orsa intelligente.

Con aria sconsolata, Boner salta giù dalla sedia.

Accidenti! Se non fosse per Remy, direi che il mio cane sta vivendo in una versione dell'inferno maschile: ha una femmina sexy davanti a sé, ma sempre appena fuori dalla sua portata. Ripensandoci, la loro è la condizione sessuale di molti matrimoni, quindi forse definirla "inferno" è un'esagerazione.

Portando il panino in salotto, accendo Netflix e scorro le varie proposte. Mmm. Dovrei guardare qualcosa con Woody Harrelson, in onore del nostro prodotto più venduto?

Mi chiedo se abbia indossato un dolcevita, in qualcuno dei suoi film.

Non appena scelgo il film, inizio a mordere il mio panino, ma i miei denti azzannano l'aria vuota.

Mi guardo la mano, priva di panino.

Ma che diamine? Si possono subire dei vuoti di memoria, per essere troppo arrapati?

Una zaffata di alito canino mi dà un indizio, e guardo alle mie spalle.

Già!

Con gli occhi completamente ingenui e il muso coperto di briciole, Winnie sta masticando quelli che sembrano essere i resti del mio panino.

Come avrà fatto ad azzannarlo così furtivamente? Se potessi insegnarle a fare la stessa cosa con i gioielli, potremmo diventare ladre di fama mondiale.

"Mossa da stronzetta, rubarmi il pasto" le dico severamente. "Per di più, non hai già mangiato una confezione di cibo per cani, oggi?"

"Tsk, tsk, Bella Borisovna. Far vergognare una femmina incinta per il suo appetito?"

Mi dirigo in cucina, infilo un altro pezzo di tacchino tra due fette di pane tostato e do ai cagnolini un po' del loro cibo, affinché anche loro siano occupati a mangiare (un sistema infallibile per tenere al sicuro il mio prossimo panino).

Dopo il film e una doccia, mi metto il pigiama e vado finalmente a letto, ma non per dormire. Prima, voglio alleviare i miei impulsi repressi con l'aiuto di un vibratore della nostra linea di teledildonica. La fantasia che ho in mente è che Dragomir lo manovri a distanza, controllando i miei orgasmi dalla Ruskovia.

Prendo il vibratore nuovo di zecca dalla confezione e mi preparo a collegarlo con il mio cellulare.

Rosa in modo pazzesco, questo giocattolo è fatto di un materiale speciale, che ho inventato di recente. È morbido al tatto e ricorda il *kholodetz* (sebbene, nella realizzazione di questo vibratore, non siano stati coinvolti né musi o orecchie di maiale, né zampe di pollo o code di manzo).

Infatti, nella produzione dei sex toys Belka, non si reca mai danno ad alcun animale. Non facciamo test sugli animali... a meno che Vlad e Fanny non contino.

Sbloccato il mio telefono, cerco l'app della Belka, di cui Vlad ha scritto il codice: quella con i controlli per il giocattolo.

Improvvisamente, sul mio schermo appare una videochiamata.

Il cuore mi salta in gola.

Mi sono già addormentata e sto sognando?

Ancora una volta, è Dragomir.

Capitolo Ventotto

*P*osizionandomi in modo che Dragomir non possa vedere il sex toy sul mio letto, accetto la chiamata.

Alle sue spalle, c'è una camera da letto elegante, che dev'essere l'attico di qualche hotel. Lui è seduto su una sedia, con indosso soltanto un accappatoio, che mi permette di sbavare alla vista del solco sodo tra i suoi pettorali.

I suoi occhi nocciola sono oltremodo rossi e irritati (gli occhi di un prigioniero sottoposto alla tecnica di interrogatorio avanzato che è la privazione del sonno). Eppure, quando mi vede, le sue labbra si incurvano in un sorriso, che mi fa sentire come se avessi ingoiato il sole.

"Ciao, *scoiattolina*" mi saluta. "Ti sono già mancato?"

Il mio ghigno di risposta è goffo. "Mi hai appena chiamata scoiattolina?"

Assume un tono professorale. "Il diminutivo russo

di Bella è Belochka, che è anche un termine per indicare lo scoiattolo. Oltre al suffisso 'chka', un altro modo per fare i diminutivi, specialmente in ruskoviano, è 'chik'. Ma visto che sei praticamente americana, l'ho trasformato in inglese e ho ottenuto *squirrelchik*, ossia 'scoiattolina'."

Alzo gli occhi al cielo, giocosamente. "Mi hai appena propinato una lezioncina sul mio nomignolo?"

"Scusa" dice mestamente. "Avrei dovuto sapere che avresti capito come mai mi sia venuto in mente. Sei più intelligente di me. E ovviamente più brava in russo."

"E vedi di non dimenticartelo! Ma, soprattutto, non credi che il soprannome mi faccia sembrare un po' eccentrica?"

Il suo sorriso si allarga. "Potrei chiamarti *kiska*."

"Questo significa fica. Lo sai, vero?"

Solleva il sopracciglio sinistro. "Significa *micetto*."

"Micetta femmina" preciso io. "Credimi, preferirei essere chiamata scoiattolina, ammesso che, in cambio, possa darti anch'io un soprannome."

Inclina la testa. "Dipende."

"*Draghetto*" annuncio. Scimmiottando il suo tono professorale di prima, spiego: "Dragomir ha un suono che assomiglia a 'drago', e la versione diminutiva di questo, in russo, è *drakonchik*, quindi draghetto."

Aggrotta la fronte. "Assomiglia anche a: Dr. A. Konchik. Ma *konchik* non indica la punta del pene, in russo?"

"No" rispondo, facendo del mio meglio per mantenere un'aria seria. "È una parola generica per indicare una punta, come quella di una matita, di una penna, eccetera. Però, se preferisci, *potrei* chiamarti Dr. Punta."

"No, grazie, *draghetto* andrà benone."

"Allora siamo d'accordo. Ora, dimmi perché non stai dormendo."

Si stringe nelle spalle, e la stanchezza ritorna sul suo viso. "Ci ho provato. Non ci sono riuscito."

"È orribile. Io detesto quando mi succede."

Sulle sue labbra, appare un sorrisino. "Non è una cosa *del tutto* negativa."

Il mio respiro accelera. Credo di sapere dove stia andando a parare.

"Quando mi sono stufato di starmene a letto, ho cercato qualcosa da fare, così ho aperto lo zaino che mi hai dato." Gira la fotocamera per mostrarmi i sex toys sparsi sul suo letto.

Sì! Proprio come pensavo. Ma questo potrebbe davvero…

"Dunque, *scoiattolina*." Il suo sorriso diventa completamente diabolico. "Ti va di spiegarmi?"

Capitolo Ventinove

*P*ensa di potermi intimidire con la vista dei sex toys? Io, la donna che li ha progettati tutti quanti? Oppure (come oso sperare), la mia fantasia di prima sta per diventare realtà?

Faccio un respiro profondo. "Quelli sono giocattoli teledildonici. 'Tele' in greco significa 'lontano', mentre la parte del 'dildo' si spiega da sé." Lancio un'occhiata alla zona inguinale del suo accappatoio. Anche se potrebbe trattarsi di una mia illusione, credo di cogliere uno scorcio dell'Everest lì, sotto il tessuto bianco.

Lo sguardo di Dragomir diventa di una tonalità più luminosa di ambra; la stanchezza di prima è sparita senza lasciare traccia. "Vuoi usare uno di quelli su di me?"

Sollevo un sopracciglio maliziosamente. "Sì, ma non spetta a te tutto quanto il divertimento". Girando la fotocamera, gli mostro il vibratore rosa sul mio letto.

"Questo è un giocattolo che funziona con lo stesso principio di quelli che hai tu. Con l'applicazione specifica, potrai fare a me quello che io ho intenzione di fare a te."

Avvicina il telefono al suo viso. A giudicare dalla sua espressione, mi aspetto quasi che stacchi a morsi un pezzo dello schermo.

"D'accordo, allora" ringhia. "Spogliati."

Wow! È *fatta*. Ci siamo.

Mi tolgo la canottiera, esponendo i seni.

Lui sgrana gli occhi.

Voltandomi di spalle, protendo infuori il sedere e mi abbasso lentamente i pantaloncini del pigiama.

Per poco non gli cade di mano il telefono.

Mi giro e, nel modo più seducente possibile, mi sfilo le mutandine.

Non l'avevo mai fatto prima, spogliarmi davanti a una fotocamera. Chi lo sapeva, che mi avrebbe eccitata così tanto? Ho i capezzoli turgidi e il clitoride che pulsa... e il meglio deve ancora venire.

"Cazzo." Il grugnito di Dragomir sembra sofferente. "Sei perfetta."

Avvicino la fotocamera al viso, nascondendo temporaneamente il mio corpo. "Ora è il tuo turno."

Appoggia il cellulare su un comodino, si allontana di qualche passo, in modo che io possa vederlo interamente, e lascia cadere l'accappatoio.

La mia mente (come altre parti più intime) va ufficialmente in tilt.

Di nuovo.

La luce nella sua stanza mette in risalto ogni solco dei suoi muscoli possenti e splendidamente scolpiti, facendomi venire voglia di leccare lo schermo, toccarmi e, magari, volare in Ruskovia.

Sì, decisamente quest'ultima. Il teletrasporto sarebbe ancora meglio. Quell'uomo è dinamite per le ovaie... e l'Everest è particolarmente allettante. Si erge come una montagna verso la fotocamera del telefono, rubando la scena con facilità.

Che Dragomir abbia qualche funzione di zoom intelligente sul suo cellulare, per farlo sembrare ancora più grande? O era così, quando mi stava entrando in bocca, l'altro giorno? Come ho fatto a non slogarmi la mascella?

"E adesso?" mi chiede con voce roca.

"Mettiti quello." Con il dito tremante per l'aspettativa, indico l'anello per il pene extra-large sopra il suo letto. "Io controllerò la vibrazione."

Quando si gira per prendere il giocattolo, ho una visuale dei suoi glutei sodi e delle sue cosce muscolose... e la mia eccitazione aumenta di un'altra tacca.

Qualcuno dovrebbe costruirmi una statua, per il nobile sacrificio di lasciare che sia lui a venire per primo.

Si gira di nuovo, con l'anello per il pene in mano.

Fisso a bocca aperta, mentre lo fa scivolare sull'Everest.

È ufficiale: questo è l'incontro con la maggior carica sessuale della mia vita.

L'anello avvolgente fa gonfiare Everest, con le vene che appaiono in rilievo dappertutto.

Gli dispiacerebbe, se iniziassi a masturbarmi?

No. Sarà più divertente concentrarmi su di lui, prima.

Tuttavia, resistere all'impulso è difficile. C'è qualcosa nei gioielli e in altri piccoli accessori, che rende la nudità ancora più pronunciata.

Schiarendomi la gola, avvio l'applicazione Belka sul mio cellulare e guido rapidamente Dragomir attraverso il processo di concedere al mio telefono il controllo del suo anello.

Una volta che tutto è impostato, clicco l'apposito pulsante dalla mia parte, e l'Everest comincia a vibrare... come se fosse colpito da un terremoto.

Il volto di Dragomir si fa teso, e i suoi occhi occhi cangianti si oscurano di calore.

Aumento un po' la velocità della vibrazione.

Inverosimilmente, l'Everest sembra ancora più enorme e turgido.

Sorridendo maliziosamente, aumento la velocità al settanta per cento.

Un rossore scuro gli colora gli zigomi alti.

Ottanta per cento.

Geme, stringendo le mani a pugno.

Aspetto qualche istante, poi imposto l'anello alla massima potenza.

Dragomir geme più forte, e l'Everest erutta.

Santi vulcani! Credo che avrei dovuto soprannominare quell'affare Vesuvio, anziché Everest.

Lo sperma schizza fuori in un torrente, atterrando ovunque, persino sulla fotocamera del telefono (che dà alla sua stanza un aspetto slavato).

Accidenti! Forse, avremmo dovuto usare la guaina? In questo modo, l'eruzione sarebbe stata contenuta.

Interrompo la vibrazione.

Dragomir si toglie l'anello, poi prende alcuni fazzoletti e pulisce il disastro. Riposizionando la fotocamera, mi fissa con uno sguardo famelico. "È il tuo turno."

Finalmente!

Colleghiamo rapidamente il mio vibratore all'app sul suo telefono, poi io mi distendo di nuovo sul letto.

"Pronta?" mi chiede.

Appoggio il vibratore sul mio clitoride. "Sì."

Facendo vagare lo sguardo su di me, lui avvia la vibrazione.

Accidentiiiii! La sensazione è straordinaria: cento volte migliore, perché è lui ad avere il controllo. La masturbazione ha una cosa in comune con il solletico: farselo da soli è sostanzialmente diverso dal farselo fare da qualcun altro.

Con uno sguardo di soddisfazione puramente maschile, lui aumenta l'intensità.

Un gemito mi sfugge dalle labbra.

Anche se la mia visuale è offuscata, vedo l'Everest ergersi di nuovo... il che, inverosimilmente, mi eccita ancora di più.

"Ci siamo, scoiattolina" sussurra. "Vieni per me."

Sto per accontentarlo, ma poi lui stringe gli occhi, fissando qualcosa alle mie spalle, e grida in ruskoviano.

Il mio orgasmo nascente si ritira.

Ma che diavolo?

Due cose accadono contemporaneamente.

Il mio naso rileva l'odore di alito di cane, e Winnie mi ruba il vibratore dalle mani con la stessa abilità ninja che aveva usato per il mio panino.

"Ehi!" grido. "Ridammelo."

Scodinzolando, l'orsa si precipita fuori dalla stanza.

"Assicurati che non lo ingoi!" sento Dragomir urlare, mentre mi lancio all'inseguimento.

Giusto. Questa è la seconda volta che si impossessa di un sex toy ricoperto dai miei umori femminili, nonché il terzo giocattolo in totale.

La inseguo di corsa.

Lei scavalca il mio tavolino con facilità e scodinzola, guardandomi con occhi ingenui come al solito.

"Questo non è un gioco" la ammonisco severamente, mentre la inseguo.

Lei fugge e, se la sua bocca non fosse occupata (e soprattutto, se i cani potessero parlare), scommetto che direbbe: "Se non è un gioco, perché è così divertente, Bella Borisovna?"

Dato che sono un essere umano e (si spera) più intelligente, uso la strategia e, alla fin fine, la metto all'angolo in cucina.

Boner ci osserva, con la testa inclinata.

Uff! Sarà meglio tenere i sex toys nascosti, d'ora in

poi. Senza dubbio, anche lui vorrà giocare a questo gioco, ora.

Con grande sforzo, estraggo il vibratore dalle fauci bavose di Winnie.

Lei guarda con desiderio l'oggetto rosa.

"Ti costruirò un giocattolo rosa adatto ai cani" le dico. "Ma non questo."

Boner guaisce.

"Ne farò uno anche per te."

Winnie sembra ancora triste, perciò la corrompo con un croccantino al sapore di pancetta, che le tira su il morale.

Gettato il vibratore masticato nella spazzatura, mi lavo le mani, torno in camera da letto, chiudo la porta a chiave e rassicuro Dragomir sul fatto che lei non abbia ingoiato il giocattolo.

"Ti va di continuare?" mi chiede.

Che razza di domande!

"Oh, sì."

Il suo sorriso di risposta fa un effetto indecente alle mie parti intime. "Hai un altro giocattolo teledildonico?"

Sì, ma non sono sicura che dovrei ammetterlo. Non so quanti sex toys ci vorrebbero, prima che lui cominci a sospettare che li produco io. Inoltre, ora che sto fissando la sua nudità, voglio portarmi alla conclusione al più presto… non cercare una confezione, aprirla, collegarla con l'app, eccetera eccetera.

Con un sorriso birichino, faccio scivolare giù la

mano lentamente sopra il mio ventre. "Che ne dici di qualcosa di meno tecnologico?"

L'Everest si contrae in segno d'approvazione. "Sì, scoiattolina." La voce di Dragomir si abbassa di un'ottava. "Fatti venire per me."

"E voglio che tu faccia lo stesso per me" mormoro, muovendo le dita su e giù sul mio clitoride impaziente.

Lui impugna l'Everest.

L'orgasmo che mi era stato negato prima ritorna in un baleno e il piacere esplode attraverso le mie terminazioni nervose, con tutta l'intensità di un'esplosione nucleare.

Gemo il suo nome.

Lui grugnisce di piacere.

Quando il mio respiro si calma, lo sorprendo a guardarmi con un'intensità particolare. Come se si fosse perso in un deserto e io fossi una Gatorade al lime e cetriolo.

"Penso di aver bisogno di una doccia" dico, con la voce leggermente roca.

Lui sbatte le palpebre e quello sguardo svanisce, sostituito da un altro sorriso indecentemente sexy. "Certo. Ne servirebbe una anche a me. Dormi bene stanotte, scoiattolina."

"Anche tu."

Aspetto che riattacchi, ma non lo fa. Si limita a guardarmi, e colgo di nuovo un accenno di quell'intensità sconcertante nei suoi occhi: quello strano desiderio, che mi incoraggia e contemporaneamente mi inquieta.

"Dai, riattacca" lo esorto.

Fa una smorfia. "Riattacca tu."

"No, tu."

"Prima tu."

Ok, è ufficiale. Sono *davvero* tornata al liceo.

Sorridendo, saluto verso la fotocamera e riattacco.

Capitolo Trenta

*L*a mattina seguente, quando finisco di fare colazione, Winnie si avvicina a me, emettendo uno strano suono lamentoso.

Fermi tutti!

L'ho già sentito, in passato.

Balzando in piedi, metto il guinzaglio a entrambi i cani e corro fuori.

Non appena siamo usciti dall'edificio, mi guardo intorno per assicurarmi che non ci siano vecchi dall'aspetto fragile in giro. Non vorrei che avessero un infarto.

La via è libera, quindi guardo Winnie e dico: "Kraken".

THPPTPHTPHPHHPH.

Mi lancio in una corsa, con entrambi i cani al seguito, sperando di sfuggire all'odore, ma la scoreggia che esce dal sedere di Winnie continua all'infinito.

Quando ci fermiamo a un semaforo rosso, Boner

lancia a Winnie quello che dev'essere uno sguardo impressionato. Scommetto che venderebbe l'anima, per poter emettere anche solo il dieci per cento di tutto quel gas.

Almeno, il vento che mi soffia in viso porta via la maggior parte delle esalazioni. Ciò nonostante, sembra di camminare in un orribile cimitero, dove vengono a morire uova e cavoli marci.

"Grazie per l'avvertimento" dico a Winnie, quando ci siamo allontanati abbastanza dalla puzza. "Se l'avessi fatta nell'appartamento, avrei dovuto traslocare e avrei perso di sicuro la caparra."

Winnie non mi sente. La sua attenzione è rivolta a qualcosa di lato.

Seguo il suo sguardo e mi blocco.

È un gatto nero che sta per attraversarci la strada, e non c'è nessuno nelle vicinanze per spezzare la maledizione, quindi dovrò tornare indietro come un'idiota.

Come al solito, Boner fa finta che il gatto non esista, il che ha senso. Questo gatto per lui è l'equivalente di un leone per me. Ripensandoci, se un leone si presentasse a Central Park, non sono sicura che mi comporterei come se non esistesse.

Avvistando Winnie, il gatto inarca la schiena e sibila.

Piagnucolando, Winnie corre a nascondersi dietro di me.

Il gatto smette di sibilare, si volta dall'altra parte e

fugge via, senza dubbio pensando: *Quella cagna di un'orsa è pazza. È più sicuro girare alla larga.*

Fiù! Scongiurato il malocchio, continuiamo a camminare, finché non vedo Pom-Pom (la barboncina nostra nemica), che mi corre incontro tutta sola.

Merda! La proprietaria deve essersi lasciata sfuggire il guinzaglio, e la bestia ora vaga liberamente.

La colpa dev'essere di quello stupido gatto nero, dopotutto.

Winnie si piazza dietro di me, prima che io abbia il tempo anche solo di sbattere le palpebre.

Ignaro delle sue interazioni passate con la barboncina cattiva, Boner scodinzola.

Pom-Pom ringhia e accelera nella nostra direzione.

Il cuore mi batte freneticamente, mentre tiro indietro Boner. Non so che cosa fare. Anche se lo prendessi in braccio, potremmo essere comunque nei guai. Nonostante l'aspetto goffo, i barboncini reali sono cani grandi, in grado di ferire non solo Boner, ma anche me.

Il mio chihuahua dev'essersi finalmente reso conto del pericolo. Si mette la coda tra le gambe e guaisce forte.

Incoraggiata, Pom-Pom si lancia verso di noi.

Prendo in braccio Boner e mi preparo a combattere per le nostre vite.

La bestia dal pelo riccio è quasi a portata di morso.

Improvvisamente, un ringhio agghiacciante fa vibrare l'aria.

È il suono che emetterebbe un segugio infernale, se lo si facesse veramente, ma veramente incazzare.

All'inizio, penso che l'orribile suono provenga da Pom-Pom.

Invece no.

Pom-Pom si blocca sui suoi passi, con occhi sgranati.

Lancio una seconda occhiata.

Winnie non è più nascosta dietro di me. Si è frapposta tra noi e il cane all'attacco e, per quanto sia difficile da credere, il ringhio proviene dalle sue fauci.

A dire il vero, considerando quella storia del "liberare la Ruskovia dai lupi", forse *non* è poi così difficile da credere. L'intero comportamento di Winnie è cambiato, da carino e coccoloso a ferocemente selvaggio. Anche in questo, assomiglia molto a un orso: sembrano carini, ma possono diventare mortalmente spaventosi, se infastiditi.

Ed è *questo* che sta succedendo.

Winnie si è appena trasformata in mamma orso per proteggere me e Boner, a scapito di questa barboncina col culo rasato.

"Fai un altro passo, e mollo il suo guinzaglio" dico trionfalmente a Pom-Pom.

La barboncina non è stupida a livello suicida. Girando sui tacchi, si mette la coda tra le gambe e fugge via, finendo proprio tra le braccia della sua padrona ansimante.

Espirando di sollievo, poso Boner a terra.

Tornando a sembrare un tesoro, Winnie lecca la

faccia di Boner e riprende a camminare, come se niente
fosse successo.

———

Tornata a casa, sono delusa di non trovare alcun
messaggio di Dragomir sul mio telefono. C'è, però, una
chiamata persa di mia madre... il che è preoccupante.
Non mi chiama quasi mai; preferisce mandarmi gli
inviti agli eventi di famiglia tramite messaggi su
Facebook.

Che sia successo qualcosa?

Mi ricordo del gatto nero e il mio respiro accelera.
La richiamo immediatamente.

"Ciao, tesoro" mi saluta lei, rispondendo. "Come
stai?"

Tesoro? Come stai?

Chi è questa, e che cosa ha fatto alla mia vera
madre?

"Tutto a posto, mamma" rispondo cautamente. "C'è
qualcosa che non va?"

"Certo che no. Mi sono appena resa conto che non
ti sentivo da un po'."

Siamo in vena di eufemismi?

"Io sto bene" dico. "E tu?"

"Alla grande, alla grande. Come sta Dragomir?
Come vanno le cose tra voi due?"

Ah! I pezzi del puzzle si incastrano. Questa
chiamata è un investimento nel progetto "avere un bel
nipotino".

"Dragomir non se la passa molto bene" rispondo, e le racconto dell'incidente di Tigger.

"È terribile" commenta con sentimento genuino. "Riferisci a lui e ai suoi genitori che auguro a Tigger una pronta guarigione."

"Certo." E lo farò... se mai incontrerò i suoi genitori!

"Sai" prosegue, "conosco un ottimo rimedio che dovrebbero provare."

Oh, Signore! I rimedi della mamma possono essere davvero strani, persino per i russi. Per qualche motivo, inoltre, sono spesso collegati all'urina. Una volta, ho dovuto farle la pipì sulla gamba, quando ha avuto un'eruzione cutanea; poi, c'è stata quella volta in cui Alex ha avuto l'influenza intestinale, e lei è riuscita a convincerlo a *bere* urina (ma, per lo meno, quella volta si trattava della *sua*).

"Sono sicura che i medici sappiano quello che fanno" affermo.

Se dicessi a Dragomir di pisciare su suo fratello, non credo che capirebbe. Potrebbe addirittura pensare che mi piace il pissing (e non è così!).

"Che male c'è a provare il mio cataplasma?" chiede la mamma.

"Dipende dal cataplasma..."

Se si tratta di carne di agnello cruda (come il suo rimedio per l'acne), lui rischierebbe di beccarsi un avvelenamento da Escherichia coli, o peggio.

"Fai masticare a una ragazza vergine di diciannove anni mezzo chilo di cavolo, due cipolle, cinque spicchi d'aglio e un gambo di prezzemolo. Scalda il cataplasma a temperatura corporea e applicalo sulla pelle di Tigger per qualche ora."

Vergine? Questo come potrebbe contribuire, dal punto di vista medico? Gli imeni aiutano forse le ragazze a produrre qualche enzima magico nella saliva? Inoltre, come mai questo rimedio assomiglia a una ricetta per un raviolo umano (senza farina)?

Ehi, almeno la vergine non deve pisciare sopra nessuno! Questa sì che è una novità!

"Lo riferirò a Dragomir" mento. "Grazie."

"Non c'è di che. Ora chiamalo, così possono cominciare il prima possibile. Può essere difficile trovare ragazze vergini, di questi tempi."

Era una frecciatina rivolta a me, per aver perso la verginità a diciott'anni, o una lamentela sulla morale delle millennials?

"Certo" dico. "Grazie, mamma. Ciao."

Riattacco, ma non chiamo Dragomir. Probabilmente, starà dormendo per smaltire il jet lag. Invece, controllo le mie email.

Interessante. Alex mi informa che abbiamo una riunione con Marco e il suo team la prossima settimana (mi domandavo se fosse partito per la Ruskovia insieme a Dragomir!).

Annoto la riunione sulla mia agenda e m'immergo nel design della tuta, interrompendomi solo per dare da mangiare ai cani (e a me stessa).

Quando comincia a farmi male la testa per il lavoro,

mi alzo e allestisco la camera da letto, nel caso in cui Dragomir mi chiamasse di nuovo.

Anziché un vibratore, rimuovo dalla confezione un aggeggio per il succhiamento del clitoride e lo poso sul letto. Poi, indosso il reggiseno e le mutandine più sexy che ho, e mi infilo un bel vestito.

Proprio quando sto per andare a guardare un po' di Netflix, per ammazzare il tempo, mi squilla il cellulare.

Può essere?

Prendo il telefono.

Sì!

Una videochiamata di Dragomir.

Capitolo Trentuno

Si trova di nuovo in quella camera da letto simile a un attico, e ha un aspetto molto più riposato (e, proporzionalmente, più delizioso).

"Ciao, scoiattolina."

"Ciao, draghetto" gli rispondo con un sorrisino. "Come hai dormito?"

Lui ricambia il mio sorriso. "Molto bene. Grazie per avermi rimboccato le coperte."

"È stato un piacere. Letteralmente. Come sta tuo fratello?"

Il sorriso scompare. "Sempre uguale. I medici non sono d'aiuto. Potrebbe uscire dal coma oggi, domani o tra qualche settimana... non lo sanno proprio."

"È terribile." Mi siedo sul letto. "Fammi sapere se posso fare qualcosa per aiutarti." Oltre a risparmiargli il rimedio di mia madre!

Anche lui si siede sul letto. "Lo stai già facendo. Parlare con te mi distoglie dai pensieri."

Mi sento così fluttuante, che è un miracolo che non mi libri in aria verso il soffitto. "In tal caso, chiamami pure a qualsiasi ora, giorno e notte, quando vuoi parlare."

"Potrei prenderti in parola. Soprattutto, perché sono ancora sintonizzato sul fuso orario di New York."

"La differenza di fuso orario non è enorme?" gli chiedo.

Lui annuisce. "Dieci ore."

"Dovresti cominciare ad abituarti all'ora locale. Non fa bene al tuo ritmo circadiano dormire di giorno e andare in giro di notte, come un vampiro."

Sospira. "Credo di essere un po' superstizioso anch'io. Non posso fare a meno di pensare che, se passo al fuso orario ruskoviano, sarà come accettare che Tigger non si riprenderà tanto presto... e così, lo farò accadere."

Non per la prima volta, vorrei poter tendere le braccia e stringerlo attraverso internet. Quando la mia tuta di realtà virtuale sarà ultimata, abbracciare a distanza sarà sicuramente una delle applicazioni. Per come stanno le cose attualmente, devo tentare qualche altro sistema per tirarlo su di morale.

"Raccontami qualcosa di Tigger" lo esorto dolcemente. "Qualche bel ricordo."

La bocca di Dragomir si incurva leggermente. "Beh, per cominciare, era quasi sempre l'attaccante della nostra squadra di football. Ha segnato più gol di quanti io riesca a contarne."

Gol? Non si chiamano touchdown?

Sollevo un sopracciglio. "Sei sicuro di parlare di football?"

"Ah già. Scusa. Intendevo dire calcio, naturalmente. Il sogno di mio padre era di avere abbastanza figli per formare una squadra di calcio. Il suo desiderio si è avverato: ad eccezione del portiere, che era un cugino, io e i miei fratelli componevamo la squadra. Almeno per un po'."

Continua a raccontarmi delle loro avventure atletiche e questo sembra sollevargli il morale, specialmente quando parla di quella volta in cui sono riusciti a sconfiggere una squadra semi-professionale arrivata dalla Russia.

Mentre ascolto, ho di nuovo la sensazione che la sua famiglia sia enormemente ricca. Il campo di calcio dei suoi racconti era il "loro", l'allenatore sembrerebbe un professionista, e quella squadra della partita critica era stata fatta arrivare in aereo dalla Russia.

"E tu?" mi chiede. "Tu e i tuoi fratelli facevate sport?"

Scuoto la testa. "La cosa che ci si avvicinava di più era giocare a hockey sull'Xbox. In generale, abbiamo giocato a un sacco di videogiochi competitivi di ogni genere, dai combattimenti alle corse. Penso sia così che Alex ha sviluppato la sua passione per la progettazione di videogame."

Lui sorride. "Ed è così che tu hai imparato ad essere così competitiva?"

Sogghigno. "Ne dubito. Li ho battuti senza sforzo praticamente in ogni partita." Muovo le mie dita agili. "Ho una coordinazione occhio-mano superiore alla media e un tempo di reazione eccezionale."

Il suo sorriso si allarga. "Non dimenticare la tua umiltà superiore alla media e ultra-straordinaria. Dubito che qualcuno possa competere con te in questo."

"Beh, sì. E tu, che pensavi che fossi soltanto la donna più sexy che avessi mai incontrato! Ebbene, sono anche la più umile."

Il calore scintilla nei suoi occhi. "Probabilmente non dovrei incoraggiarti, ma sei *davvero* la più sexy."

Lo guardo sbattendo le ciglia. "Potrei dire lo stesso di te… e non sono sicura che te ne renda conto, ma hai appena aperto un vaso di Pandora."

Inclina la testa. "Vuoi sapere delle donne che ho frequentato?"

"Io ti ho parlato del mio ex. Sarebbe equo."

Dev'essere d'accordo, perché afferma: "Non c'è molto da raccontare da parte mia. Non ci sono state poi così tante donne nella mia vita, e con nessuna di loro è stata una relazione seria, ad eccezione dell'ultima." L'espressione sul suo viso s'incupisce. "Lavorava nella fondazione dei miei genitori e, quando ho perso la mia eredità, ho perso anche lei." Si schiarisce la gola. "È meglio così, davvero. Era chiaramente interessata alle cose sbagliate."

Già… e quello che lei ha perso è un enorme guadagno per me!

Lui avvicina il telefono al viso. "Ora, devi raccontarmi qualcosa di personale. Sarebbe equo."

"Frozen" sparo, dopo essermi scervellata per trovare qualcosa da condividere, che non sia il fatto che possiedo un'azienda di sex toys. "È il mio film preferito."

Prende la cosa molto più seriamente di quanto avrei fatto io, a ruoli invertiti.

"Non stento a crederci" afferma. "È una storia di ribellione e auto-realizzazione, vero?"

Fingo di essere scioccata. "Non hai mai visto *Frozen*?"

Sembra sinceramente castigato. "Ho sentito la canzone. Questo conta?"

"No, non conta" replico con finta scontrosità. "Ora, hai un compito per casa. Devi guardarlo."

Lui annuisce (o mi prende in parola, o recita a livelli da Oscar). "Consideralo nella mia lista delle cose da fare."

"Poi, mi ringrazierai" dico. "E tu? Qual è il tuo film preferito?"

Si strofina il mento. "È difficile sceglierne uno preferito, ma quello che riguardo più spesso è *La storia fantastica.*"

"Inconcepibile!" esclamo con un sorrisino. "In realtà, è molto facile da concepire. C'è tutta quella scherma, per non parlare di Robin Wright nel ruolo di Bottondoro. È una delle mie attrici preferite."

Lui solleva le sopracciglia. "Sul serio?"

"L'hai vista nel ruolo di Antiope in *Wonder Woman*? O di Claire Underwood in *House of Cards*?"

"Certo, ed è fantastica. Ma non è lei il motivo per cui mi piace quel film... e nemmeno la scherma. Mi piacciono i messaggi che contiene."

Aggrotto la fronte. "Ci sono dei messaggi?"

"Sì, certo. Del tipo: 'la vita non è giusta'."

Annuisco. Questo c'è.

"Cosa ancora più importante" mi lancia un'occhiata significativa, "insegna che le cose belle accadono a chi sa aspettare."

Lo guardo sbattendo le palpebre.

Che si stia riferendo alla sua mancanza di relazioni serie? Io sarei la cosa bella che gli è capitata, dopo aver aspettato pazientemente? Se è così, credo che abbia appena paragonato l'atto di incontrarmi a Inigo Montoya che si vendica sanguinosamente dell'assassino di suo padre... tuttavia, mi sento comunque accaldata e inebriata.

Dato che non me la sento di chiedergli di chiarire, m'informo invece su che genere di musica gli piaccia.

Si scopre che abbiamo gusti musicali simili. Abbiamo in comune anche l'amore per i gruppi rock russi che gli americani non hanno mai sentito nominare, come i Nautilus Pompilius. Inoltre, ad entrambi non piace il pop russo, fatta eccezione per poche band selezionate, come le T.A.T.U.

Quando smettiamo di parlare di musica, passiamo ai libri e, anche qui, i nostri gusti sono molto simili: le eccezioni sono i libri di ingegneria, che io leggo per lavoro, contro i libri di scherma e investimenti da parte sua.

Mentre continuiamo a parlare, ho la sensazione che voglia sapere ogni più piccolo dettaglio della mia vita. Questo mi fa sentire sempre più in colpa, per non avergli parlato della mia azienda. D'altro canto, lui diventa ancora evasivo, quando la conversazione vira in direzione del suo passato in Ruskovia, perciò suppongo che questo ci renda in qualche modo pari, specialmente se *sta* davvero nascondendo qualcosa lì (qualcosa che non credo più sia un'altra donna).

Dopo aver chiacchierato per quelle che mi sembrano ore, sposto la conversazione su argomenti sexy. Gettandomi i capelli dietro la spalla, gli chiedo: "Sei ambidestro?"

"Purtroppo no" risponde. "Perché?"

Ammicco con le sopracciglia in modo lascivo. "Voglio essere accurata, quando immagino che mi tocchi."

Si tira su a sedere. "Prima, ti toccherò con la mano sinistra. Poi, quando mi dirai che è stata l'esperienza più sconvolgente della tua vita, ammetterò finalmente di *non* essere mancino."

Sorrido per il riferimento al suo film preferito, e giro la fotocamera in modo da mostrargli il dispositivo di succhiamento del clitoride, che ho preparato sul mio letto. "Ti andrebbe di ripetere la nostra avventura di teledildonica?"

Lui gira la propria fotocamera in modo da

mostrarmi i sex toys sul *suo* letto, pronti a partire. "Se lo desideri."

"Oh, lo desidero, eccome!" Raggiungo la porta della camera da letto e la chiudo a chiave, questa volta. "E io parto per prima."

Capitolo Trentadue

Ci spogliamo come se i nostri vestiti andassero a fuoco.

Le sue dita danzano sullo schermo del telefono, mentre imposta il succhia-clitoride, affinché sia comandato della sua app.

Io mi stendo sul letto e preparo il dispositivo.

"Sei incredibile" dice, con voce impressionata.

I miei occhi vagano su ogni solco dei suoi muscoli, prima di soffermarsi sull'Everest. "Anche tu non sei poi così male."

I suoi occhi brillano. "Pronta?"

Avvicino l'aggeggio al mio clitoride. "Sì."

Lui tocca i comandi sul suo telefono. "Chiudi gli occhi e immagina che sia io a succhiarti."

Ottima idea! Obbedisco, ma, prima di poter dare sfogo alla mia immaginazione, il succhiamento ha inizio.

Accidenti! Caspita!

L'immagine delle sue morbide labbra che mi succhiano il clitoride è fin troppo facile da evocare, grazie a quanto è ben progettato il giocattolo.

L'intensità del succhiamento aumenta. Immagino lui a protendere quelle labbra e inalare profondamente, come se volesse fare un succhiotto al mio clitoride.

Un orgasmo intenso inizia a dispiegarsi nel mio intimo… e questo ancora prima che inizi la vibrazione.

Wow!

Immaginarmelo a produrre la vibrazione è già più difficile (a meno che non mi convinca che lui possa trasformarsi in un gatto, e che quelle siano le sue fusa).

All'orgasmo non importa quanto sia realistica la mia fantasia, però. Esplode attraverso le mie terminazioni nervose, facendomi venire gli spasmi alle dita dei piedi e strappandomi un gemito dalle labbra.

"Brava ragazza" mormora lui con voce roca.

Tentando di riprendere fiato, apro gli occhi… e lancio una seconda occhiata alle mie parti femminili. Il risucchio è stato così forte, che ha attirato più sangue del solito sul mio clitoride, facendolo ingrossare, quasi fino a raggiungere le dimensioni di un piccolo pene.

Non avevo mai giocato con questo sex toy in una stanza ben illuminata, prima d'ora, perciò buono a sapersi. Inoltre, potrebbe essere un bene che Dragomir non sia qui a vedermi da vicino. Immagino che alcuni ragazzi potrebbero rimanere sconvolti, se alla loro donna spuntasse un pene!

Ripensandoci, dubito che Dragomir sia uno di quei

tipi. Se non altro, in confronto all'Everest, alcuni peni veri e propri potrebbero sembrare clitoridi.

Mi lecco le labbra. "È il tuo turno."

Esamina i giocattoli nella sua stanza. "Hai qualche preferenza?"

"La guaina." Indico l'aggeggio che sembra una tasca realizzata a partire da un calamaro.

Lui la prende, la lubrifica e mi fissa con visibile impazienza, mentre la sincronizziamo con la mia app.

"Stavolta, chiudi gli occhi" gli dico. "Inserisci il pene in quell'aggeggio e immagina di essere dentro di me."

Una cosa che nessuno sa è che ho progettato quel particolare sex toy basandomi sulla mia vagina. È delle stesse identiche dimensioni in termini di profondità, larghezza ed elasticità. Ho anche fatto del mio meglio per ottenere la consistenza giusta. Ci sono volute innumerevoli ore di masturbazione e prototipi di sex toys... ma sono sempre disposta a fare sacrifici per il genere femminile!

Naturalmente, non posso raccontare niente di tutto questo a Dragomir, senza svelare il mio segreto.

A proposito di segreti, spero che Vlad non scopra mai questo particolare fattore. Mentre aiutava Fanny a testare la mia linea di teledildonica, ha infilato il pene in una guaina proprio come questa.

Già, non ho intenzione di pensarci!

Con gli occhi chiusi, Dragomir fa scivolare l'Everest nella guaina. Osservo attentamente: se il giocattolo si rompesse, io potrei avere un grosso problema laggiù, in futuro.

No.

C'è un'aderenza perfetta.

Le mie pareti vaginali si contraggono per l'invidia.

"Com'è la sensazione?" gli chiedo dolcemente.

Il volto di Dragomir si contrae in estasi. "Scoiattolina..." La sua voce è un ringhio lieve. "La tua fica è fantastica."

È meglio.

Avvio il movimento brevettato avanti e indietro della guaina.

Lui s'irrigidisce.

Godendo del mio potere, aumento l'intensità.

Geme.

Perché, oh, perché non ho fatto la guaina trasparente? Vorrei vedere ogni dettaglio. Oh, amen. Aggiungo una lieve vibrazione ai movimenti su e giù.

Lui espira sonoramente.

È il mio turno d'irrigidirmi.

Ho appena sentito bussare? Che siano i cani?

Nah! Boner non conosce questo particolare trucco, e dubito che lo conosca Winnie.

Probabilmente, è soltanto la mia immaginazione.

Dimenticando tutto, aumento l'intensità fino al massimo.

Il ronzio è molto forte, ora, ma mi sembra di sentire una voce femminile che parla in ruskoviano.

Ma che diavolo? Avrà mica la radio accesa?

Dovrei proprio dire qualcosa, ma non riesco a staccare gli occhi dall'Everest... che, inverosimilmente, si ingrossa ancora di più.

Straordinariamente, la guaina lo accoglie.

Fiù! Se avevo delle preoccupazioni inconsce sul fatto che l'Everest si adattasse a me, ora sono sparite, sostituite dal desiderio che lui ritorni e provi questa stessa attività con la fonte d'ispirazione per la guaina.

Le vene del collo di Dragomir si tendono, i suoi pugni si stringono e, con un grugnito, lui viene dentro la guaina.

Quando riapre gli occhi, sembrano selvaggi.

"È stato fantastico, cazzo!" esclama con voce roca, senza fiato.

Improvvisamente, si sente lo stridio di una porta che si apre.

Sgranando gli occhi, Dragomir distoglie lo sguardo dalla fotocamera.

C'è un forte sussulto femminile.

Girandosi di spalle, Dragomir sbraita qualcosa in ruskoviano.

Si ode uno squittio che sembra la parola russa per "scusa", seguito dal rumore di una porta che si chiude.

Sbircio nella fotocamera. "Dovrei essere gelosa?"

Lui torna a voltarsi verso di me, con un accenno di rossore sul viso. "No, mi dispiace. Era solo la cameriera. Senza dubbio, voleva pulire la stanza."

"Accidenti! Dev'essere stato quello il bussare che avevo sentito. Pensavo fosse solo la mia immaginazione."

Lui fa una smorfia. "Dovrebbe aspettare che gli ospiti appendano alla porta il cartello 'pulire, per favore'."

"Probabilmente pensava che tu fossi uscito" dico. "Dovresti proprio cominciare a chiudere a chiave quella porta: adesso, l'albergo potrebbe avere per le mani una denuncia per molestie."

"Questo non è un albergo" replica. "Sto alloggiando dai miei genitori."

Ah! Un'altra prova della ricchezza della sua famiglia. La loro stanza per gli ospiti sembra un attico, e hanno una cameriera che dovrebbe rispettare i cartelli apposti fuori dalla porta.

Mentre rifletto su tutto ciò, Dragomir si sfila la guaina e va a chiudere a chiave la porta.

"Dove eravamo rimasti?" mi chiede, tornando a letto.

Sorrido maliziosamente. "Stavamo per passare il video ai computer portatili, così possiamo usare i telefoni per farci venire a vicenda nello stesso momento."

L'idea gli piace, perciò facciamo come ho suggerito.

Un paio di volte.

Alla fine, siamo entrambi completamente esausti. Ansimando, me ne sto distesa lì, con le ossa così gelatinose, che riesco a malapena a tenere dritto il cellulare.

"Com'è stato per te?" mi chiede, sopra uno sbadiglio.

"Mi ricorda la posizione del sessantanove." Rispecchio il suo sbadiglio. "È difficile adoperare i controlli delle applicazioni, quando si sta urlando in estasi."

Il suo sguardo vaga sul mio corpo con rinnovata bramosia. "Sono sicuro che diventerà più facile, con la pratica."

"Decisamente" affermo e, anche se una parte di me vorrebbe di più, il mio clitoride sta implorando pietà. A malincuore, suggerisco: "Che ne dici di domani?"

Lui accetta di buon grado, e torniamo alla danza del "riattacca prima tu" dell'altro giorno, finché alla fine mi arrendo e lo faccio io.

Nel sonno che segue, ricco di sogni, mi ritrovo tra le sue braccia, ad avere decine di orgasmi senza sosta.

Capitolo Trentatré

Nei giorni successivi, le videochiamate con Dragomir diventano una routine. Al di fuori dei video, se ho voglia di parlare, gli telefono o gli mando un messaggio, e lui mi risponde sempre nel giro di cinque minuti o meno. È davvero inquietante quanto sia rapido a rispondere, meglio di chiunque altro io conosca. Mi piace pensare che sia perché sono una priorità nella sua vita. Certo, è possibile che lui sia semplicemente una di quelle persone che vedono il proprio telefono come un'estensione di sé, ma il fatto che non se lo porti dietro, quando porta a spasso Winnie, mi fa dubitare di questo.

In ogni caso, ogni volta che ci parliamo, impariamo di più l'uno dell'altra, e ogni sera usiamo i miei sex toys teledildonici per farci venire a vicenda.

Se avevo dei dubbi sul fatto che il mondo avesse bisogno della tuta VR a cui sto lavorando, ora sono spariti. Se la tuta esistesse già, questo periodo di lontananza sarebbe molto più sopportabile (e quello che vale per noi varrebbe anche per i soldati oltreoceano, i pescatori in spedizioni a lungo termine, i pazienti in quarantena e così via).

Eppure, considerati i livelli di tecnologia attuali, la nostra relazione è felice per quanto possa esserlo un rapporto a distanza, fatta eccezione per un unico neo: il fatto che suo fratello non sia ancora uscito dal coma.

"I medici dicono che il gonfiore del cervello sta diminuendo" m'informa Dragomir una sera, "ma non sono ancora sicuri di quando riprenderà conoscenza."

E, malgrado non lo pronunci, posso udire il tacito "se" nelle sue parole.

———

La settimana seguente, c'è la riunione con l'azienda di Dragomir.

"Avevamo alcune domande tecniche da farvi, oggi" esordisce Marco.

Sta guardando Alex come se io non esistessi, perciò dico esplicitamente: "Mi assicurerò di rispondere a qualsiasi domanda al meglio delle mie capacità."

"Ha a che fare con il mal di VR" prosegue Marco, guardando ancora Alex. "Come fa il vostro sistema a prevenirlo?"

Alex guarda me.

Gli rivolgo un cenno del capo in segno di ringraziamento. "Innanzitutto, definiamo il problema."

L'attenzione di tutti si sposta finalmente su di me.

Marco si schiarisce la gola. "Il mal di VR è una malattia che la gente contrae quando usa la realtà virtuale. Giusto?"

Sospiro tra me e me. Ricusandosi, Dragomir ha lasciato in carica una persona che, chiaramente, non è affatto preparata sulla realtà virtuale.

"Non è esattamente la definizione comune di quel fenomeno" interviene Alex, prima che io abbia la possibilità di rispondere… ed è meglio così.

Tra noi due, lui è più diplomatico.

Marco lancia un'occhiata al tecnico con gli occhiali (Eugenius, se ricordo bene).

"Il mal di VR non è una patologia" afferma Eugenius. "Se si smette di usare la realtà virtuale, i sintomi spariscono."

Marco aggrotta la fronte, inducendomi a domandarmi se stia tirando fuori questa storia come pretesto per non concederci i fondi.

"Se posso" intervengo, con la voce impastata di miele. "Ho seguito un corso sulla realtà virtuale, all'università, quindi posso tranquillamente definire il problema. Nonché spiegare come lo risolveremo."

Dall'aspetto di Marco, sembra che io abbia pisciato nella sua zuppa.

"Tornando alla definizione" continuo. "Il mal di VR è un insieme di sintomi che alcune persone sperimentano, quando usano la realtà virtuale, sintomi simili a quelli della cinetosi. In effetti, le due condizioni hanno molto in comune, perché, in entrambi i casi, la causa sottostante è che il cervello della persona riceve messaggi contrastanti sul movimento e sulla posizione del corpo nello spazio."

Tutti annuiscono e, con riluttanza, Marco mi fa cenno di proseguire.

"Innanzitutto, l'attuale hardware e software per la realtà virtuale nel suo complesso ha già compiuto enormi progressi per combattere questo problema. Il numero di gradi di libertà nel tracciare il corpo dell'utente è aumentato, la latenza è stata ridotta e le prestazioni grafiche sono migliori su tutta la linea." Mi guardo intorno, per assicurarmi che nessuno si sia perso. Sembra che non sia ancora successo, ma potrebbe accadere, a meno che io non diventi meno tecnica. "Detto ciò, dovrei sottolineare che il nostro prodotto, in effetti, avrà un enorme vantaggio in tema di mal di VR, perché avremo la tuta per il corpo. Quando la si indossa, è più probabile che il cervello della persona sia indotto a pensare che la realtà virtuale stia accadendo per davvero, eliminando così la causa chiave dei sintomi."

Da qui, mi lancio in un elenco di trucchi che abbiamo intenzione di usare a livello di software per minimizzare ulteriormente questo problema; poi, cedo la parola ad Alex, affinché rassicuri tutti di poter trasformare questi trucchi in realtà.

Quello che non menziono è che abbiamo un motivo ulteriore per cui il mal di VR non è fonte di gran preoccupazione per noi. Muoversi all'interno della realtà virtuale è il maggior fattore scatenante del malessere, ma i nostri utenti faranno sesso: un'impresa più stazionaria, rispetto ad attività come il combattimento con la spada, la corsa con la moto da cross e altri giochi di base.

"Grazie" mi dice Marco, ma non sembra che lo pensi davvero. "E in quanto all'affaticamento degli occhi? Non è un altro inconveniente della realtà virtuale?"

È decisamente alla ricerca di problemi. "Il nostro prodotto causerà meno affaticamento visivo di quello della concorrenza, ed ecco perché."

Stanca delle stronzate di Marco, impartisco loro una noiosissima lezione sul conflitto tra convergenza e accomodazione (il motivo principale dell'affaticamento visivo) e, poi, mi addentro nelle soluzioni per l'industria, prima di menzionare alcune caratteristiche che saranno unicamente nostre.

La cosa divertente è che, a causa del previsto contenuto sessuale, l'affaticamento degli occhi è un altro problema inesistente per noi, ma non posso giocarmi *questa* carta.

Chiaramente pentito della sua domanda, Marco cerca comunque di lanciarmi qualche altra palla curva, ma io le respingo tutte, fino a quando lui conclude la riunione con riluttanza.

———

"Sei brava" mi dice Alex in russo, mentre prendiamo il tè nella caffetteria dove Dragomir e io abbiamo avuto il nostro primo appuntamento.

"Hai avuto anche tu la sensazione che stesse cercando di sabotarci?" gli chiedo.

Lui annuisce. "Ma tu gliel'hai impedito. È questo che conta."

"Per questa volta, gliel'ho impedito. Sono preoccupata per la sua prossima mossa."

Alex mi dà una pacca sulla spalla. "Con te, Marco ha fatto il passo più lungo della gamba. Ne sono sicuro."

Prendiamo un tavolo e la conversazione si sposta su questioni più personali: nello specifico, sulla vita sentimentale di mio fratello. A quanto pare, da quando mia madre ha incontrato Dragomir, sta tormentando Alex per il fatto di essere il suo unico figlio ancora single. Questo conduce Alex a sondare le ultime notizie su me e Dragomir, perciò lo aggiorno sulla nostra relazione a distanza.

"Hai finito di curiosare su di lui, allora?" mi chiede, dopo aver sentito quanto siano meravigliose le cose tra di noi.

Soffio sul mio tè, mentre ci rifletto su. Per qualche ragione, non ci ho pensato ultimamente. "Non credo che abbia un'altra donna" dichiaro infine. "Però, credo davvero che stia nascondendo qualcosa. Solo che non ho avuto la possibilità di scavare più a fondo nel suo passato."

"Ragazza sveglia" commenta Alex. "Fidarsi, ma verificare."

———

Quando arrivo a casa, c'è un pacchetto che mi aspetta.

È un regalo di Dragomir: un costume da pupazzo di neve per un cane della taglia di Boner.

E non un pupazzo di neve *qualsiasi*.

È Olaf, di *Frozen*.

Ridendo, metto il costume al mio povero cane.

"*Ma chérie*, hai presente quelle *histoires morbides* di cani che mangiano i loro padroni defunti? Qualcosa mi dice che suddetti padroni avessero fatto indossare a quei cani costumi come questo… e che gli umani non fossero morti per cause *naturelles*, se capisci cosa intendo."

Winnie guarda Boner con espressione confusa.

"Napoleone Carlovich, sai che ho un'ottima opinione della tua virilità, ma mi dispiace dire che non sei abbastanza macho per indossare quel costume."

Tolgo l'indumento a Boner, prima che possa strapparlo a brandelli.

La prossima volta che mi vestirò da Elsa per Halloween, lo corromperò con della pancetta, affinché indossi questo costume per qualche dozzina di foto.

Capitolo Trentaquattro

*P*er la settimana e mezzo successiva, io e Dragomir continuiamo le nostre sessioni di video serali. Poi, un giorno, lui mi chiama nel pomeriggio.

Rispondo immediatamente. "Va tutto bene?"

"Tigger è uscito dal coma." La voce di Dragomir trabocca di emozione.

Con il cuore che batte forte, mi siedo. "Raccontami tutto."

Lui comincia a spiegarmi come sia successo. A quanto pare, Tigger ha aperto gli occhi qualche ora fa e ha riconosciuto Dragomir, la persona che era al suo fianco in quel momento.

"È molto lucido, tutto sommato" continua Dragomir. "Avrà bisogno di un po' di fisioterapia e cose del genere, ma i medici adesso sono estremamente ottimisti."

È egoista che io voglia chiedergli quando tornerà negli Stati Uniti?

Sì, molto: ed è per questo che non lo faccio. Invece, gli dico la verità: quanto sono felice per lui e la sua famiglia. Dalle storie che mi ha raccontato su Tigger da bambino, mi sembra di conoscere già quello scavezzacollo.

"Grazie" mi dice Dragomir. "Ora vado da lui. Volevo solo condividere questa notizia con te."

Riattacca e io torno al lavoro, dove la mia gioia si traduce in una soluzione particolarmente creativa per il problema dello strizzamento dei capezzoli della tuta VR.

———

Quella sera, durante la nostra videochiamata, Dragomir mi dà un altro aggiornamento su suo fratello. A quanto pare, Tigger ha intenzione di affrontare la fisioterapia con lo stesso entusiasmo con cui affronta le sue acrobazie pericolose, il che è di buon auspicio per la sua guarigione.

Gli aggiornamenti che ricevo nei giorni seguenti sono uno più rincuorante dell'altro. La riabilitazione di Tigger procede da sogno e, in men che non si dica, lui e Dragomir fanno passeggiate nei giardini della loro famiglia.

Qualche giorno dopo l'inizio delle passeggiate, Dragomir mi fa un'altra videochiamata fuori dal solito orario.

Rispondo impazientemente. "Ciao!"

I suoi occhi nocciola sono luminosi. "Indovina un po'?"

"Che cosa?" gli chiedo, ma credo di saperlo.

"Tigger è impaziente di tornare a New York e, oggi, il medico ha dato l'approvazione."

Un peso che è stato posato sulle mie spalle per tutte queste settimane sembra sollevarsi.

Rivedrò Dragomir! Lo toccherò nella realtà, anziché nelle mie fantasie. Gli farò tutte le cose sconce che ho pianificato.

"Quanto dura il volo?" chiedo, senza nemmeno cercare di nascondere la mia eccitazione.

"Sarò lì tra due giorni" dice, poi si acciglia. "Avendo rischiato di perdere Tigger, i nostri genitori hanno deciso di accompagnarci a New York, e hanno bisogno di un po' di tempo per fare i preparativi."

Due giorni.

Quarantotto ore.

Duemilaottocentottanta minuti.

Sono mai stata così elettrizzata in vita mia?

"La mia prima destinazione all'arrivo è casa tua" m'informa.

Il mio cuore sussulta, ma rendo la mia espressione giocosamente severa. "La tua prima destinazione è la mia camera da letto."

I suoi occhi brillano di oro puro. "Come desideri."

"E niente giochini con la sinistra. Impegnati al meglio. Voglio la tua mano dominante e il tuo cazzo fin dall'inizio."

Il suo viso si fa teso e la sua voce scende a un ringhio basso. "Oh, scoiattolina, non devi preoccuparti di questo. Ti ho desiderata fin dal primo momento in cui ho posato gli occhi su di te, e il mio desiderio si è solo rafforzato negli ultimi due mesi."

Lo fisso. Un'ondata di lussuria può privare qualcuno della facoltà di parola? Tutto quello che riesco a fare in risposta è sventolarmi con le mani, come una signora vittoriana.

"È meglio che vada" afferma con voce roca. "Ci vediamo presto."

Lui riattacca, e io rimango lì seduta, con la testa che mi gira. Anch'io l'ho desiderato fin da quel primo incontro. Il tempo trascorso da allora è stato come una lunga e tortuosa sessione di preliminari.

L'idea che finalmente consumeremo qualsiasi cosa ci sia tra di noi mi fa fremere per l'eccitazione.

Capitolo Trentacinque

*M*entre aspetto il ritorno di Dragomir, non mi masturbo (anche se ne avrei una gran voglia). Non voglio alcun indolenzimento laggiù, fino a quando l'Everest non entrerà in scena. Invece, incanalo l'energia sessuale repressa nel lavoro, creando una sfilza di dildo giganti in un (non così sottile) omaggio all'oggetto del mio desiderio.

Inoltre, mi preparo per il grande evento in sé. Mi rado i peli da qualsiasi punto del corpo in cui li trovo sgradevoli, e sistemo con cura il resto. Trasformo la camera da letto in un santuario tantrico, con candele e musica per creare l'atmosfera, e (anche se questo potrebbe essere un tantino esagerato) eseguo delle posizioni di yoga per rendere il mio corpo più agile.

Quando finalmente una chiamata di Dragomir appare sullo schermo del mio cellulare, sono come una bomba ormonale pronta a esplodere.

Faccio scorrere il dito per accettare. "Ciao!"

"Ehi. Sono all'aeroporto JFK e ho una notizia."

Sarà meglio che la notizia sia che sta venendo a casa mia. "Che succede?"

"Hai presente quanto volevi conoscere i miei genitori?"

Mi acciglio. "Volevo dimostrare che i miei sono peggiori dei tuoi, certo. Perché?"

Persino mentre lo chiedo, ho un brutto presentimento al riguardo.

"Beh, ho parlato di te a mio fratello e lui vuole conoscerti… e quando i nostri genitori l'hanno saputo, hanno chiesto di essere inclusi."

"Uh-huh" commento con tono diffidente. "E quando dovrebbe avvenire questo incontro?"

"A Tigger non piace il cibo dell'aereo" m'informa, con tono di scuse. "E nemmeno ai nostri genitori."

Mi maledico per essermi trattenuta dal masturbarmi. "È oggi, vero?"

"Sei libera tra un paio d'ore?"

"Beh, sì." Ho cancellato i miei programmi di lavoro per il resto della giornata e, se mi fossi presa la briga di aggiungere una motivazione, ci sarebbe scritto 'per scopare Dragomir fino allo sfinimento'.

"Probabilmente è meglio così" dice lui, senza convinzione. "È giusto che tu li conosca, prima che portiamo avanti le cose tra noi." Si schiarisce la gola. "Potresti cambiare idea su di me, dopo."

"Perché dovrei? Anche se i tuoi genitori fossero le reincarnazioni di Stalin e Hitler, questo che cosa c'entra con te?"

Espira percettibilmente. "In tal caso, potresti portare con te Winnie? Mio fratello e i miei genitori si sono portati dietro i suoi fratelli. Sono sicuro che apprezzerà di essere riunita con la sua famiglia per una sera."

Guardo l'orsa, che è ignara della nostra conversazione. "I loro cani sono suoi parenti?"

"Beh, sì" risponde. "I cani di tutti i membri della mia famiglia provengono dalla stessa stirpe. Non te ne ho mai accennato prima?"

"No. Avevi detto soltanto che Winnie è della più pura razza misha."

"Ah, giusto. Colpa mia. Se è troppo disturbo, potrei..."

"La porterò" esclamo, anche se una parte di me si sta chiedendo se lui voglia che gli porti il cane per poter rompere con me, senza lasciarmelo in ostaggio.

Ma no! Chi ti chiederebbe di incontrare i suoi genitori, *prima* di rompere con te? Semmai, potrebbe rivolere con sé Winnie, perché pensa ancora che la sua famiglia mi spaventerà al punto di farmi allontanare.

"Ti manderò un messaggio con l'ora e il luogo" m'informa. "Grazie per essere così comprensiva."

Comprensiva, un corno! Sono così arrapata, che sto per strusciarmi contro il tavolo della cucina!

"A dopo" lo saluto e riattacco, prima che entriamo nel loop del "riattacca prima tu".

Poi, corro nella mia cabina armadio e cerco freneticamente un vestito che possa impressionare il male incarnato: alias, i suoi genitori.

Capitolo Trentasei

Quando io e Winnie usciamo dal taxi, Dragomir è in piedi all'ingresso del Doro, il ristorante più costoso della città. I suoi folti capelli scuri sono scompigliati dal vento, la barba è un po' più lunga del solito, e il suo fisico alto e muscoloso è fasciato da un completo casual, ma elegante, di jeans scuri e dolcevita avorio.

Un dolcevita!

Che gli ormoni mi aiutino! Potrei assalirlo sopra il tavolo, davanti alla sua famiglia.

Prima che io abbia il tempo di sbattere le palpebre, Winnie tira il guinzaglio con tutta la potenza di un'orsa affamata e per poco non mi fa inciampare, mentre mi trascina verso il suo padrone, al quale lecca la faccia come un cono gelato.

Osservo con invidia. Dev'essere bello essere un cane e avere questo comportamento socialmente accettabile.

Anch'io voglio leccargli la faccia (e tutto il resto!), ma a differenza di Winnie, devo aspettare.

"Vieni qui" mi dice Dragomir, dopo essersi liberato e ripulito il viso.

Sorridendo, mi avvicino per un abbraccio; questo si trasforma rapidamente in un bacio, che mi toglie il respiro e fa salire la mia eccitazione alle stelle.

"Gli altri sono già entrati" mormora, liberandosi con riluttanza dalle mie grinfie. "Sei pronta?"

Annuisco.

Posa la sua mano sulla parte bassa della mia schiena, mentre mi conduce all'interno del ristorante di lusso.

È sbagliato che io voglia leccare quella mano?

Una volta dentro, mi guardo intorno e fischio sottovoce. Con tutti quei quadri e quelle statue in esposizione, il corridoio di marmo dai soffitti alti che percorriamo mi ricorda il Metropolitan Museum of Art.

Come per accentuare l'associazione, veniamo accolti da due uscieri corpulenti con le uniformi più oltraggiose che io abbia mai visto: mantelli e bicorni dei Carabinieri, ma con i colori sgargianti e i pantaloni della Guardia Vaticana.

Interessante. Le recensioni del ristorante non menzionavano queste uniformi, ma devo ammettere che aggiungono un tocco di atmosfera. A parte i costumi buffi, questi tizi sembrano poter fungere anche da buttafuori, nel caso in cui qualcuno cerchi di scappare dai conti notoriamente astronomici di questo posto.

All'unisono, gli uscieri/buttafuori ci salutano educatamente con un cenno del capo e aprono le grandi porte che conducono alla sala da pranzo.

Mi si mozza il fiato.

In tutto il ristorante, soltanto due tavoli sono apparecchiati. Ad uno, sono sedute tre persone: molto probabilmente, Tigger e i genitori. All'altro (un tavolo leggermente più basso), ci sono due cani giganteschi, che mangiano da grandi ciotole.

"Un tavolo per cani?" chiedo con un sussurro, mentre la coda di Winnie si trasforma nel rotore di un elicottero, a quella vista.

Dragomir si stringe nelle spalle. "La mia famiglia tende a coccolare i propri cani."

Se il suo trattamento di Winnie ne è un esempio, "coccolare" potrebbe essere un eufemismo.

Affascinata, esamino tutti.

I cani al tavolo fanno sembrare Winnie un orso normale, al confronto. Uno ha una postura decisamente spocchiosa, nonostante la buffa acconciatura, che lo fa sembrare un cuscino ricavato da un grizzly; l'altro, invece, assomiglia a un panda, grazie alle macchie bianche e nere. E, per qualche ragione insondabile, indossa degli occhialini.

Gli esseri umani sono altrettanto interessanti. La madre di Dragomir è una bellezza pallida e dalle guance rotonde, che mi ricorda le donne ritratte dai pittori rinascimentali (un'impressione probabilmente influenzata dall'atmosfera del ristorante). Entrambi gli uomini al tavolo assomigliano inquietantemente a

Dragomir, anche se il padre ha i baffi e un'espressione scontrosa e acida, mentre gli occhi di Tigger brillano di tutta le marachelle che il fratello gli ha attribuito.

Con la mano ancora sulla mia schiena, Dragomir mi conduce al tavolo degli umani.

Si alzano tutti in piedi per salutarci.

"Gente, permettetemi di presentarvi Bella" annuncia Dragomir. "Bella, questa è mia madre, Bronislawa; mio padre, Stanislaus; e mio fratello, Anatolio."

Ripeto disperatamente tutti i nomi nella mia testa, per assicurarmi di ricordarli. Come altre parole ruskoviane, i nomi sono vagamente simili al russo, ma non del tutto uguali. I vampiri della narrativa russa potrebbero avere nomi simili.

Il sorriso del fratello è contagioso. "Piacere di conoscerti, Bella. Per favore, chiamami Tigger. Lo fanno tutti." Come Dragomir, parla un inglese americano privo di accenti.

La madre lancia a Tigger uno sguardo di disapprovazione. "Così informale" commenta, con un misto di accento britannico e slavo. "Questo paese ha una cattiva influenza sulle buone maniere. Prima di accorgercene, ci ritroveremo a tenere i coltelli con la mano sinistra!"

Oh, no! Coltelli nella mano sinistra? L'universo imploderebbe sicuramente.

Bronislawa mi esamina dalla testa ai piedi, aggrotta la fronte, poi allunga la mano in modo limpido, come se si aspettasse che gliela baciassi, in stile Padrino (o Papa?).

Io, invece, la colpisco goffamente con il pugno.

Lei mi guarda come se le avessi leccato la faccia.

Tigger trasforma la sua risatina in un colpo di tosse, mentre gli occhi di Dragomir si stropicciano agli angoli.

Bronislawa allontana la mano colpita dal pugno.

Il padre, Stanislaus, non proferisce parola per tutto il tempo; si limita a restarsene lì, accigliato.

Dragomir gli dice qualcosa in ruskoviano. Il padre mi guarda, inclina quasi impercettibilmente la testa, dice qualcosa in ruskoviano con fredda cortesia e si rimette a sedere.

Le uniche parole che riesco a distinguere sono "Bella" e "pozor", che in russo significa "disgrazia" o "disonore". Speriamo che in ruskoviano significhi qualcos'altro! A Praga, i cartelli che recitano "pozor" in realtà significano "avvertimento" (non che una tale scelta terminologica sia migliore, in una frase come "Piacere di conoscerti, Bella").

A giudicare dallo sguardo fulminante di Dragomir, il suo paparino potrebbe avermi detto qualcosa di perfido.

Oh beh, non conta, se non so di che cosa si tratti. Finora, i miei genitori sono peggiori. Nessuno qui si è lamentato dell'assenza di nipoti, né mi ha fatta vergognare per la mia passione nella vita.

"Nostro padre non parla inglese" mi sussurra

Tigger in modo cospiratorio, e ho la sensazione che intenda "non si degna di parlare inglese".

"Perché non portate Winnifred dai suoi parenti e poi vi unite a noi" dice imperiosamente Bronislawa.

Seguo Dragomir, mentre conduce Winnie al tavolo dei cani. Più ci avviciniamo, più lei si eccita e, quando siamo a pochi passi di distanza, il cane panda con gli occhialini si gira verso Winnie, abbaia e scodinzola.

"Quello è Caradog" mi spiega Dragomir, mentre loro si scambiano leccate di muso e annusate di culo. "È il fratello di Winnie e il migliore amico di Tigger."

"Avrei potuto indovinare" affermo. "Ma come mai quegli occhialini? Anche lui fa paracadutismo?"

Dragomir si stringe nelle spalle. "Potrebbe essere per migliorare la vista o per proteggere gli occhi sensibili. Dovremo chiedere a mio fratello."

Finito con Caradog, Winnie si rivolge all'orso spocchioso, che assomiglia a un cuscino.

La creatura finge che Winnie non esista.

"Quello è Gruffydd, il cane dei miei genitori" mi spiega Dragomir, alzando gli occhi al cielo. "È il padre di Caradog e Winnie."

Fortunatamente, Winnie ha la pelle dura e si riprende in fretta dallo sgarbo di Gruffydd (e, si spera, senza complessi paterni). Si limita a dare un'annusata d'addio al sedere di Caradog e prende posto a tavola, dove qualcosa di appetitoso e profumato sta già aspettando in una ciotola.

Mi viene l'acquolina in bocca e, questa volta, non solo

alla vista di Dragomir. Se quello che dovrebbe essere cibo per cani in questo ristorante ha un profumino così delizioso, il cibo per gli umani dev'essere divino.

Torniamo al tavolo degli umani e ci accomodiamo accanto a Tigger.

"Spero che non vi dispiaccia, ho ordinato il tagliere grande di formaggi" annuncia Tigger, sfregandosi le mani.

Come se stesse aspettando quell'annuncio, una persona con indosso lo stesso costume eccentrico dei buttafuori compare dalla cucina, reggendo un enorme vassoio di legno tra le mani.

Si scopre che quello è il tagliere di formaggi in questione, ed è il più grande piatto del genere che io abbia mai visto, con formaggi di ogni colore, odore e consistenza, da quelli molli a quelli duri come la roccia.

Stupido dolcevita! Il pensiero di qualcosa di "duro come la roccia" interrompe la mia concentrazione e mi fa accelerare il respiro.

No. Devo resistere! Non voglio che i suoi genitori pensino che io sia una ninfomane.

Borbottando qualcosa che potrebbe essere "grazie" in ruskoviano, Stanislaus prende un boccone di colore blu dall'aspetto ammuffito, che puzza come un esercito di piedi non lavati. Mentre lo afferra, vedo il suo volto di profilo, e qualcosa mi sembra vagamente familiare, anche se non riesco a capire perché.

Bronislawa si serve subito dopo, impiattandosi con grazia alcuni dei cinque diversi formaggi molli.

Aspetto che i prossimi siano Tigger e Dragomir, ma quest'ultimo spinge il piatto verso di me.

"Bronislawa" dico, facendo del mio meglio per sembrare l'angelo che non sono. "C'è un formaggio che mi consiglieresti?"

Ecco. Ramoscello d'ulivo.

"Il mio nome si pronuncia Bronislawa" mi corregge lei, ma per me suona esattamente come l'ho pronunciato io.

"Bro-nis-la-wa" enuncio con cura.

"No. È Bro-nis-la-wa." Di nuovo, lo pronuncia esattamente uguale a me.

Sapete una cosa? Quel ramo d'ulivo può infilarselo… "Grazie per avermi corretta. C'è una varietà di formaggio che pensi dovrei provare?"

Mi indica una fetta gialla, dall'aspetto malaticcio, sul bordo del piatto. "Perché non una banale americana?" Quello che sembra evitare di dire è: "Come te".

Sto per correggerla sulla mia nazionalità americana, quando sento Dragomir stringermi il ginocchio sotto il tavolo.

È pazzo? Tra il suo dolcevita e quella stretta, per un momento perdo la facoltà di ragionare.

Quando lo sbalzo ormonale retrocede, ricordo che ai ruskoviani non piacciono i russi (che è la nazionalità che stavo per attribuirmi).

Rivolgendo un falso sorriso a Bronislawa, prendo il formaggio americano e lo assaggio.

Wow! È così buono, che gemo di piacere. Sebbene

sia riconoscibile come uno di quelli che qualcuno potrebbe sciogliere sopra un hamburger, è l'esempio più gustoso del suo genere e, quindi, incredibilmente buono.

È come la forma platonica del formaggio americano: ciò a cui ogni altra fetta di questa sostanza ambisce, ma che non raggiunge mai.

Bronislawa sussurra qualcosa a Stanislaus in ruskoviano, e riconosco una parola: *shlyuha.*

In russo, significa *puttana.*

Che fosse un riferimento al mio gemito? Quante probabilità ci sono che quella parola significhi *santa* in ruskoviano?

Considerando i cipigli di Dragomir e Tigger, non molte.¹

Faccio una cosa piuttosto infantile. Fingo uno starnuto, che contiene due parole: *sama shlyuha.*

In russo, significa: *puttana sarai tu.*

Bronislawa sgrana gli occhi: il ruskoviano e il russo devono essere abbastanza simili, da permetterle di decifrare il suono del mio starnuto. Dragomir e Tigger sembrano reprimere dei sorrisini, mentre il padre ha l'espressione più dura che mai. Prima che qualcuno possa dire qualcosa, Tigger afferra animatamente un campione di ogni formaggio, mentre Dragomir va dritto verso una sostanza viola, che presumo sia anch'essa una qualche forma di pappa fermentata di mammifero.

"Pronta per la prossima portata?" mi chiede Tigger, dopo aver rapidamente divorato la sua porzione. "Le uniche avventure che posso concedermi, al momento, sono quelle culinarie."

Appena tutti annuiscono, lui batte le mani e un altro tizio vestito in modo buffo corre fuori dalla cucina, reggendo un vassoio gigante. Sopra, ci sono cinque bistecche con purè di patate e verdure assortite: una selezione piuttosto semplice, per un posto così elegante.

Aspetto che tutti inizino a mangiare, prima di tagliarmi un pezzo di carne e mettermelo in bocca.

Per tutte le stelle Michelin!

Un orgasmo gastronomico esplode nelle mie papille gustative.

Non ho idea di quale animale io abbia appena assaggiato, ma è deliziosamente morbido, perfettamente succoso e celestiale.

Mi godo il piacere, finché non scorgo Bronislawa fissarmi di nuovo con disapprovazione.

Che c'è?

Mi è sfuggito un altro gemito?

No, peggio!

Sto tenendo il coltello nella mano sinistra.

È ufficiale: sono una sporca barbara.

Capitolo Trentasette

rasferisco le posate da una mano all'altra e, nella speranza di coprire il mio passo falso, chiedo: "Che tipo di carne è questa?"

"Cerbiatto" risponde Tigger.

"Cervo" dice contemporaneamente Bronislawa.

Aspetto che qualcuno dimostri che stanno scherzando, ma non è così.

Fantastico. Ho appena goduto a mangiare Bambi.

Evitando la carne da quel momento in poi, provo il purè e le verdure, che (com'era prevedibile) si rivelano essere i migliori che io abbia mai mangiato.

"Non ti piace la carne, cara?" mi chiede Bronislawa.

"No, Bambi è delizioso" rispondo. "È solo che non ho molto appetito."

Lei inclina la testa. "Sei sicura che sia questo il motivo?"

"Quale altro potrebbe essere?"

Si stringe nelle spalle. "Mi chiedevo soltanto se stai attenta alla dieta."

Per poco non mi strozzo con un cavoletto di Bruxelles. "Mi scusi?"

Sta insinuando che io sia grassa?

Lei storce il naso. "Sembri una modella o un'attrice. Non stanno sempre attente a quello che mangiano?"

Dato il modo sgradevole in cui pronuncia le parole *modella* e *attrice*, tanto valeva che dicesse *svampita* e *puttana*.

Il lato positivo è che non mi ha definita grassa.

"Bella è un'imprenditrice" puntualizza Dragomir, con tono notevolmente più freddo. "Si è laureata al MIT, in effetti. Nel caso non lo sappiate, è l'università tecnica più selettiva al mondo, con un tasso di accettazione del sette per cento."

Vorrei quasi ringraziare Bronislawa per essere una stronza. Non avrei mai pensato che farmi difendere da un ragazzo potesse essere così eccitante! Dragomir si è appena guadagnato ogni genere di favori sessuali.

Aspettate, chi sto prendendo in giro? Tra quanto ero già arrapata e il suo dolcevita, metterò in atto tutti i trucchi che vuole in camera da letto, senza alcun bisogno che mi difenda.

"Tigger" dico, scegliendo di cambiare argomento, prima di andare in autocombustione, "conosci qualche avventura divertente a New York, possibilmente di quelle che non comportano rischi per la vita o per qualche arto?"

"Volo in mongolfiera" risponde Tigger senza

esitare. "Puoi saltare giù con un paracadute attaccato alla cesta. In questo modo, non c'è nemmeno bisogno di sapere come si usa."

Prosegue con altre idee su questa linea, e io fingo di essere interessata, anche se non proverei mai niente di tutto ciò nemmeno in un milione di anni. Il mio cranio mi piace integro, grazie tante.

Per passare il tempo, faccio scorrere furtivamente la mano sulla coscia di Dragomir, sotto la copertura del suo tovagliolo; poi, sempre più in alto, finché non sento l'Everest desiderare di balzargli fuori dai pantaloni.

La mascella di Dragomir si contrae, ma lui continua a mangiare la sua bistecca di Bambi, facendo del suo meglio per non lasciar trapelare nulla alla sua famiglia.

Impressionante.

Alla fine, ho pietà di entrambi e tiro via la mano.

Dal tavolo dei cani proviene un forte latrato. Ci giriamo tutti e vediamo un altro cameriere/buttafuori uscire di corsa dalla cucina, reggendo un altro vassoio.

Questa è una nuova definizione di viziati.

Per sfizio, proietto la voce vicino al muso di Winnie, rendendola burbera e fortemente accentata:

"Controllati, Caradog Gruffyddovich. Mangiare lo stufato di gatto troppo in fretta può causare bruciori di stomaco."

Tigger e Dragomir ridono, ma i genitori mi guardano come se mi fosse spuntato un capezzolo sulla fronte.

Da quel momento in poi, mangio in silenzio e,

quando il Bambi di tutti è stato divorato (tranne il mio), mi vibra il cellulare.

È un messaggio di Dragomir:

Lo ammetti, ora?

Mi assicuro che nessuno possa vedermi rispondere e scrivo:

Ammettere cosa?

Quando Dragomir sbircia di nascosto il telefono, alza gli occhi al cielo.

Ho vinto il concorso per i genitori peggiori?

Ci penso per mezzo secondo, poi rispondo con un netto *no*.

Quasi nello stesso momento, Bronislawa si sporge verso il marito ancora accigliato e blatera qualcosa in ruskoviano, lanciando di tanto in tanto degli sguardi nella mia direzione.

Riesco a distinguere un paio di parole e frasi che hanno un significato in russo: oltre al già citato *pozor*, ci sono "ribellione", "soltanto una fase" e "può aspirare a qualcosa di meglio".

Dragomir deve aver sentito, perché assume un'espressione livida e balza in piedi.

"Rinuncio al dessert" dichiara freddamente. "Sarà meglio andare."

Tigger lancia un'occhiata delusa ai genitori, poi si alza anche lui. "I medici mi hanno detto di non esagerare col cibo, perciò devo scappare anch'io."

Bronislawa rivolge ad entrambi i figli uno sguardo di disapprovazione. "Se proprio dovete."

"Un piacere, come sempre" dice Dragomir, con voce traboccante di sarcasmo.

Prendiamo Winnie e il suo fratello simile a un panda e usciamo.

Quando arriviamo alle porte lussuose che conducono fuori dalla sala da pranzo, Winnie emette quel suono lamentoso oramai familiare.

Dragomir non sembra averlo sentito.

Lancio un'occhiata furtiva alle mie spalle. Sia Bronislawa che Stanislaus mi stanno guardando male.

D'accordo. Era la loro ultima possibilità di evitare la mia vendetta, e l'hanno sprecata.

Fingendo che mi cada la borsetta, m'inginocchio per raccoglierla, traggo un respiro profondo e sussurro a Winnie: "Scatena il Kraken".

THPPTPHTPHPHHPH.

Dragomir sgrana gli occhi, mentre fissa il culo di Winnie che genera scoregge.

Con un sorrisetto da cane, Caradog emette una flatulenza ancora più forte (e non credevo che potesse superare quella di Winnie!).

L'espressione determinata di Dragomir mi ricorda i pompieri che si dirigono a combattere un incendio. Afferra saldamente per i gomiti me e Tigger e ci trascina fuori insieme ai cani, che stanno ancora scoreggiando.

Anche se sto trattenendo il respiro, mentre ci precipitiamo fuori dalla sala, il fetore riesce in qualche modo a penetrare i miei sensi, ed è così terribile, che inizio a pentirmi di ciò che ho fatto.

Con mio grande shock, anziché scappare per salvarsi, gli uscieri/buttafuori tirano fuori delle maschere antigas da qualche parte (forse dai pantaloni), le indossano e si fiondano dentro.

In lontananza, sento Bronislawa e Stanislaus avere dei conati di vomito e Gruffydd ululare… o scoreggiare anche lui. È difficile stabilire quale delle due.

Quando usciamo, i cani hanno fortunatamente esaurito il gas.

Tenendo un fazzoletto sopra il naso, Dragomir chiama con cenno la sua limousine/camper. Deve aver girato intorno all'isolato per tutto questo tempo.

Con uno stridore di gomme, il veicolo si ferma e noi saliamo.

"Fyodor, a tutta birra" esclama Tigger.

Quando il camper si lancia in avanti, tutti riprendono finalmente a respirare in modo normale, tranne i cani. Loro si sono goduti l'aroma per tutto il tempo.

Dopo aver ripreso fiato, Tigger inizia a ridacchiare. "Ti immagini la faccia della mamma?"

Dragomir arriccia gli occhi, e tutti e tre scoppiamo a ridere.

"Dove siamo diretti?" chiedo infine.

"Un bar?" propone Tigger.

"No" risponde severamente Dragomir. "Sei ancora in convalescenza, quindi ti lasceremo al tuo hotel."

Non lo dice, ma sono sicura che la prossima fermata sia uno dei nostri appartamenti. Almeno, sarà meglio che sia così.

Tigger propone un mucchio di alternative al tornare a casa, ma Dragomir le respinge tutte.

Si scopre che l'hotel di Tigger si trova solo a un paio di isolati dal mio appartamento. "Gliel'ho raccomandato io" mi spiega Dragomir, dopo aver accompagnato il fratello. "Ci sono stato di recente, perché il mio appartamento doveva essere disinfestato. In realtà, è stato quando ci siamo incontrati per la prima volta."

Ah! Questo spiega perché io l'abbia incontrato soltanto quella volta al parco.

Il camper si ferma vicino al mio edificio.

Il cuore comincia a martellarmi selvaggiamente nel petto. "Ti va di salire... per una tazza di tè?"

Lo sguardo che mi rivolge Dragomir sembra dire: "Ti pare che ci sia bisogno di chiederlo?"

Mi mordo il labbro. "Andiamo, allora."

Arruffando il pelo di Winnie, lui le dice: "Fyodor ti porterà a casa. Ci vediamo domani."

Domani? Ha intenzione di passare la notte da me? Il mio battito cardiaco è a livelli da attacco di panico, mentre usciamo e ci affrettiamo verso il mio appartamento.

Quando entriamo, Boner ci lancia uno sguardo deluso. *"Ma chérie, dov'è ma petite?"*

"Un secondo" dico a Dragomir, e porto Boner in cucina, dove gli do una ciotola del suo cibo preferito per distrarlo dall'assenza della sua amata.

Quando Boner sta sgranocchiando felicemente, torno indietro di corsa, prendo Dragomir per mano, lo trascino nella mia camera da letto e chiudo la porta a chiave.

Ignorando l'arredamento romantico della stanza, Dragomir mi guarda con una voglia che eguaglia la mia.

Per qualche istante, ci fissiamo l'un l'altra con uno sguardo in stile pistolero. Poi, ci saltiamo addosso.

Le nostre labbra si incontrano in un bacio profondo e selvaggio, e nel mio ventre i bruchi si trasformano in farfalle arrapate. La stanza ci gira intorno, come se fossimo in un attrezzo da addestramento della NASA.

Ci strappiamo i vestiti di dosso a vicenda, senza interrompere il bacio, e io sono vagamente consapevole che potrei avergli lacerato il dolcevita.

Amen! Gli procurerò decine di rimpiazzi.

Con un ringhio che suona come "sei fottuta, scoiattolina", Dragomir mi solleva tra le braccia, poi mi stende sul letto e si ferma a passare lo sguardo caldo sul mio corpo nudo.

Ebbra per l'aspettativa, lo divoro con gli occhi a mia volta: ogni suo muscolo scolpito, ogni lineamento che mi fa venire l'acquolina in bocca e, infine, ma sicuramente non meno importante, la gloria montuosa dell'Everest.

Quando il suo sguardo torna finalmente sul mio viso, i suoi occhi sono del colore più scuro che io abbia mai visto. Flettendo i muscoli con una grazia da pantera, mi raggiunge sul letto.

Finalmente!

Ci siamo!

Capitolo Trentotto

*M*i bacia il collo. O meglio, lo succhia.

Io gli graffio la schiena con le unghie.

Sposta il bacio sul mio capezzolo sinistro e me lo mordicchia, finché non gemo di piacere.

Posso sentire il suo sorriso soddisfatto sul mio capezzolo. Poi, la sua lingua scende lungo il mio seno, oltre l'ombelico e più giù, fino al mio clitoride impaziente.

Dopo tutta la tensione, il piacere è indescrivibile. In confronto alla sua lingua, il mio dispositivo di succhiamento del clitoride fa schifo.

Roteo gli occhi all'indietro.

Se le lingue potessero fare il test del quoziente d'intelligenza, sono sicura che quella di Dragomir rientrerebbe nella fascia dei duecento, insieme agli altri geni, da quanto è subdolamente astuta.

Che mi stia stuzzicando?

Al diavolo!

Gli impugno i capelli per tenerlo fermo, e mi struscio contro la sua lingua.

Bingo!

L'orgasmo si schianta in ogni mia cellula nervosa, e io grido il suo nome.

Quando alza lo sguardo, sul suo volto c'è un'espressione compiaciuta.

Mi stava *davvero* stuzzicando. Diabolico.

Con un ringhio gutturale, lo attiro in un bacio profondo, gustando il mio sapore sulle sue labbra, mentre inizio ad accarezzare l'Everest con le mani.

Sfiorarlo lievemente, cioè. Stuzzicare è un gioco a cui si può giocare in due.

Lui s'irrigidisce, in tutti i sensi della parola.

Imitando i suoi movimenti precedenti, faccio scivolare la lingua lungo il suo collo, scendo più in basso verso il suo capezzolo destro, circondo l'areola in modo super-stuzzicante, poi do un leggero morso alla punta.

Sia l'Everest sia il capezzolo s'induriscono, ed io continuo il mio tragitto più in basso, sopra i suoi addominali scolpiti e lungo la linea di peli pubici, fino a raggiungere i testicoli.

Con un ghigno diabolico, ci do una leccata da gattina.

Le palle si tendono per l'eccitazione.

Ecco fatto. Do all'Everest una leccata lenta e vengo ricompensata con una contrazione tale, che avrebbe provocato una frana, se questa fosse stata una vera montagna.

Le sue mani mi afferrano i capelli, e il suo respiro diventa affannoso. "Cazzo, ti voglio così tanto."

Scruto l'Everest, mentre il mio stesso respiro diventa irregolare per l'eccitazione. L'ultima volta che l'ho preso tutto in bocca non è andata molto bene. Ma voglio riprovarci comunque. Di sicuro, era stato l'alcol nel mio organismo a mettermi nei guai, non il mio riflesso faringeo.

Tuttavia, in parte per stuzzicarlo e in parte per precauzione, lo prendo con cautela, lentamente; la pelle liscia come la seta è dura e calda sulla mia lingua.

È appena diventato ancora più grosso e duro? Rimarrà del sangue per far funzionare il resto del corpo di Dragomir?

Lui geme, e io procedo euforicamente. Avendo giocato a distanza con l'Everest per settimane, ho imparato esattamente cosa lo fa scattare, e ora metto in pratica questa conoscenza carnale, portando Dragomir a grugnire il mio nome dal piacere.

Il problema di stuzzicare, quando si è arrapati come me, è che si tortura se stessi tanto quanto la propria vittima.

Quando la voglia pulsante nel mio intimo aumenta in modo insopportabile, guardo nei suoi occhi ambrati. "Ti voglio dentro di me."

Lui si muove come un turbine. Prima che io abbia il tempo di fare un altro respiro, mi ha messa in ginocchio.

Questa sì, che è una vera abilità di maneggiamento!

Lecca la mia apertura da dietro, infilando la lingua nella mia fessura per un paio di centimetri.

Wow!

Così sconcio. Così sexy.

"Sei pronta, scoiattolina?"

Riesco solo a piagnucolare.

Lui preme delicatamente l'Everest dentro di me.

Santissima scalata di montagna!

Per quanto io sia pronta, c'è un momento in cui la dilatazione è fastidiosa. Per fortuna, passa rapidamente, sostituito dalla beatitudine.

Lui mi afferra le natiche in modo possessivo, divaricandole.

Ok, la cosa si fa sempre più eccitante.

Ansimando, guardo alle mie spalle.

I suoi occhi ardono di desiderio e il suo corpo nudo è assolutamente glorioso: mi ricorda la statua di un dio greco.

Le prime spinte sono lente e delicate.

Indietreggio verso di lui, desiderando impazientemente un ritmo più serrato e sensazioni più acute.

Le sue mani callose mi stringono le natiche e le sue spinte diventano più bramose, più urgenti.

Impugno le lenzuola.

Lui accelera.

I miei gemiti di piacere si trasformano in urla, mentre la tensione nel mio intimo cresce a dismisura.

Gridando il suo nome, vengo. Nello stesso tempo,

lui spinge ancora più a fondo e, mentre geme di piacere, lo sento liberarsi dentro di me con una calda esplosione.

Mollando la presa sul mio culo, mi abbraccia da dietro.

Crollo sul letto. Lui mi lascia andare con riluttanza, e io uso la poca forza che mi rimane per girarmi a guardarlo.

Si stende accanto a me, sorreggendosi sul gomito. Anche se respira ancora affannosamente, c'è un'espressione tenera sul suo viso splendidamente cesellato.

"È stato incredibile" mormoro, sentendomi all'improvviso insolitamente timida.

Lui mi scosta una ciocca di capelli dalla fronte. "*Tu* sei incredibile."

Arrossendo, tocco una goccia di sudore che gli sta scivolando lungo il deltoide contratto. "Rimani qui stanotte, vero?"

Quello che vorrei chiedergli realmente è: "Rimani qui per sempre? Pensi che questa cosa tra di noi, qualunque cosa sia, possa funzionare?"

Il suo sguardo si addolcisce. "Se mi vorrai, resterò stanotte... e domani, e la notte successiva."

Wow! Siamo sulla stessa lunghezza d'onda? Vorrei sondare ulteriormente il terreno, ma ho paura di farlo. Nell'euforia che segue il sesso, gli uomini dicono ogni genere di cose che non pensano.

Con uno sforzo, raccolgo le idee. "Credo di aver

bisogno di una doccia." Le parole mi escono più seducenti di quanto avessi voluto.

Lui socchiude gli occhi. "Ti porto io."

Abbinando le azioni alle parole, si alza, mi carica sulle sue spalle e si dirige con decisione verso la doccia.

Mentre mi godo il calore dell'acqua che scende su di noi, Dragomir comincia a insaponarmi.

Una ragazza può abituarsi a questo trattamento.

Quando sono bella insaponata, mi risciacqua, poi mi lava i capelli, con un massaggio alla testa che mi induce a gemere (e che renderebbe orgogliosi i migliori parrucchieri).

È ufficiale: voglio tenere quest'uomo come mio schiavo del benessere.

E come schiavo del sesso, ovviamente.

Con un sorriso malizioso, inizio a restituirgli il favore.

Accidenti! Insaponare i suoi muscoli duri mi eccita di nuovo e, a giudicare dalla reazione dell'Everest alle mie cure, anche Dragomir potrebbe essere propenso a un altro round.

"Puoi mettermi la crema idratante sulla schiena?" gli chiedo, mentre mi asciugo. "Mi si secca la pelle, senza."

Lui mi guarda con apprezzamento. "Ora?"

"In camera da letto." Conferisco alle mie parole una promessa carnale, poi afferro il flaconcino di lozione con una mano e l'Everest con l'altra.

Lui sgrana gli occhi, mentre lo conduco delicatamente fuori in quel modo.

"Ho sempre voluto tenere un ragazzo per le palle, così letteralmente" dichiaro con voce sensuale. "Non avevo accesso a una vittima delle dimensioni adeguate, fino ad ora."

L'Everest pulsa nella mia mano.

"Lieto di esserti utile" ringhia Dragomir.

Quando raggiungiamo la camera, lascio andare l'Everest e salto sul letto, con il culo all'insù. "Sono pronta."

Si schiarisce la gola. "Per la crema?"

Voltandomi, fingo di stringere le mie perle inesistenti. "Che altro?"

Afferra bruscamente la lozione, e io mi giro di spalle, col battito cardiaco che accelera.

Invece di saltarmi addosso (che è quello che mi aspettavo), lo sento spremere il flaconcino.

Oh mio Dio!

Anziché limitarsi a spalmarmi la crema idratante, si imbarca in un vero e proprio massaggio erotico, iniziando dalle spalle, scendendo lungo la schiena e le gambe, per finire con un massaggio orgasmico ai piedi.

"Ci sarà un happy ending?" gli chiedo con voce roca, quando esaurisce le parti del corpo a cui dedicare un trattamento benessere.

Mi fa girare.

"Prima, devo spalmarti la crema sul davanti."

Di nuovo a stuzzicarmi? Suppongo di aver cominciato io.

Il suo tentativo ha decisamente successo. Quando

ha finito di massaggiarmi la lozione sui seni, sono pronta ad implorare il suo cazzo in ginocchio.

Muovendosi con la sua tipica grazia atletica, mette da parte la lozione e copre il mio corpo con il suo.

Mentre l'Everest si protende contro il mio ventre, prendo fiato per iniziare quell'implorazione... ma, prima che io possa dire una parola, lui china la testa, sfiorandomi l'orecchio con le labbra.

"*Adesso* puoi avere quell'happy ending" sussurra.

Diamine, sì!

Afferro l'Everest e lo ficco dentro di me, ignorando la dilatazione iniziale quasi dolorosa.

Oh, sì! Che bella sensazione!

Dragomir assume il controllo da lì in poi, e le sue spinte sono lente e sensuali.

Vuole ancora stuzzicarmi?

Mi guarda negli occhi e intreccia le dita con le mie.

Ok... Dunque, niente stuzzicamenti.

Mi piace.

Se l'ultima sessione era meglio descritta come una scopata selvaggia, questa sembra tutt'altra cosa.

Mi viene in mente l'espressione "fare l'amore", ma la bandisco, per ora; non sono pronta a valutare i sentimenti e a etichettare le cose, nel bel mezzo di una tale beatitudine.

Lui accelera gradualmente, e io mi dimentico della terminologia insidiosa, mentre un orgasmo due volte più forte dell'ultimo mi attraversa, costringendomi a urlare. Di nuovo.

Voglio che anche lui concluda, quindi faccio buon

uso dei miei muscoli ben allenati con le palline di Kegel, e stringo l'Everest con tutte le mie forze.

Dilatando le narici, Dragomir viene di nuovo, poi mi abbraccia forte, come se non volesse mai lasciarmi andare. Affondo il viso contro il suo collo, inalando il suo caldo profumo di maschio.

Accidenti, quest'uomo è tutto.

"Un'altra doccia?" gli chiedo con un sussurro, dopo quella che sembra un'ora di produzione intensiva di ossitocina.

"Non sono sicuro che dovremmo prenderci la briga." Mi palpa il seno sinistro, e sento l'Everest crescere ancora una volta: un'impresa che non ritenevo fisicamente possibile. "Che ne dici di portare qui tutti i tuoi sex toys, così possiamo giocare?" continua.

Immediatamente arrapata come un ragazzo adolescente Amish che abbia scoperto Pornhub nel suo Rumspringa, mi affretto a obbedire e porto *tutti* i giocattoli che possiedo.

Mentre li scarico sul letto, mi rendo conto che la pila è enorme.

Sospettosamente enorme.

Ops!

Con mio sollievo, Dragomir non solleva nemmeno un sopracciglio (come se fosse abituato alle donne che possiedono abbastanza sex toys, da riempire un negozio per adulti).

Dovrei dirgli che li ho realizzati io?

Lo vorrei davvero, davvero tanto.

Prima che io possa pronunciare una parola,

Dragomir prende un vibratore che gli piace, preme il pulsante "On" e mi tocca con quello.

Non fa niente. Potrò sempre confessare, quando non sarò sull'orlo di un altro orgasmo.

O un altro.

O un altro ancora.

Dopo circa dieci, smetto di tenere il conto. So soltanto che il sole sta sorgendo, quando finalmente ci addormentiamo, aggrovigliati insieme in un abbraccio sudato.

Capitolo Trentanove

"Scoiattolina, devo andare al lavoro" dice una voce da lontano.

A malincuore, mi sforzo di aprire le mie palpebre pesanti.

A giudicare dalla luce del sole nella stanza, il mio solito orario di sveglia è passato da un pezzo.

Dragomir è in piedi accanto al letto, vestito con un completo.

Mmm. Fyodor gliel'ha consegnato stamattina, o lui si è svegliato un bel po' di tempo fa ed è andato a fare shopping con i brandelli dei vestiti di ieri?

"Mi dispiace" dice. "Devo proprio scappare."

Oh, giusto. Quello. Anche se il mio cervello non è completamente funzionante, spingo giù le coperte per esporre il mio corpo il più possibile. "Sei sicuro di dover proprio andare?"

Un muscolo della sua mascella si contrae. "Non vorrei. Ma, per colpa del viaggio, sono molto indietro con alcuni progetti. Ho già saltato tutte le riunioni non essenziali di oggi, ma le prossime riguardano investimenti d'importanza critica."

Merda! Mi ero completamente dimenticata di essere andata a letto con un potenziale investitore.

Beh, ormai è fatta, suppongo.

"D'accordo, vai" gli dico con un finto broncio, e mi copro. "Ti *farai perdonare* per questo, al tuo ritorno."

"Oh, lo farò, eccome." I suoi occhi sono pieni di un calore rovente. "Nel frattempo, ti ho lasciato la colazione in cucina. Dovresti mangiare e riposare ancora un po'. Avrai bisogno di energie, quando tornerò per espiare i miei peccati."

Detto questo, esce dalla stanza, lasciandomi arrossita e ansimante.

Dopo essermi rinfrescata, prendo in considerazione di tornare a dormire, ma il mio stomaco brontola, perciò vado a controllare la colazione.

Wow! Dragomir non ha tralasciato nulla. Sopra il tavolo, ci sono uova alla Benedict, waffle, cinque tipi di marmellata, una caraffa di succo d'arancia appena spremuto, una teiera e un grande caffè.

Diceva sul serio, con tutta quella storia del "recuperare le energie".

Prima di mangiare, riempio la ciotola di Boner e lo chiamo.

Il piccoletto arranca nella stanza e si guarda intorno, come se sperasse di vedere qualcosa. Non trovando ciò che sperava, abbassa la testolina e inizia a mangiare svogliatamente.

Oh! Deve sentire la mancanza di Winnie. Chiederò a Dragomir di portarla presto, per rallegrarlo.

Dopo essermi riempita di cibo in quantità sufficiente a sostentarmi per le prossime due notti di orgasmi non-stop, porto Boner a fare una passeggiata.

Non è affatto come al solito. Annusando nostalgicamente ogni zona d'erba su cui Winnie ha fatto pipì, ignora tutti gli altri cani che incontriamo ed è pronto a tornare indietro in un quarto del tempo abituale.

A casa, Boner riesce a sembrare infelice persino mentre beve l'acqua (e questo richiede abilità di recitazione, specialmente per un chihuahua dalle orecchie all'insù).

"*Ma chérie*, non posso andare avanti ancora a lungo senza *ma petite*. Se lei non torna, mi getterò giù dal frigorifero."

Tiro fuori il cellulare e mando un messaggio a Dragomir:

Facciamo incontrare i nostri cani al più presto.

Mentre aspetto una risposta, sposto la sedia della cucina lontano dal frigorifero, per sicurezza.

Come al solito, Dragomir non ci mette molto a rispondermi.

Posso farli portare a spasso insieme da Fyodor stasera.

Comunico la buona notizia a Boner e scrivo a Dragomir che la passeggiata insieme è un'ottima idea.

Soddisfatti i bisogni del mio cane, mi concedo di sbadigliare. Sonoramente.

Gli effetti del non aver dormito tutta la notte iniziano a farsi sentire.

Beh, il bello di avere una propria attività (per lo meno, una gestita a distanza come la mia) è che puoi prenderti un giorno di riposo quando vuoi.

Oggi, lo voglio.

Individuo una mascherina per dormire, ma il mio cellulare suona prima che io possa spegnerlo.

È una chiamata di Vlad.

Dato che non ci parliamo da una vita, rispondo.

"Ehi, ciao" lo saluto con un sorriso.

"Ehi, sorellina. Come vanno le cose?"

"Alla grande. Dragomir è tornato."

"Ah, finalmente. Quando?"

Lo aggiorno sugli eventi recenti. Quando arrivo alla cena di ieri sera, lui mi chiede di ripetergli un paio di volte i nomi del fratello, dei genitori e persino dei cani, come se stesse prendendo appunti.

Chiaramente, ha ancora intenzione di indagare su Dragomir, come previsto dai nostri piani precedenti. Io non rettifico, però. Anzi, fingo di aver dimenticato tutto. Sarà sciocco, ma questo mi aiuta a gestire il senso di colpa che mi attanaglia. Ho imparato a conoscere Dragomir, mi sono guadagnata la sua fiducia e, quindi, dovrei rispettare la sua privacy. Inoltre, c'è anche questo fattore: sono arrivata al punto di tenerci così tanto a lui, che ho paura di venire a sapere qualcosa di losco.

No, questi sono discorsi assurdi. Per lo meno, il senso di colpa è facile da allontanare con la razionalità.

Se Vlad indaga senza che io lo esorti a farlo, come può essere colpa mia? Voglio dire, potrei fermarlo, ma ficcanasare gli piace così tanto, che potrebbe farlo comunque, anche se gli chiedessi di evitare.

Ecco. Venire a patti con la mia coscienza non è mai stato così facile. Potrei essere sulla buona strada per diventare una sociopatica.

"Ci sei?" mi chiede Vlad, distraendomi dalla mia fantasticheria.

"Scusa. Come te la passi?"

"Lavoro troppo" risponde. "Ma questo sta per cambiare. Io e Fanny andiamo in campeggio."

Allontano il telefono dall'orecchio e lo fisso con aria perplessa. "Campeggio? Del tipo tende, zecche, insetti su per il culo… tutto questo?"

"Non ti sto mica chiedendo di venire con noi" afferma, quando riporto il telefono all'orecchio. Riesco quasi a sentirlo roteare gli occhi dall'altra parte della linea. "È un'idea di Fannychka. Si è presa una giornata libera e vuole un'avventura che ci permetta di staccare completamente la spina dalla routine quotidiana per un giorno e una notte."

Mi gratto la testa. "Penso che voglia solo stare da sola nel bosco con te, il suo paladino grande e forte."

"E che c'è di male?"

"Scusami, divertiti" gli auguro, e gli risparmio la mia filippica su come potrebbe raggiungere un obbiettivo simile, procurando ad entrambi dei tappi per le orecchie, spegnendo il router Wi-Fi e ficcando il cellulare nel microonde. "Come vanno le cose tra voi due? Il campeggio sembra un grande passo... almeno a me."

"Alla grande" risponde e (dato che mio fratello è normalmente riluttante a condividere i propri sentimenti) queste parole mi sbalordiscono. Finché lui non continua, dicendo: "Penso che lei sia quella giusta. Capisci?"

Per qualche motivo, dei cangianti occhi nocciola mi balenano nella mente. "Sì. Credo di sapere esattamente cosa intendi."

Si schiarisce la gola. Credo si sia appena reso conto di aver oltrepassato la sua quota di condivisione emotiva per questo secolo. "Devo ancora fare i bagagli per il viaggio di stasera, quindi è meglio che mi metta all'opera."

"Divertitevi. E tenetevi alla larga dagli orsi!"

Riattacca con una risatina.

Sorrido al telefono. Quando ho chiesto a Vlad di aiutarmi con l'applicazione per i sex toys teledildonici, l'ultima cosa che mi aspettavo era che lui trovasse la sua anima gemella.

Sentendomi calda e soddisfatta, sbadiglio ancora una volta.

Giusto. Troppo sesso e troppo poco sonno.

Mi metto la mascherina per dormire e, non appena la mia testa tocca il cuscino, mi addormento.

———

Il mio stupido campanello suona, svegliandomi da un sogno erotico che aveva come protagonista Dragomir, con indosso un dolcevita di spandex, armato di sex toys futuristici (che spero di poter ricreare, la prossima volta che mi metterò al lavoro).

Il rumore continua, mentre mi infilo una vestaglia e vado alla porta, scavalcando Boner, che è più eccitato di quanto non lo vedessi da anni. "Chi è?"

"Fyodor" risponde una voce, che sembra proprio quella del maggiordomo di Dragomir. "Chiedo scusa, ho con me Lady Winnifred, che è impaziente di occuparsi dei propri bisogni fisiologici."

Lady Winnifred? Non ha mai assistito a una sessione del Kraken?

Come per confermare, Winnie abbaia, e Boner impazzisce ancora di più per la gioia. I feromoni dell'orsa lo stanno mandando fuori di testa.

"Un secondo" dico, e mi precipito a rendermi più presentabile, prima di tornare con il guinzaglio di Boner.

Quando la porta si apre, c'è un frenetico abbaiare, annusarsi il sedere e leccarsi il muso.

"*Ma petite*! Il *destin* ti ha fatta tornare da me."

Porgo il guinzaglio a Fyodor. "Grazie."

Lui annuisce con il suo modo di fare da maggiordomo, e se ne va.

Controllo il cellulare.

Sì. Dragomir mi aveva avvisata di questa intrusione. Suppongo non mi ritenesse così pigra, da dormire per mezza giornata.

C'è anche un messaggio di Fyodor:

Sto arrivando.

Dovrò insegnargli ad aspettare una risposta, prima di presentarsi alla porta, la prossima volta. Avrei potuto essere fuori. Ripensandoci, non vorrei che Boner si perdesse del tempo con Winnie per colpa mia, quindi forse darò a Dragomir una copia delle mie chiavi... rigorosamente per Fyodor, si intende, ovvio.

Un messaggio in segreteria da parte di Vlad cattura la mia attenzione. Ha provato a chiamarmi un'ora fa.

Ehi, sorellina. Ho finalmente scoperto qualcosa su Dragomir. Richiamami al più presto. Vorrai sentirla, questa.

Merda!

Mi tremano visibilmente le mani, mentre compongo freneticamente il numero di Vlad.

Mi risponde la sua segreteria telefonica.

Gli scrivo di chiamarmi *subito* e aspetto un minuto di stressante attesa.

Poi, un altro.

Poi, una mezz'ora.

Il campanello suona. È Fyodor. Mi porge il guinzaglio di Boner e se ne va, prima che io possa parlargli del protocollo per la prossima volta (o porgli delle domande mirate su Dragomir).

Liberato dal guinzaglio, Boner si dirige verso il suo sex toy, Remy, e comincia a ingropparlo.

Questo significa che Winnie non gliel'ha data? Pensavo che avrebbe potuto... la distanza rende più affettuosi anche i cuori dei cani. Ripensandoci, per quanto ne so, forse lei l'ha fatto, ma lui è diventato allupato e ha bisogno di sfogare il resto della voglia.

Dopo aver concluso con Remy, Boner si sdraia, chiude gli occhi, soddisfatto, e inizia a russare lievemente.

Ancora nessun segno di Vlad.

Ma che diavolo?

Poi, mi torna in mente. La stupida escursione in campeggio! Probabilmente è già lì, senza segnale telefonico.

Dannazione! Che cosa avrà scoperto?

Comincio a camminare avanti e indietro, mentre le mie precedenti preoccupazioni su Dragomir riaffiorano.

Tuttora, lui si comporta in modo evasivo su certi argomenti. La scoperta di Vlad sarà legata a questo? Se sì, di che cosa si tratta?

Dragomir ha giurato sulla vita di suo fratello di non avere un'altra donna (à la Marco), ma se fosse stata una bugia?

Inoltre, non mi ha mai dato una spiegazione per quel detective privato con la macchina fotografica. Di che cosa si trattava? E perché Dragomir ha usato monete d'oro con il veterinario? Che provenga dalla malavita, in fin dei conti?

Tante domande, nessuna risposta.

Fisso torvo il mio telefono. Vlad ha detto che avrebbero passato la notte in campeggio. Significa che anche domani faranno camminate nella foresta?

Quanto tempo dovrò aspettare, prima di apprendere qualsiasi notizia abbia scoperto?

Smetto di camminare avanti e indietro, e chiamo Xenia.

"Dovresti chiedere al diretto interessato" mi consiglia la mia amica, dopo essere stata completamente aggiornata.

"Interrogare Dragomir. Come se niente fosse?"

"Già. Così, avrai delle risposte oggi stesso."

"Forse…"

"Niente forse. Fallo e basta."

"D'accordo" dico con un sospiro.

"Bene. Ora che questo è sistemato, raccontami del sesso."

Lo faccio, e riesco quasi a visualizzarla prendere il vibratore che le ho regalato, per poi giurare che non lo farebbe mai.

"Come ti sta trattando Toy Boy?" le chiedo, quando mi rendo conto di aver parlato di me ininterrottamente. "Hai anche tu delle storie da condividere?"

"Lo sai che non rivelo certi dettagli" dichiara Xenia, con mia grande irritazione.

"No, non lo so" mento.

"Certe cose sono private" dice, sulla difensiva.

"Io ti ho appena raccontato tutto. Mai sentito parlare di quid pro quo?"

"A te non dà fastidio parlare di queste cose. A me sì."

"Sei una pippa."

"Le faccio, quelle." Ridacchia come una ragazzina. "A Toy Boy. Contenta, ora?"

In realtà, l'immagine che ho adesso in mente potrebbe rovinarmi il Natale per sempre, quindi forse è meglio che lei abbia deciso di non condividere troppo.

Il mio telefono emette un cinguettio, che fa sussultare il mio cuore.

"Ho appena ricevuto un messaggio di Dragomir" la informo, senza fiato.

"Va' a vedere che cosa dice. Se dovesse avere sul serio un'altra donna, ti aiuterò a fargli il culo."

"Affare fatto" dico, e riattacco.

Il messaggio di Dragomir non fa luce su nulla. Recita semplicemente:

Lavorerò fino a tardi. Per favore, cena senza di me.

Grr.

Faccio come dice, poi guardo *Frozen* per calmarmi.

Il campanello suona.

Mentre mi precipito ad aprire, mi frullano in testa delle domande mirate.

Non appena poso gli occhi su Dragomir, però, quelle domande mi muoiono sulle labbra.

Che diavolo!

Indossa un dolcevita nero aderente.

Dev'essersi cambiato, prima di venire qui.

A meno che... questo non sia un altro sogno erotico?

Una volta entrato, mi tira a sé e preme la bocca sulla mia, divorandomi con le labbra e la lingua, mentre le sue mani mi stringono e palpano il culo.

Ok. È reale.

Domande? Quali domande?

Baciandoci come se le nostre vite dipendessero da questo, arranchiamo verso la mia camera da letto, lasciandoci alle spalle i vestiti come nella versione porno di Hansel e Gretel (senza l'incesto).

Non appena cadiamo sul letto, inizia una ripetizione delle attività sessuali della notte scorsa, solo che (incredibilmente!) stavolta è ancora più intensa.

Alle quattro del mattino, ho avuto così tanti orgasmi, da rientrare nel Guinness dei Primati, e mi sento come un'arancia spremuta, che è stata investita da un camion.

Ok. Ora che il sesso è finito, gli chiederò quello che volevo chiedergli.

Sbadiglio così forte, che quasi mi slogo la mascella.

Magri, parleremo dopo che avrò appoggiato la testa sulla sua spalla?

Già. Questo è il piano.

Mi accoccolo addosso a lui e chiudo gli occhi.

————

Mi sveglio per colpa dello stupido sole sulla faccia.

Dragomir non si vede da nessuna parte, ma c'è un bigliettino sopra il comò:

Non volevo svegliarti, ma dovevo scappare di nuovo. Potrei fare tardi anche stasera. Goditi la colazione e raccogli le forze.

Dragomir.

Goditi la colazione, un corno!

Non ho affrontato la conversazione, e adesso mi tocca aspettare fino a sera?

In realtà, è meglio che Vlad si faccia vivo prima.

Sforzandomi di tenere a freno la frustrazione, mangio il delizioso banchetto che Dragomir ha preparato (con l'obiettivo evidente di farmi ingrassare). Poi, porto fuori Boner a passeggio e cerco di fare un altro pisolino.

Niente da fare.

Le domande m'impediscono di addormentarmi, perciò incanalo l'energia ansiosa nel lavoro.

Quando mi viene fame, mi faccio un panino, ma prima che possa addentarlo, mi squilla il cellulare.

Potrebbe essere?

Sì!

Finalmente.

È Vlad.

Sto per scoprire il segreto di Dragomir.

Capitolo Quaranta

"Chi fa una cosa simile?" chiedo a Vlad, non appena sento la sua voce. "Come hai potuto lasciarmi un messaggio in segreteria così, e poi sparire dalla faccia della terra?"

"Mi dispiace" si scusa, ma non sembra che lo pensi davvero. "Non era il genere d'informazione di cui volevo discutere per telefono."

Stringo gli occhi. "Oh, no, non se ne parla. Non mi costringerai a venire nel tuo ufficio. Anzi, se mi fai aspettare un secondo di più, te ne farò pentire. Ricordi il mio decimo compleanno?"

"Calmati. Facciamo almeno una videochiamata. Se non altro, quelle app fingono di preoccuparsi della privacy quanto basta, da usare la crittografia."

Stringendo i denti, riattacco e faccio partire il video.

"Sputa il rospo" dico, non appena vedo la faccia di Vlad. "Subito."

"D'accordo, le cose stanno così. Mentre aspettavo che Fanny si preparasse, ho fatto qualche ricerca con l'aiuto dei nomi che mi hai dato."

Stringo gli occhi. "E?"

"E ho fatto una grossa scoperta."

"E?" La mia voce aumenta di volume.

"E ho scoperto chi sia lui veramente. *Che cosa* sia."

"*Che cosa* è? Se dici 'un lupo mannaro' o fai qualche altra battuta, ti strozzo."

Si avvicina alla fotocamera. "La verità potrebbe davvero sembrare uno scherzo, ma ti assicuro che non lo è. Mi ci sto ancora abituando, ad essere onesto."

Provo una sensazione di vuoto alla bocca dello stomaco. "Che cos'è?"

"*Knyaz*" annuncia Vlad solennemente.

Sbatto le palpebre. "Che cos'hai detto?"

"*Velikiy knyaz.*"

Sbatto le palpebre più velocemente. "Ancora non capisco."

Vlad aggrotta la fronte. "Significa la stessa cosa sia in ruskoviano sia in russo. Il Gran Principe."

A questo punto, sto sbattendo le palpebre in codice Morse. "Un principe? Tipo Hans?"

Vlad aggrotta un sopracciglio. "Sarebbe il cattivo di *Frozen*?"

"Sul serio?"

Lui e Alex prendono in giro il mio film preferito, ma c'è un tempo e un luogo per queste cose. "Com'è possibile che Dragomir sia un principe?"

Vlad fa spallucce. "Sai che la Ruskovia ha una monarchia al potere?"

Annuisco. Questa è una delle poche cose che sapevo di quel posto, prima d'incontrare uno dei suoi cittadini.

"Il cognome di Dragomir non è sempre stato Lamian. L'ha cambiato, quando si è trasferito negli Stati Uniti. Era nato Cezaroff." Mi guarda alla ricerca di segni di riconoscimento. Non trovandone, aggiunge: "Come la dinastia dei Cezaroff. Vale a dire, un principe reale."

Il mio cervello si sforza di elaborare la notizia.

Un principe.

Un reale.

"È sposato?" chiedo, intontita.

"No" risponde Vlad. "Credo che il suo status di nobile sia l'unica cosa che ti ha tenuto nascosta. Tutto il resto che ti ha detto è vero, compreso il fatto che è stato diseredato. Questo è di dominio pubblico."

"Sì, certo" dico amaramente. "Ha soltanto minimizzato un po' la posta in gioco: la capacità di governare un dannatissimo paese!"

"Lui non avrebbe governato in ogni caso" puntualizza Vlad. "Troppi fratelli maggiori."

Fratelli maggiori. Ma certo! Le cose cominciano ad acquisire un senso, come il motivo per cui il profilo di Stanislaus mi sembrasse così familiare, quando abbiamo cenato l'altro giorno.

L'avevo già visto in passato, su quella moneta d'oro che Dragomir ha dato al veterinario.

E c'è di più. Le iniziali sul fazzoletto: D.C. Deve stare per Dragomir Cezaroff.

Anche altri piccoli dettagli hanno più senso, ora. Il suo inglese perfetto, le storie sulla sua famiglia che impiega la servitù e possiede giardini, gazebo, campi da calcio...

"Stai bene?" Il tono di Vlad è gentile.

Oh, giusto. Sono ancora al telefono.

Scuoto la testa. "È meglio che vada e me ne faccia una ragione."

Si sporge verso la fotocamera. "Vuoi che venga da te?"

"No, grazie. Questa è una cosa che devo affrontare da sola."

Per quanto un abbraccio fraterno potrebbe essermi utile, ho bisogno di andare online e verificare tutto di persona, perché una parte di me non l'ha ancora accettato.

"Mi dispiace" afferma Vlad, e stavolta sembra dire sul serio.

Gli rivolgo un debole sorriso. "A differenza della mamma, io non me la prendo mai col messaggero. Inoltre, non è che tu abbia scoperto che è sposato."

Vorrei poter essere così serena, come sto cercando di sembrare.

"Fammi sapere se hai bisogno di qualcosa" mi dice Vlad. "Potrei hackerare il suo..."

"Grazie, ma no. Possiamo risentirci più tardi?"

"Certo."

"Ok, allora, ciao."

Correndo al computer, cerco il nome *Cezaroff*.

Salta fuori una caterva di risultati.

Per la maggior parte, si tratta di articoli in ruskoviano, che il mio browser traduce facilmente. Uno riguarda Dragomir Cezaroff che vince una gara di scherma da adolescente. Innumerevoli altri riguardano i suoi problemi con i genitori.

Cosa più interessante, ci sono delle notizie in inglese. A quanto pare, il fatto di essere membri della famiglia reale ha messo i Cezaroff sul radar delle riviste di gossip, sia negli Stati Uniti sia all'estero. Sebbene non siano tanto popolari quanto i loro equivalenti britannici, questi prìncipi sono comunque abbastanza interessanti da causare ossessione.

Passo in rassegna le notizie in inglese, ma non trovo nulla su Dragomir; forse, perché è stato diseredato?

Però, gli altri suoi fratelli sono molto popolari. Tigger (con il nome completo di Anatolio Cezaroff) è particolarmente presente. Ci sono articoli sulle sue folli avventure, notizie sul suo incidente recente (con titoli acchiappa-clic del tipo: "Morirà?") e speculazioni sulle donne con cui è stato visto.

Infatti, l'articolo più recente lo colloca al Doro, la sera stessa della nostra cena lì. L'autore sosteneva che la sua prossima trovata sarebbe stata un'impresa di sovralimentazione.

Aspettate un secondo!

Riconosco la foto della persona che ha scritto l'articolo.

È il tizio della macchina fotografica, quello che

avevo pensato fosse un detective privato. Ora capisco che cosa stesse cercando. Sperava che Dragomir facesse qualcosa di rilevante per la stampa, o che lo conducesse a una storia sui suoi parenti maggiormente degni di nota.

Altri dettagli vanno al loro posto.

Quello strano disegno di diamanti sull'orologio Patek Philippe di Dragomir è lo stemma dei Cezaroff, mentre la scritta in ruskoviano è il motto di famiglia: "Nella tradizione, la forza."

Le persone vestite in modo buffo che avevo scambiato per buttafuori/uscieri al ristorante erano, in realtà, membri della guardia reale (il che potrebbe spiegare perché avessero delle maschere antigas pronte all'uso).

Persino i cani sono famosi. La razza misha è stata originariamente creata *per* la famiglia reale, secoli fa. Ancora oggi, ogni Cezaroff riceve il cucciolo misha di razza più pura che esista. Infatti, la famiglia reale è famosa per averne sempre uno intorno (un po' come gli Stark con i loro metalupi ne *Il Trono di Spade*). Dragomir non mentiva, quando ha detto di non essere stato lui a dare il nome a Winnie. Soltanto il re (o zar) ha questo privilegio, ed era ovvio che il padre snob di Dragomir avrebbe usato un nome altisonante.

Più imparo, più mi sento stupida per non aver capito tutto da sola. Mi sento anche sempre più arrabbiata.

Balzando in piedi, comincio a camminare avanti e indietro per l'appartamento.

Ci conosciamo da due mesi, eppure mi ha nascosto una cosa di questa portata! Gli ho raccontato di quanto io abbia sofferto, quando l'ultimo uomo che ho frequentato mi ha mentito per omissione; eppure, lui ha fatto altrettanto.

Come ha potuto?

Per tutto questo tempo, non ho saputo nemmeno il suo vero nome.

E pensare che mi ero quasi innamorata di lui! O mi sono innamorata... che potrebbe essere il motivo per cui questa cosa mi fa così male.

Smetto di camminare avanti e indietro e stringo le mani a pugno.

Ecco che cosa ottengo, per essere stata così stupida da fidarmi! Avrei dovuto saperlo.

Dragomir era attratto da me: questo è un campanello d'allarme. Attiro sempre gli stronzi; eppure, ho pensato che stavolta potesse andare diversamente. Einstein aveva ragione, quando disse che "la follia sta nel fare sempre la stessa cosa, aspettandosi risultati diversi".

Beh, la mia follia finisce adesso.

O presto.

Devo ancora affrontarlo.

Giro su me stessa.

Sì, ottima idea. Andrò dove lavora e gliene canterò quattro. Perché no? Si merita la mia ira.

Sentendomi un po' meglio, mi precipito al mio armadio e indosso il vestito più sexy che ho: un abitino nero da paura. Ci metto sopra una giacca di pelle corta e m'infilo un paio di stivali con il tacco alto.

Fagli vedere che cosa sta per perdersi!

Poi, mi trucco, in stile pittura di guerra.

Mentre mi dirigo a grandi passi verso la porta, Boner si mette in mezzo e piagnucola pietosamente.

Fantastico! Al poveretto manca già Winnie.

Sento un'ondata di senso di colpa, che in realtà non dovrei provare. Considerato quello che sto per fare, Boner perderà Winnie, ma non è colpa mia.

Con un po' di fortuna, volterà pagina.

Speriamo di riuscirci entrambi.

Tuttavia, spinta dal senso di colpa, afferro il guinzaglio di Boner.

Vedendolo, lui si rallegra un po', come sapevo avrebbe fatto. Un guinzaglio al di fuori del solito orario di passeggiata significa avventura, e lui le adora.

———

Con Boner in grembo nel taxi, fumo di rabbia per tutto il tragitto verso l'ufficio di Dragomir. Quando entro nell'atrio dell'edificio, Boner deve correre per riuscire a star dietro ai miei passi furiosi.

Entrata nell'ascensore, fulmino con lo sguardo i pulsanti.

Mi è appena venuto in mente che non so a quale piano si trovi Dragomir. L'unica zona in cui sono stata, qui, è la sala conferenze dove io e Alex abbiamo proposto il progetto Morpheus.

Decidendo di iniziare la mia ricerca da lì, prendo l'ascensore per quel piano e mi precipito nella stanza.

Niente Dragomir. Tuttavia, Marco è lì, con l'intero team delle nostre riunioni.

Bene.

Se devo estorcere a Marco l'ubicazione di Dragomir a suon di botte, così sia.

Inspirando profondamente, faccio irruzione.

Capitolo Quarantuno

*I*l saluto di Marco è un ghigno. "Bella. Che coincidenza! Stavamo giusto parlando di te."

Confusa, mi fermo a distanza di strangolamento da lui. "Non sono qui per te."

La sua bocca si appiattisce. "Lo saresti, se conoscessi l'argomento della nostra discussione."

Mi stringo il ponte del naso tra le dita. "Di che cosa stai parlando? Non ho tempo per…"

"Stavo raccontando a tutti il tuo segreto" dichiara Marco, interrompendomi bruscamente.

Il mio segreto?

Si tratta del fatto che sono andata a letto con il suo capo? Se è così, non rimarrà un…

"Possiedi un'azienda di nome Belka" annuncia Marco, e io mi blocco sul posto. "Un'azienda che produce porcherie." Si avvicina così tanto a me, che riesco a sentire l'odore di caffè stantio nel suo alito.

"Quindi, vedi, non possiamo in tutta coscienza investire in un progetto che abbia *te* come membro."

Mentre rimango sbigottita, si sente un basso ringhio ai miei piedi. Come me, anche Boner non apprezza il tono di Marco.

"Dov'è Dragomir?" domando.

"Perché?" chiede Marco. "Lui si è ricusato. La nostra decisione è definitiva. Non c'è bisogno di disturbarlo con altre bugie."

"Bugie?" ripeto a denti stretti. "Tu ne sai qualcosa, vero?"

Tutti nella stanza sembrano in bilico sulle proprie sedie. Non capita tutti i giorni di assistere a uno spettacolo come questo, in un ambiente aziendale.

Marco sembra indignato. "Che cosa vorresti insinuare?"

Lo inchiodo con uno sguardo pugnalante. "La tua donna ruskoviana sa di quella americana? E viceversa?"

Marco sbianca, e le persone intorno a noi cominciano a mormorare tra di loro, alcune aggrottando la fronte.

"Sta mentendo" dice Marco, in modo poco convincente.

"Sarei felice di inviare la prova via email a tutti i presenti." Tiro fuori il cellulare e lo sventolo in aria.

Sto bluffando, ovviamente. Non so se Vlad abbia delle prove, e nemmeno se mi interessi rovinare la vita di Marco fino a quel punto.

Lui cerca di afferrare il mio telefono, ma io lo tiro indietro e lancio a tutti un'occhiata eloquente.

A giudicare dalle espressioni intorno a noi, nessuno crede più a Marco.

Il ringhio dal basso viene sostituito da uno strano suono.

Marco guarda ingiù e comincia a imprecare in ruskoviano.

Seguo il suo sguardo e sgrano gli occhi.

È Boner. Ha alzato la zampetta più in alto che poteva, e sta facendo i suoi bisogni sul piede di Marco.

Bravo! Questo è quello che si meritano gli stronzi.

L'espressione di Marco diventa livida, e lo vedo tirare indietro la gamba, presumibilmente per dare un calcio al mio cane.

La mia mano scatta in avanti istintivamente, e la prossima cosa che so è che ho le palle morbide e raggrinzite di Marco nella mia morsa.

Bleah!

"Se ti azzardi a dargli un calcio, ti ritroverai a cantare in falsetto" ringhio.

Marco sembra pronto a prendere a calci *me*, ora, perciò mi preparo a stringere con tutte le mie forze.

"Lasciali stare" dice Eugenius. Sta puntando il telefono verso Marco, senza dubbio registrando un video.

Arrossendo, Marco mormora delle oscenità sottovoce, ma ferma la gamba.

Allontano Boner, mormoro un "grazie" a Eugenius e lascio andare la schifezza nella mia mano, prendendo l'appunto mentale di disinfettarmi il palmo fino a scorticarmelo.

"È meglio che te ne vada" mi dice Eugenius.

Sì. Marco ha una trentina di chili più di me, e potrebbe decidere di tentare la violenza, nonostante la presenza dei suoi colleghi.

Esco, tenendo la schiena dritta, e mentre entro nell'ascensore, rifletto sul da farsi.

Il crollo post-adrenalina mi sta colpendo duramente, e non mi sento più pronta per affrontare Dragomir. Né ne ho realmente bisogno. Se Marco sa dei sex toys, anche Dragomir deve saperlo. Aggiungiamoci il mio comportamento indecoroso di poco fa, e sono certa che sia finita.

Uscendo di corsa da quel maledetto edificio, chiamo un taxi con un cenno.

A metà strada verso casa mia, mi squilla il cellulare.

È Dragomir.

Per un attimo, sono tentata di rispondere, ma che senso avrebbe?

È finita. Un confronto prolungherebbe soltanto il dolore.

Lascio che la chiamata vada in segreteria telefonica.

Incapace di trattenermi, la ascolto qualche secondo dopo. Il suo messaggio è breve: *Dobbiamo parlare.*

Il mio SMS di risposta è altrettanto conciso e diretto: *No, grazie, Vostra Altezza Reale.*

Mi chiama di nuovo e lascio partire la segreteria.

Poi, mi manda un SMS: *Chiamami.*

Non lo faccio. Invece, ignoro un'altra telefonata, poi spengo il cellulare.

Per il resto del tragitto verso casa, accarezzo Boner

per calmarmi e, quando entro nel mio appartamento, mi dirigo subito verso il salotto.

Dato il modo in cui mi sento in questo momento, devo tirare fuori l'artiglieria pesante: *Frozen*.

Purtroppo, quando scorrono i titoli di coda, mi sento ancora di merda. Peggio, addirittura... e non me l'aspettavo. Credevo che sarebbe stato come quando ho rotto con il mio ex sposato. Ho sofferto, certo, ma mi sono anche sentita liberata, una volta tolto il cerotto.

Non stavolta. Stavolta è come se il cerotto che ho cercato di togliere fosse carta vetrata, che qualche genio del male ha incollato al mio cuore.

Perché mi sento così?

Forse, perché Dragomir si è insinuato nel mio cuore più profondamente di quanto avesse mai fatto il mio ex? Oppure (e la cosa è sconvolgente) perché la sua bugia è meno malevola e, quindi, non giustifica la mia reazione?

Mi sento lo stomaco ghiacciato, mentre rifletto ulteriormente su questo.

Può essere che non mi senta liberata, perché una parte di me sa che io stessa non sono così irreprensibile? Dopotutto, Dragomir non è l'unico ad aver omesso delle informazioni. Io non gli ho parlato della mia azienda di sex toys, e si potrebbe argomentare che la mia bugia sia più egoista, dato che, all'inizio, gli ho nascosto la verità per poter ottenere i finanziamenti della sua impresa per il mio progetto.

Balzando in piedi, comincio a camminare avanti e indietro per il mio appartamento, mentre mi tornano in mente i ricordi delle nostre conversazioni telefoniche a distanza, nonché tutti i diversi modi in cui lui mi ha portata all'orgasmo.

Quando rischio di calpestare Boner, mi siedo e tiro fuori il cellulare.

È ora di essere onesta con me stessa.

Voglio ancora Dragomir, bugie o meno.

La domanda è: lui mi vorrà ancora? Quando mi ha chiamata, prima, era per rompere con me, o voleva scusarsi per avermi nascosto la sua vera identità?

Se è la seconda, penso che forse dovrei perdonarlo.

In effetti, se fossi riuscita a fare irruzione nel suo ufficio, probabilmente lo avrei perdonato (ammesso che mi avesse detto le parole giuste).

Col cuore che mi batte forte, riaccendo il telefono.

È il momento della verità.

Richiamo Dragomir.

La chiamata finisce alla segreteria telefonica.

Provo una stretta al cuore.

Che si stia vendicando perché io non gli ho risposto?

Aspetto cinque minuti, fissando il telefono per tutto il tempo.

Non mi richiama.

La stretta al cuore s'intensifica. Mi ha sempre risposto entro cinque minuti, prima.

Forse è in riunione? O sta portando a spasso Winnie senza cellulare, com'è sua abitudine?

Per sicurezza, telefono di nuovo e lascio un messaggio in segreteria: *Chiamami*.

Cinque minuti dopo, invio anche un SMS con lo stesso contenuto.

Forse, sta intrattenendo l'uomo più ricco del mondo nel suo ufficio? O sta negoziando qualche accordo miliardario?

Passa un'ora straziante, senza alcuna risposta.

Le giustificazioni della riunione e della passeggiata con il cane sembrano più patetiche, ad ogni minuto che passa.

Due ore dopo, devo ammetterlo.

Ho mandato tutto all'aria e, forse, non c'è modo di tornare indietro.

Capitolo Quarantadue

*H*o voglia di piangere, ma reprimo l'impulso. Boner è sensibile al mio umore e, poverino, sta già soffrendo per l'astinenza dall'orsa.

Afferrato il mio portatile, m'immergo invece nel lavoro.

Niente. Sono così distratta dal controllare inutilmente il cellulare ogni due secondi, che non riesco a progettare il più elementare dei plug anali.

Porto a passeggio Boner, anziché camminare inutilmente avanti e indietro per l'appartamento; però, dato che mi porto dietro il telefono, è un'ora passata a crogiolarmi nell'autocommiserazione e a controllare incessantemente il cellulare.

Quando Boner ha finito con tutti i suoi bisogni, torniamo verso casa, ma anziché entrare nel mio palazzo, mi fermo, piena di un'improvvisa determinazione.

La passeggiata mi ha schiarito le idee quanto basta, per prendere una decisione.

Se Dragomir non risponde alle mie chiamate, lo affronterò faccia a faccia. Se vuole farla finita, dovrà farlo di persona. Non che accetterò il suo rifiuto docilmente: ho intenzione di combattere per noi, se necessario.

Chiamato un taxi, mi dirigo di nuovo verso gli uffici di Dragomir.

Quando arriviamo, prendo Boner sotto il braccio e mi precipito verso la medesima sala riunioni, nel caso in cui la fortuna mi assista e Dragomir si trovi lì.

Non c'è.

Le persone di prima, però, ci sono. Per fortuna, Marco non è tra loro.

Posato Boner a terra, mi accingo ad entrare, ma Eugenius mi vede ed esce nel corridoio.

"Hai già sentito la notizia?" Sembra impressionato.

Aggrotto le sopracciglia. "Quale notizia?"

"Il finanziamento" dice lui, apparendo leggermente confuso. "È appena stato approvato."

Mi gratto le sopracciglia. "Ma Marco…"

"È stato licenziato" dice Eugenius con disgusto. "Era lui il motore trainante di quel rifiuto iniziale. Gli altri di noi, in realtà, si sono sentiti più sicuri a investire nella tua impresa, quando abbiamo scoperto che non era soltanto tuo fratello a saper gestire un'attività di successo."

Dovrei esserne estasiata, ma non lo sono. Non se questi soldi mi siano costati l'uomo a cui tengo.

"Dov'è Dragomir?" Resisto a malapena all'impulso di scuotere Eugenius per ottenere quest'informazione.

"Se n'è andato subito dopo aver licenziato Marco" risponde Eugenius.

"Allora, dov'è andato?" domando.

Aggrottando la fronte, Eugenius si sistema gli occhiali. "È tutto a posto?"

Vuole che lo scuota? "Ho soltanto bisogno di parlargli. Per favore. È importante."

L'uomo sposta il peso da un piede all'altro. "Il capo non ci informa dei suoi spostamenti. Sembrava che si trattasse di una questione privata, qualcosa di urgente."

Questione privata urgente.

Oso sperare? Potrebbe essere andato a casa mia, per avere la stessa conversazione per cui io sono venuta qui?

"Grazie, Eugenius. Non vedo l'ora di lavorare con voi."

Ignorando il rossore sul suo viso, mi affretto a tornare indietro e, quando salgo in taxi, controllo il cellulare.

Niente.

Uff! Perché mai ho pensato che Dragomir sarebbe andato da me, senza chiamarmi? È ovvio che non lo farebbe.

Per quanto ne so, il finanziamento è stato il suo regalo d'addio.

Eppure, anche se ho fatto del mio meglio per prepararmi alla delusione, sento una dolorosa stretta al petto, quando arrivo a casa mia e non vedo Dragomir nel palazzo, né nei paraggi. Il dolore cresce ai livelli dell'Everest, quando arrivo alla mia porta.

Lui non è qui.

Non ero io la sua questione personale urgente, in fin dei conti.

Che presuntuoso, da parte mia, pensare di esserlo. Non soltanto i suoi genitori sono in città, ma suo fratello è ancora convalescente.

Oh, merda!

E se gli fosse successo qualcosa?

Questo tipo di emergenza potrebbe spiegare il silenzio radio.

Prendendo in braccio un Boner molto confuso, corro di nuovo fuori dal mio palazzo, stavolta in direzione dell'hotel di Tigger (che, fortunatamente, si trova nelle vicinanze).

"Sono qui per vedere Anatolio Cezaroff" dico, ansimando, al receptionist dell'hotel.

Lui mi scruta dalla testa ai piedi. "Il signor Cezaroff non aspettava visite."

Espiro per il sollievo. "Quindi, sta bene? Recentemente ha avuto un incidente, e suo fratello Dragomir è scomparso, quindi ho pensato che potesse essergli capitato qualcosa…"

"Mi faccia controllare se riesco a contattarlo al telefono" dice il receptionist in modo altezzoso. "Come si chiama?"

"Gli dica che sono Bella, la Bella di Dragomir."

Almeno, spero che l'ultima parte sia (o sarà) vera.

Il tizio compone un numero con il mignolo e

aspetta qualche secondo: "Salve. C'è qui una signorina che sostiene di essere la Bella di Dragomir."

Aspetta un paio di secondi, poi descrive rapidamente il mio aspetto.

"Ha detto che sta scendendo" m'informa, dopo aver riattaccato. "Ha anche aggiunto che, se lei non è Bella, ma una stalker fuori di testa, la denuncerà."

Una stalker? È uno scherzo, o una cosa con cui Tigger ha davvero a che fare? Ma, soprattutto, se Tigger non è l'emergenza, dov'è Dragomir e perché ignora le mie chiamate?

È mai possibile che sia passato a un'altra donna così in fretta?

No. Lui non è così.

Principe o meno, io lo conosco. So com'è il suo cuore.

Mi viene in mente un'opzione inconcepibile, e una scossa di adrenalina mi fa accelerare il battito cardiaco.

E se Dragomir si trovasse in qualche guaio?

E se fosse stato investito da un'auto? O se il suo camper avesse avuto un incidente?

La mia mente è stata chiaramente innescata dalla preoccupazione per Tigger, ma ora che ha preso quella direzione tetra, non riesco a liberarmi della paura paralizzante.

Aspettate. No. Mi sto comportando da sciocca. Tigger non starebbe a rilassarsi nel suo hotel, se Dragomir fosse ferito.

A meno che… lui non lo sappia.

Mi mangio le unghie, finché Tigger non esce dall'ascensore.

Vedendomi, sorride (cosa che non farebbe, se Dragomir fosse nei guai).

"Sai dov'è?" gli chiedo di getto, quasi placcandolo vicino alle porte dell'ascensore.

Il suo sorriso si allarga. "Intendi Dragomir?"

"Ovviamente."

"Non te l'ha detto?"

Mi mordo il labbro. "Potrei avergli detto di non chiamarmi, prima, quindi..."

"Oh." Il sorriso di Tigger scompare. "Che cos'è successo?"

"Non ha importanza. Dov'è?"

Tigger aggrotta la fronte. "Con il dottor Delomalov, naturalmente."

All'inizio, la parola *dottore* manda la mia ansia nella stratosfera, ma poi registro il nome completo. Si tratta del...

"Non ti viene in mente proprio nulla?" Tigger lancia un'occhiata a Boner. "Pensavo che tu, tra tutti, te lo saresti aspettato." Sorride di nuovo. "'Plebeo ingravida reale' è quello che scriveranno tutti i giornali ruskoviani, quando lo scopriranno."

"Il dottor Delomalov è il veterinario, giusto?" chiedo senza fiato.

"Esatto."

"Winnie è entrata in travaglio?"

"Bingo."

Espiro con sollievo.

Questo spiega tutto.

Nell'ambulatorio del dottor Delomalov, il cellulare non prende; quindi, se Dragomir è stato lì nelle ultime ore, non sa nemmeno che sono pronta a parlare.

"Devo raggiungere quell'ambulatorio" dico a Tigger con urgenza. Mi rivolgo al receptionist. "Può chiamarmi un taxi?"

"Che ne dici se ti do un passaggio *io*?" suggerisce Tigger. "Ho noleggiato una Lamborghini e non ho ancora avuto occasione di provarla."

"Certo. Qualunque cosa mi faccia arrivare lì più velocemente."

"Dirò al parcheggiatore di portare fuori l'auto" annuncia il receptionist.

Usciamo e, pochi minuti dopo, accosta una Lamborghini nera: ultimo modello, full optional.

Il parcheggiatore mi apre la portiera e io salgo.

Mmm. Le cinture di sicurezza sembrano quelle di un'auto da gara. Non sono una grande fan delle corse veloci; che sia troppo tardi per menzionarlo?

Allacciate le cinture, apro il finestrino per Boner e controllo il cellulare.

Ancora niente.

Tigger si mette al volante, con un'aria inquietantemente eccitata.

"Hai già guidato questa macchina, vero?" gli chiedo.

"Che differenza fa? Tieniti forte."

"Aspetta. Non mi piace il suono di…"

Girando bruscamente il volante a destra, Tigger schiaccia l'acceleratore.

Con un odore di gomma bruciata, la Lamborghini sfreccia in avanti alla velocità di Mach 1 (o qualunque sia la velocità a cui volano i jet supersonici). La gravità mi appiattisce contro il sedile, e Boner guaisce, mentre me lo stringo al petto. Il vento attraverso il finestrino aperto è come un uragano, perciò mollo la presa su Boner, per il tempo sufficiente a premere il pulsante per chiuderlo.

"Senti" dico, quando l'effetto da galleria del vento è sparito. "Quando ho detto 'qualunque cosa mi faccia arrivare lì più velocemente', intendevo *viva*."

Nel tempo che mi serve per pronunciare queste parole, oltrepassiamo quattro isolati.

"Non preoccuparti" mi dice Tigger, sfrecciando oltre un semaforo giallo. "Goditi un po' la vita."

Vivere sarebbe l'obiettivo.

Boner sembra sul punto di vomitare. "*Ma chérie*, ho cambiato idea a proposito del suicidio. Puoi far rallentare questo folle *humain?*"

"C'è qualche complicazione con il parto di Winnie?" chiedo a Tigger, nella speranza che rallenti, se costretto a parlare.

Macché! Non rallenta nemmeno di un chilometro orario. "Non credo. Dragomir voleva soltanto essere prudente."

Voler essere prudente è chiaramente un concetto che Tigger non comprende.

Non gli domando altro: abbiamo maggiori possibilità di sopravvivenza, se si concentra sulla guida.

Il resto della corsa è come una scena di *Fast and*

Furious (e sarà la fonte dei miei incubi futuri). L'unica cosa positiva che posso affermare, al riguardo, è che finisce in fretta.

Molto in fretta.

"Vai" mi esorta Tigger, quando ci fermiamo con uno stridio di gomme. "Io parcheggio e poi vengo su."

Con le ginocchia traballanti, mi dirigo verso l'ambulatorio del veterinario, tenendo un Boner sconvolto sotto il mio braccio.

Quando entro, Dragomir è seduto lì.

Ha un'aria così preoccupata, che si potrebbe pensare che sia sua moglie a partorire, anziché il suo cane. Però, quando mi vede, balza in piedi.

"Ciao" lo saluto, incerta.

I suoi occhi nocciola brillano. "Ciao."

Inspiro profondamente. Ho bisogno di tutto il fiato, per dire quello che voglio dire.

Ora o mai più.

Capitolo Quarantatré

*P*rima che io possa pronunciare una sola parola, la porta si apre e il dottor Delomalov si precipita fuori.

"Occasioni gioiose, davvero" dice con un ampio sorriso. "La cagna ha finito. Ha partorito quindici cuccioli. Volete vederli?"

"Certo" esclama Dragomir con entusiasmo.

"Anch'io" dico.

Quello che vorrei davvero è parlare con Dragomir, ma non sono sicura che sarà in grado di concentrarsi sulle mie parole, finché non si assicurerà che Winnie stia bene.

E, naturalmente, anch'io *sono* super-curiosa di vedere i cuccioli. Non ho un cuore di pietra.

Seguiamo il veterinario lungo il corridoio ed entriamo in una stanza, dove Winnie è sdraiata su un grande letto per cani. Sembra stanca, ma felice, ed è circondata dalla sua nuova famiglia.

I cuccioli hanno gli occhietti chiusi e assomigliano vagamente a dei koala, sia nell'aspetto sia nella colorazione, e ognuno è almeno cinque volte più grande del padre.

Se i generi dei cani fossero stati invertiti, questa gravidanza sarebbe stata impossibile.

Poso Boner sul pavimento, afferrando il suo guinzaglio.

Il mio cuore è pieno di così tanta gioia, da alimentare una Tesla per un viaggio a Disney World. Alcuni dei cuccioli stanno già poppando, e Winnie lecca un piccolino che non lo sta facendo. Avvistando Dragomir, scodinzola e, quando il suo sguardo cade su Boner, lo scodinzolio si trasforma in un vero e proprio mulinello.

Guaendo, eccitato, Boner tira il guinzaglio.

"Posso lasciarlo avvicinare a loro?" chiedo.

"Sì, ma con attenzione" risponde Dragomir.

Beh, certo. Non vogliamo che Winnie entri in modalità mamma-orsa. Quello sì, che fa paura!

Preparandomi a tirare indietro Boner, se necessario, lo lascio avvicinare ai neonati.

Winnie lo guarda intensamente.

Boner annusa uno dei cuccioli, lo lecca quasi con reverenza, poi fa un passo indietro e mi lancia lo sguardo più confuso.

"*Ma chérie*, come fanno ad essere più grandi di *moi*? Ti prego, dimmi che sono un tale macho, che ho infranto le leggi della *physique*."

Tutti noi facciamo ooh e ahh per un po', ammirando

i cuccioli. Poi, Tigger si unisce a noi e prega Dragomir di dargliene uno.

"Vivranno con me, finché Winnie non sarà pronta a separarsene" risponde severamente Dragomir. "Non ho intenzione di allontanare i piccoli dalla loro madre, nemmeno per te."

Tigger alza gli occhi al cielo. "Non intendevo adesso."

Dragomir si strofina il mento. "Dovrai portare Caradog, così potrò assicurarmi che sarà gentile con il cucciolo. Voglio anche controllare che i suoi vaccini siano aggiornati."

Tigger espira con esasperazione. "Ovviamente."

"In tal caso, può darsi" concede Dragomir. "Dipende dal tuo comportamento."

Tigger passa al ruskoviano per la risposta, e i due fratelli cominciano a bisticciare, ma sembra più una presa in giro bonaria che un litigio.

Tiro la manica di Dragomir.

Mi rivolge uno sguardo di scuse. "Mi dispiace."

"Non preoccuparti. Possiamo parlare?"

Dragomir annuisce e Tigger inarca un sopracciglio.

"In privato?" Guardo Tigger in modo significativo.

"Dottor Delomalov" dice Dragomir. "C'è un posto dove Bella ed io possiamo avere un po' di privacy?"

"Venite" dice il veterinario, e apre la porta.

Piazzo il guinzaglio di Boner tra le mani di Tigger e seguo il dottore, ondeggiando i fianchi per Dragomir come un modo per addolcirlo, prima della nostra chiacchierata.

Quando raggiungiamo una grande porta di legno, il veterinario la apre e noi entriamo in un ufficio angusto.

Non appena il dottore se ne va, Dragomir chiude la porta a chiave.

Trovo il gesto follemente sexy... e rassicurante.

Un uomo non si chiude a chiave con una donna che intende disdegnare.

Speriamo!

Chiamando a raccolta il mio coraggio, mi lancio nella tiritera. "Mi dispiace. Sono stata pessima a non rispondere alle tue chiamate." E dico sul serio. Pensare che lui avesse fatto lo stesso con me è stato davvero terribile.

Con la mascella contratta, Dragomir chiude la distanza tra di noi. "No. Sono io quello dispiaciuto." La sua voce è bassa e seria. "Avrei voluto parlarti del mio lignaggio così tante volte, ma ho continuato a rimandare."

"Perché?" La domanda non è amara. Sono sinceramente curiosa.

Lui mi prende la mano e la stringe forte. "Perché mi ha sempre rovinato le cose nella vita. Non volevo perderti per questo. Ironico, vero? Ti ho quasi persa... per avertelo nascosto."

Al suo tocco caldo, il mio respiro accelera, ma lo ignoro; devo parlare coerentemente per la prossima parte. "Immagino che tu sappia della mia azienda di sex toys?"

Lui sorride. "Lo so dal giorno dopo che mi hai detto il tuo nome."

Lo guardo a bocca aperta. "Ah sì?"

"Dato che siamo in tema di confessioni, tanto vale che te lo dica. Ho accesso all'equivalente ruskoviano della CIA. Volevo saperne di più su di te, e così ho fatto. Spero che tu possa perdonarmi per questa invasione della privacy."

"Beh, in quanto all'invasione della privacy, io ho fatto altrettanto con te" ammetto timidamente. "Facciamo che siamo pari, allora? Sul ficcanasare e l'omettere informazioni."

Si porta la mia mano alle labbra e mi bacia il dorso delle nocche. "Sono assolutamente d'accordo."

Faccio del mio meglio per concentrarmi su qualcosa di diverso dal formicolio che si sta irradiando fino al mio intimo. "Aspetta. Allora, se tu hai sempre saputo della mia attività, come mai Marco l'ha scoperta soltanto adesso?"

"I miei genitori, ne sono sicuro. Senza dubbio, hanno usato lo stesso servizio per indagare su di te, dopo la nostra cena."

Sospiro. "Non sembra che io gli sia piaciuta."

"Prendilo come un complimento."

Sollevata, sorrido. "Quindi, non decidono loro chi frequenti?"

"Che diavolo, no!"

"Bene. E solo per confermare: la persona con cui stai non dev'essere di stirpe reale, come te?"

Lui scuote la testa. "È quello che vorrebbero i miei

genitori, ma non io. Infatti, se tu gli piacessi, sarei preoccupato."

Il mio sorriso diventa un ghigno. "Scommetto che potrei stargli simpatica, se li conoscessi meglio."

Lui sorride di rimando. "E io scommetto che starò simpatico ai tuoi più di quanto tu starai mai simpatica ai miei."

Mi irrito. "Non è giusto. I miei amano già più te che me. Non sono grandi fan della mia azienda, cosa che non ho mai avuto modo di dirti."

Il suo sorriso svanisce. "Ignora quello che pensano gli altri. I tuoi sex toys sono incredibili. Hai un vero talento e dovresti andarne fiera." Incorniciandomi il viso con i palmi delle mani, mi dice solennemente: "Voglio che tu sia sempre te stessa, e non scusarti mai per questo".

Aspettate un secondo! Sembra la morale di *Frozen*. Significa che l'ha guardato?

Prima che mi renda conto di cosa cavolo sto dicendo, le parole mi volano via di loro spontanea volontà.

"Ti amo."

Il suo viso s'irrigidisce, e il suo sguardo nocciola assume una sfumatura dorata di ambra. "Ti amo anch'io. Scoiattolina…" La sua voce profonda è roca. "Sei una persona per cui vale la pena sciogliersi."

Oh. Mio. Dio!

È ufficiale. Ha guardato *Frozen*.

Mi sento come se il mio cuore traboccante stesse imitando Olaf.

Sollevandomi in punta di piedi, gli getto le braccia al collo e lo trascino giù per un bacio, che mi auguro sia il migliore della sua vita. Il tipo di bacio che gli faccia pensare al finale del *suo* film preferito... in particolare, al momento in cui il nonno dice: "Dopo l'invenzione del bacio, ci sono stati solo cinque baci che sono stati votati i più appassionati, i più puri. Questo li ha lasciati tutti alle spalle. Fine."

Solo che il nostro bacio non è puro. Non sarà vietato ai minori (come *La storia fantastica*).

Forse, nemmeno vietato ai minori di 13 anni.

Poi, però, l'Everest svetta e Dragomir assume il controllo, sgomberando la scrivania del veterinario con un colpo del suo braccio muscoloso... e la classificazione del nostro film sale rapidamente alla tripla X.

Epilogo

DRAGOMIR

Sembrando una valchiria selvaggia, Bella brandisce la spada laser rossa sulla mia testa.

Paro il suo attacco con la mia spada laser blu, e volano scintille all'incontro tra le nostre lame. Prima che possa riprendersi, rispondo infliggendole un colpo alla spalla.

Lei ringhia e mette in mostra le tette.

Cazzo! Quelle tette! Sode, perfettamente palpabili, con quei capezzoli tutti da succhiare...

No. Non devo guardare lì.

Sta usando i suoi trucchi femminili come una sorta di guerra psicologica. Una guerra psicologica efficace, se è per questo: ho perso il conto di quante erezioni indesiderate ho avuto, durante le nostre partite.

Beh, i giochetti mentali si possono fare in due.

"Novantanove punti ormai, scoiattolina" dico provocatoriamente. "Ancora uno, e dovrai arrenderti."

Con le narici dilatate, Bella mira al mio busto.

Paro senza sforzo. "Ti stai lasciando di nuovo guidare dalla rabbia." So benissimo che questo commento, in realtà, alimenterà la sua rabbia ancora di più (ed è proprio lo scopo). "Rendi la tua mente calma, come l'acqua in un pozzo."

Alzando al cielo i suoi splendidi occhi azzurri, esegue un attacco simulato di tutto rispetto.

Se non avessi così tanta esperienza nella scherma (o se lei fosse più svestita), avrebbe potuto colpirmi. Per come stanno le cose, paro di nuovo, ma non sferro ancora il colpo finale.

Come un gatto, mi piace giocare con la mia bella preda. Trovo che questo comporti tutti i benefici del sesso rappacificante, senza combattere per davvero.

Beh, a meno che non si consideri tale quello che stiamo facendo attualmente.

Lei esegue un altro attacco estremamente efficace, soprattutto per una principiante.

Cazzo! Forse sto diventando presuntuoso. Quel colpo avrebbe potuto beccarmi, con la conseguenza che sarei stato costretto a indossare esclusivamente dei dolcevita per un mese (compresi quelli attillati e ruvidi).

Invece, se vincerò *io*, lei dovrà portare a spasso i cuccioli: alias, il branco dei Chort, come li abbiamo denominati (in parte come tributo al cognome di Bella, ma più che altro perché la parola *chort* significa *diavolo* sia in russo sia in ruskoviano). Portare a spasso il branco dei Chort è un destino che chiunque vorrebbe evitare, in quanto è molto simile al proverbiale pascolare i gatti… se i gatti fossero sotto l'effetto di erba gatta corretta con anfetamine.

Bella fa sparire il resto dei suoi vestiti.

Dannazione!

Tutto il sangue mi defluisce via dal cervello.

Voglio leccare ogni curva, passare la lingua su quel ventre delizioso e scendere giù fino a…

Lei mi attacca così furiosamente, che la sua spada laser fruscia a un centimetro dal mio orecchio.

D'accordo. Se vuole giocare sporco, così sia.

Lanciando il suo stesso incantesimo, anch'io faccio evaporare i miei vestiti.

Sgrana gli occhi. La mia scoiattolina lo nega, ma anche lei trova che la vista di me nudo la distragga.

Tuttavia, mi attacca con competenza, ma io sono pronto.

Eseguendo un impeccabile *passata sotto*, mi abbasso sotto la sua spada laser. La mia mano libera è per terra, ora, per fornirmi supporto ed equilibrio, mentre i miei occhi ottengono una visuale squisita della sua bella fica rosa.

Deve rimanere concentrato per un altro momento.

Prima che Bella si renda conto di ciò che sta per colpirla, raddrizzo il braccio che impugna la spada e do la stoccata finale.

Lei impreca come un marinaio russo.

Per la mia scoiattolina, competitiva è un eufemismo.

Balzo in piedi. "Che cos'hai detto?"

"Mi arrendo" brontola. "Contento, adesso?"

"Grazie. Ora, se…"

Prima che io possa finire il mio pensiero, lei fa sparire le nostre spade laser e sostituisce la stanza con un cielo aperto.

Ah! So che cosa vuole.

Afferrandola, prendo il volo come Superman con la sua Lois Lane, con la differenza che presto mi trovo sepolto dentro di lei.

Le nuvole fluttuano intorno a noi, mentre lei geme di piacere.

Quando veniamo entrambi, ci libriamo nel cielo, stringendoci l'un l'altra.

"Pronto a uscire?" mormora, accarezzandomi il viso.

Le bacio le dita una ad una, poi mi tolgo gli occhiali per la realtà virtuale.

Dall'altra parte della camera da letto del mio aereo privato, anche lei si toglie il visore e si sfila la tuta VR.

Io mi tolgo la mia. Quello che abbiamo appena testato è il primo prototipo del progetto Morpheus e, se piacerà a tutti quanto piace a me, sarà un enorme successo.

"Ricorda, non guardare fuori dai finestrini" le dico. "Rovineresti la sorpresa."

Lei annuisce, mettendo un leggero broncio con le labbra carnose.

"Oh, suvvia. Atterreremo tra pochi minuti. Potrai vedere la Ruskovia dall'alto quando torneremo negli Stati Uniti."

"Suppongo…"

Nonostante l'orgasmo che le ho appena dato, è ancora un po' amareggiata per aver perso, ma questo renderà la sua vittoria finale ancora più dolce. Con le regole attuali (cento colpi per me contro uno per lei) e con i progressi che sta facendo, quella vittoria è inevitabile.

Sarà meglio che io vada a comprarmi dei dolcevita.

Mi vesto per primo, poi aspetto che lo faccia anche lei. I miei occhi rimpiangono la sua nudità sensuale, che scompare alla vista, ma il mio cervello è contento.

È talmente bella, che non riesco a pensare vicino a lei.

Una volta che si è infilata l'anello di fidanzamento che le ho regalato, apro la porta della camera da letto e, come al solito, il branco dei Chort si fionda nella stanza, come un'orda di diavoletti della Tasmania.

Boner e Winnie li seguono, raggianti di orgoglio genitoriale.

Oramai più grandi di un bulldog medio, gli adorabili cuccioli cominciano a distruggere qualsiasi cosa su cui riescono a mettere le zampe, ma io mi limito a guardare, soddisfatto, con un ghigno goffo in volto.

"Fu" ordina Bella, quando Mefistofele (il cucciolo che abbiamo intenzione di affidare a Tigger) cerca di masticarle i tacchi a spillo.

Mefistofele si ferma.

I figli del demonio venerano Bella (o, almeno, lei è l'unica persona che riesce a farli comportare bene, anche solo per un paio di secondi).

"Inizia la discesa" annuncia il pilota tramite l'interfono.

Bella ed io ci allacciamo le cinture sul letto di lusso, e la famiglia pelosa ci circonda con tutto il suo amore e calore.

Quando atterriamo, aspetto che Bella indossi gli abiti pesanti che la proteggeranno dal freddo ruskoviano, poi le passo una benda.

Si copre gli occhi con riluttanza. "Sarà meglio che la sorpresa valga la pena."

"Mi auguro che sia così" le dico, poi la afferro per le spalle e la guido con attenzione fuori dall'aereo.

"Ora, puoi guardare" dico, posizionandola nel modo giusto.

Si strappa via la benda e fissa la struttura di fronte a noi.

Mi aspetto quasi che citi il suo film preferito e dica: "Non ho mai pensato che l'inverno potesse essere così bello", ma sembra rimanere ammutolita.

Devo ammettere che persino *io* sono impressionato (e sono quello che ha commissionato la costruzione!).

Una replica del palazzo di ghiaccio di *Frozen* si erge alta trenta metri, scintillando maestosamente nella luce.

"Wow" sussurra lei, poi si gira a guardarmi. "Quello è...?"

"Sì, è per te."

"Pensi che potremmo..."

"Tenere il matrimonio qui? Sì."

E mentre mi getta le braccia al collo, raggiante di

gioia, io immagino la nostra vita insieme negli anni a venire: Bella tra le mie braccia, che mi sfida sia dentro sia fuori dal letto... i nostri bambini, che cavalcano in groppa a Winnie... e le innumerevoli altre sorprese che creerò per lei.

È un futuro glorioso... e pensare che tutto è cominciato, quando un chihuahua ha molestato il mio cane.

Ringraziamenti

Grazie per aver letto *Hard Ware — Arnese Duro*! Se ti è piaciuta la storia di Bella e Dragomir, considera di lasciare una recensione, per favore.

Non ne hai mai abbastanza della famiglia Chortsky? Leggi la storia di Fanny in *Hard Code — Codice Duro*!

Se desiderate ricevere una notifica quando il prossimo libro verrà pubblicato, iscrivetevi alla mia mailing list delle nuove pubblicazioni sul sito www.mishabell.com/it/.

Misha Bell è una collaborazione della coppia d'autori marito e moglie, Dima Zales e Anna Zaires. Quando non ti stanno facendo sbellicare dalle risate sotto lo pseudonimo di Misha, Dima scrive romanzi di fantascienza e fantasy, mentre Anna scrive romanzi dark e contemporanei.

E ora, voltate pagina per un breve assaggio di *Hard Code — Codice Duro* di Misha Bell e *Il Titano di Wall Street* di Anna Zaires.

Estratto da Hard Code – Codice Duro di Misha Bell

Il mio nuovo incarico al lavoro: testare i giocattoli. Sì, intendo proprio i sex toys.

Beh, tecnicamente, si tratta di testare l'applicazione che controlla i giocattoli a distanza.

Un problema? La showgirl che dovrebbe testare l'hardware (cioè i toys veri e propri) entra in convento.

Un altro problema? Questo progetto è importante per il mio capo russo, il cupo e squisitamente sexy Vlad, alias: l'Impalatore.

C'è un'unica soluzione: testare io stessa sia il software sia l'hardware… con il suo aiuto.

———

"Io?" Sgranando gli occhi, fa un passo indietro.

Ormai mi sono sbilanciata, perciò vado avanti. "Ha senso. Presumo che ti fidi di te stesso e non mi getterai nel molo. La privacy del progetto non verrà compromessa. Inoltre, beh" arrossisco terribilmente, "hai le parti giuste per farlo."

Mi cadono involontariamente gli occhi sulle parti in questione, poi alzo rapidamente lo sguardo.

Le porte dell'ascensore si aprono.

"Continuiamo la conversazione in macchina" mi dice, con espressione diventata illeggibile.

Merda, merda, merda! Detesta l'idea? Detesta me, anche solo per averla suggerita? Quanto sarà imbarazzante, se mi dirà di no?

Sto per essere licenziata per averci provato con il capo del mio capo?

Saliamo di nuovo nella limousine, questa volta sedendoci uno di fronte all'altra.

Lui solleva il divisorio. "Tanto per chiarire: io testerei l'hardware maschile, fungendo sia da *giver* sia da *receiver*, giusto? In effetti, ho già testato uno dei toys su di me, dopo aver scritto l'app, perciò, in teoria, potrei fare lo stesso con gli altri."

Evviva! Ci sta pensando sul serio. Vorrei mettermi a saltellare su e giù, anche se il rossore (che si era leggermente ritirato durante la camminata dall'ascensore) ritorna in tutto il suo splendore. "Non sarebbe un valido test end-to-end, e lo sai bene. Hai scritto tu il codice; questo ti rende prevenuto."

Le sue narici si dilatano. "E allora, come?"

A questo punto, mi stanno arrossendo persino i piedi. "Tu fai solo da *receiver*. Io agisco da *giver* e registro i dati dei test. È così che si fanno queste cose nel modo appropriato."

Solleva le sopracciglia. "Qui stiamo estendendo la definizione del termine 'appropriato' ben oltre la zona di comfort."

"Senti." Cerco di imitare il suo accento meglio che posso. "Se vuoi tirarti indietro, lo capisco."

Un sorriso lento e sensuale gli incurva le labbra. "Non mi tiro mai indietro di fronte a una sfida."

Le mie mutandine possono davvero sciogliersi, o è solo un modo di dire?

———

Volete continuare a leggerlo? Visitate www.mishabell.com/it/ per ordinare subito la vostra copia!

Estratto de Il Titano di Wall Street di
Anna Zaires

Un miliardario che vuole una moglie perfetta...

Il trentacinquenne Marcus Carelli ha tutto: ricchezza, potere e il tipo di look che lascia le donne senza fiato. Un miliardario che si è fatto da sé, dirige uno dei maggiori hedge fund di Wall Street ed è in grado di affossare le grandi società con una sola parola. L'unica cosa che gli manca? Una moglie che sarebbe una grande conquista come i miliardi sul suo conto bancario.

Una gattara che ha bisogno di un appuntamento...

Emma Walsh, impiegata ventiseienne in una libreria, è rinomata per essere una gattara. Non è esattamente d'accordo con tale valutazione, ma è difficile negare la realtà dei fatti. Vestiti logori ricoperti da peli di gatto? Ce li ha. Ultimo taglio di capelli professionale? Più di un anno fa. Oh, e tre gatti in un piccolo monolocale di Brooklyn? Sì, ha anche quelli.

E sì, non frequenta un ragazzo da... beh, non riesce nemmeno a ricordarlo. Ma quella parte può essere corretta. Non è a questo che servono i siti d'incontri?

Un caso di errata identità...

Un'elegante organizzatrice di incontri, un'app di incontri, un fraintendimento che cambia tutto... Gli opposti possono attrarsi, ma può durare?

———

Inspirando profondamente, entro nel ristorante e mi guardo intorno per vedere se Mark sia già lì.

Il locale è piccolo e accogliente, con dei separé disposti a semicerchio attorno a un bancone. L'odore del caffè tostato e dei prodotti da forno mi fa venire l'acquolina in bocca e borbottare lo stomaco per la fame. Avevo intenzione di optare solo per un caffè, ma decido di prendere anche un cornetto; il mio budget dovrebbe bastare.

Solo alcuni separé sono occupati, probabilmente perché è martedì. Esamino le persone, alla ricerca di chiunque possa essere Mark, e noto un uomo seduto da solo al tavolo più lontano. Non sta guardando nella mia direzione, quindi tutto quello che posso vedere è la sua nuca, ma ha i capelli corti e castano scuro.

Potrebbe essere lui.

Raccogliendo il coraggio, mi avvicino al séparé. "Scusa" dico. "Sei Mark?"

L'uomo si gira verso di me, e il battito schizza nella stratosfera.

La persona davanti a me non assomiglia affatto alle foto sull'app. Ha i capelli castani e gli occhi azzurri, ma questa è l'unica somiglianza. Non c'è nulla di arrotondato e timido nei lineamenti duri dell'uomo. Dalla mascella d'acciaio al naso simile a un falco, il suo viso è audacemente virile, con una sicurezza di sé stampata sopra che rasenta l'arroganza. Un accenno di barba gli copre le guance magre, facendo risaltare ancora di più gli zigomi alti, e le sopracciglia sono spesse strisce scure sopra i suoi penetranti occhi chiari. Anche seduto dietro il tavolo, sembra alto e potente. Le sue spalle sono larghe un chilometro nel completo cucito su misura, e ha le mani due volte più grandi delle mie.

Non è possibile che questo sia il Mark dell'app, a meno che non abbia trascorso un bel po' di tempo in palestra da quando sono state scattate quelle foto. Potrebbe essere così? Una persona potrebbe cambiare così tanto? Non ha indicato la sua altezza nel profilo, ma avevo ipotizzato che l'omissione significasse che non fosse un gigante, come me.

L'uomo che sto guardando non è affatto basso e sicuramente non indossa gli occhiali.

"Sono... sono Emma" balbetto, mentre l'uomo continua a fissarmi, con volto duro e imperscrutabile.

Sono quasi certa che sia la persona sbagliata, ma mi sforzo di chiedere: "Sei Mark, per caso?"

"Preferisco essere chiamato Marcus" mi risponde scioccandomi. La sua voce è un profondo rombo maschile, che suscita qualcosa di primitivo e femminile dentro di me. Il mio cuore batte ancora più velocemente e i palmi iniziano a sudare, mentre si alza in piedi e dice senza mezzi termini: "Non sei quella che mi aspettavo."

"Io?" *Che diavolo sta succedendo?* Un'ondata di rabbia offusca tutte le altre emozioni, mentre osservo il maleducato gigante davanti a me. Lo stronzo è talmente alto che devo alzare il collo per guardarlo. "E tu? Non assomigli affatto alla persona nelle foto!"

"Suppongo che entrambi siamo stati ingannati" ribatte, con la mascella stretta. Prima che io possa rispondere, fa un gesto verso il séparé. "Tanto vale che ti siedi e pranzi con me, Emmeline. Non sono venuto fin qui per niente."

"Mi chiamo *Emma*" lo correggo, furiosa. "E no, grazie. Devo andare."

Le sue narici si dilatano e si sposta sulla destra per bloccarmi la strada. "Siediti, *Emma*." Pronuncia il mio nome come se fosse un insulto. "Dovrò parlare con Victoria, ma per il momento non vedo perché non possiamo condividere un pasto come due adulti civili."

Le punte delle mie orecchie bruciano per la rabbia, ma scivolo nel séparé piuttosto che fare una scenata. Mia nonna mi ha insegnato l'educazione fin da piccola e, anche se sono un'adulta che vive da sola, trovo difficile ignorare i suoi insegnamenti.

Non approverebbe, se dessi un calcio nelle palle a questo idiota e gli dicessi di andare a fare in culo.

"Grazie" dice, scivolando sul sedile di fronte a me. I suoi occhi brillano di un azzurro gelido, mentre prende in mano il menu. "Non è stato così difficile, vero?"

"Non lo so, *Marcus*" replico, ponendo particolare enfasi sul nome formale. "Ti conosco da appena due minuti e mi sento già omicida." Offro l'insulto con un sorriso da signora, approvato dalla nonna, e, poggiando la borsa nell'angolo del mio posto nel séparé, raccolgo il menu senza preoccuparmi di togliere il cappotto.

Prima mangiamo, prima potrò andarmene da qui.

Una risatina profonda mi fa sussultare. Con mia sorpresa, il coglione sta sorridendo, con i denti che brillano di bianco sul viso leggermente abbronzato. Niente lentiggini per lui, noto con invidia; la sua pelle è perfettamente uniforme, senza nemmeno un neo in più sulla guancia. Non è bello in senso classico—i suoi lineamenti sono troppo audaci per essere descritti in quel modo—ma è straordinariamente affascinante, in un modo potente, puramente mascolino.

Con mio sgomento, una scia di calore s'insinua nel mio intimo, facendomi stringere i muscoli interni.

No. Non è possibile. Questo stronzo *non* mi sta facendo eccitare. Riesco a malapena a stare seduta di fronte a lui.

Stringendo i denti, guardo il mio menu, notando con sollievo che i prezzi in questo posto sono effettivamente ragionevoli. Insisto sempre per pagare il mio cibo agli appuntamenti, e ora che ho conosciuto Mark—anzi, *Marcus*—non gli permetterei di trascinarmi in un posto lussuoso, dove un bicchiere d'acqua del rubinetto costa più di uno shottino di Patrón. Come ho potuto sbagliarmi così clamorosamente sul ragazzo? Chiaramente, aveva mentito sul fatto di lavorare in una libreria e sull'essere uno studente. Per quale motivo, non lo so, ma tutto dell'uomo di fronte a me grida ricchezza e potere. Il suo vestito gessato gli abbraccia le spalle larghe come se fosse stato fatto su misura per lui, ha la camicia blu inamidata e sono abbastanza sicura che l'elegante cravatta a scacchi sia un marchio che fa sembrare Chanel un'etichetta Walmart.

Mentre prendo nota di tutti questi dettagli, mi viene in mente un nuovo sospetto. Qualcuno potrebbe avermi fatto uno scherzo? Kendall, forse? O Janie? Entrambe conoscono i miei gusti in fatto di ragazzi. Forse una di loro ha deciso di attirarmi a un appuntamento in questo modo—anche se il motivo per cui me l'abbiano organizzato con *lui*, e perché lui abbia accettato, è un enorme mistero.

Accigliata, alzo lo sguardo dal menu e studio l'uomo di fronte a me. Ha smesso di sorridere e sta sfogliando il menu, con la fronte corrugata in un cipiglio che lo fa sembrare più vecchio dei ventisette anni dichiarati sul profilo.

Anche quella parte dev'essere stata una bugia.

La mia rabbia s'intensifica. "Allora, *Marcus*, perché

mi hai scritto?" Lasciando cadere il menu sul tavolo, lo guardo storto. "Davvero hai dei gatti?"

Solleva lo sguardo, aggrottando le sopracciglia. "Dei gatti? No, certo che no."

La derisione nel suo tono mi fa venire voglia di dimenticare la disapprovazione di nonna e di dargli uno schiaffo sul viso magro e virile. "È una specie di scherzo per te? Chi ti ha spinto a fare questo?"

"Scusa?" Le sue folte sopracciglia si sollevano in un arco arrogante.

"Oh, smettila di fare l'innocente. Mi hai mentito nel tuo messaggio, e hai il coraggio di dire che *io* non sono quella che ti aspettavi?" Posso praticamente sentire il vapore uscirmi dalle orecchie. "*Tu* mi hai inviato il messaggio, e *io* ero completamente sincera sul mio profilo. Quanti anni hai? Trentadue? Trentatré?"

"Ho trentacinque anni" risponde lentamente, con il cipiglio che riaffiora. "Emma, di cosa stai parlando—"

"Esatto." Afferrando la borsa per una cinghia, scivolo fuori dal séparé e mi alzo in piedi. Insegnamenti della nonna o meno, non cenerò con un coglione che ha ammesso di avermi ingannata. Non ho idea di cosa potrebbe spingere un ragazzo a giocare in questo modo con me, ma non rimarrò qui a farmi prendere in giro.

"Buon appetito" ringhio, voltandomi e raggiungendo l'uscita, prima che possa bloccarmi di nuovo la strada.

Ho così tanta fretta di andarmene che quasi mi

scontro con una bruna alta e snella, che si avvicina al ristorante, e al ragazzo basso e grassoccio che la segue.

———

Volete continuare a leggerlo? Visitate www.annazaires. com/book-series/italiano/ per ordinare subito la vostra copia!

L'autore

Sono l'autore Misha Bell. Adoro scrivere storie umoristiche (spesso del genere inappropriato), con lieto fine (di entrambi i tipi) e con personaggi abbastanza stravaganti da essere definiti strambi.

Se ti piacciono le storie d'amore con una forte componente comica e vibrazioni positive, visita il sito www.mishabell.com/it/ e iscriviti alla mia newsletter.